大道朝天

三

摸鱼儿

猫腻 著

羊城晚报出版社
·广州·

卷首词

摸鱼儿·观潮上叶丞相

望飞来、半空鸥鹭，须臾动地鼙鼓。
截江组练驱山去，鏖战未收貔虎。
朝又暮。悄惯得、吴儿不怕蛟龙怒。
风波平步。看红旆惊飞，跳鱼直上，蹙踏浪花舞。
凭谁问，万里长鲸吞吐，人间儿戏千弩。
滔天力倦知何事，白马素车东去。
堪恨处，人道是、属镂怨愤终千古。
功名自误。漫教得陶朱，五湖西子，一舸弄烟雨。

辛弃疾

目录

CONTENTS

第一章 有人要见赵腊月

CHAPTER 01

棋战结束十余日后，朝歌城里春意已深，雨水全无，甚至已经有了些暑意。

云在湛蓝的天空里飘着，然后落在湖面上，配上湖堤上的垂柳与若隐若现的飞檐，美不胜收。

赵氏是朝歌城里的贵族，爵位较诸国公只低一级，世代豪富，但这二十年里，因为那位小姐的缘故一直很低调，只不过现在又因为同样的理由，无法再低调下去。春初的时候，赵家洒下如山般的金银，把城外的别园整治得仿佛仙境一般。

因为春天的时候小姐会回朝歌城，而且在信里说得很清楚，应该会带一位同门做客。小姐是何等样的身份，连她都要请到府里的同门又是什么身份？没有仙境般的风景，如何配得上二位仙师？

船首破开水面上的蓝天白云，缓慢而自在地漂着，因为无人划桨。

“书道第一是白早。”

赵腊月坐在船首，微风拂动发丝。

井九躺在竹椅上，听着这话有些意外，心想：居然不是一茅斋？

赵腊月接着说道：“很多人都没想到，她放弃了自己最擅长的画道，结果还能赢过一茅斋的那些书生。”

井九想了想，说道：“看来她和童颜一样，都是很聪明的人。”

赵腊月不明白他的意思。

井九说道：“修行界一直有种说法，附援求道，书不如画，认为画才是原初之形，书需要我们在形状之上赋予意义。而白早弃画择书，应该是想明白了，我们赋予形状之上的意义才是修道需要寻找的东西。”

赵腊月说道：“应该是那天看你与童颜下棋有所触动。”

井九说道：“你如何？”

这个问题很突然，但赵腊月知道这是因为他知道自己在想些什么。

她与白早、过冬是整个修行界乃至整个大陆会拿来进行比较的三个人。今年梅会，过冬拿了琴道第一，白早有些出人意料地拿了书道第一，那么她呢？

赵腊月会参加梅会道战，这个消息早已被卷帘人卖了出去，最近这些天更是人尽皆知的事情。

她没有回答这个问题，想着这些天卷帘人被问得最多的问题，问道："你不会真的是和尚吧？"

井九说道："你知道我不是。"

赵腊月问道："那为何果成寺的高僧没有出来辟谣？"

井九说道："这样的情形以前也出现过，因为和尚也有私心。"

赵腊月不解地问道："这对他们有什么好处？"

"这样可以掩护那位真正的蹈红尘传人，而且我走得越远，对果成寺的名望越有好处。"井九不想再继续这个话题，直接问道，"道战你准备怎么打？"

赵腊月说道："打便是，还是说你有什么经验？"

井九说道："我不擅长这些事情，而且我相信，你应该比我更强。"

井九没有吃晚饭就离开了。

赵腊月不意外，他本来就不怎么吃东西。数万里旅途上的那么多顿火锅，他也只是用清汤煮几片青菜叶子吃，而且很多时候都是用看的。

她有些意外的是，井九说自己有事所以要离开——像他这么懒的人能有什么事情？而且他没有告诉她是什么事。

不过这样也好，赵腊月也有些事情要办，而且也不想让井九知道。

"请过来吧。"她对着湖心亭说了声。

片刻后，一名白衣少女出现在湖心亭里，对着她行礼，说道："水月庵莫惜，拜见峰主。"

赵腊月看着这个有过一面之缘的女子，问道："何事？"

莫惜微低着头，看不清脸上的神情，轻声说道："过冬师姐约您三日后在鸣翠谷相见。"

赵腊月挑了挑眉。

很明显，过冬是想单独见她。对此，她并不意外，因为在梅园的寒台与棋盘山上她都曾经感受到对方投来的目光。那些目光里的情绪很有趣，带着些关切、好奇、审视，但没有敌意。

“好。”赵腊月同意了对方的请求。她不想井九知道这件事情，因为过冬是连三月的弟子。

朝歌城，一间不起眼的小酒馆里，酒客们仍然在讨论前些天棋盘山上的那局棋。

施丰臣呷了口微酸的黄酒，说道：“三天后就是赵腊月的死期。”

一位枯瘦老者坐在他的对面，神情木然地夹了颗松仁送进嘴里，没有任何反应。

老者名叫梁星成，是朝歌城里极不起眼的一位普通官员，很少人知道他是梁太傅的远房兄弟，而且关系并不远，而梁太傅是太子的老师。

细小的松仁被嚼碎，也没多少分量，但香味很足，可以就一杯酒。梁星成端起酒杯，有滋有味有声音地“嗞溜”一口饮尽，斜了施丰臣一眼，说道：“水月庵的弟子你都能用？”

看着老者脸上似笑非笑的神情，施丰臣笑了起来，说道：“我哪里有这本事，是那边的人在用。”

梁星成有些厌恶地皱了皱眉，他不想听到那个名字，哪怕施丰臣用“那边”指代。

施丰臣仿佛没有察觉对方的忌讳，继续笑着说道：“只要客人有想法，那边的人就有能力实现。”

梁星成放下酒杯，看着他说道：“那你是什么想法？”

施丰臣正色说道：“只想替殿下分忧。”

小酒馆里很是吵闹，喝醉的人们争执不休，说着那步棋如何，这步棋如何，把他的声音淹没。

梁星成自然不会相信他这个说法，施丰臣自己也不会信，只不过他们都清楚，身为臣子有些话是必须要说的。

梁星成盯着施丰臣的眼睛，问道：“你确定此事可成？”

施丰臣笑了笑，说道：“赵腊月一死，就栽赃到贵妃身上，就算她再受宠爱，也是死路一条。”

梁星成端起酒杯旋即又放下，说道：“你真的能确定？贵妃可不是普通人。”

"说句大不敬的话，就算她是皇后娘娘又如何？陛下总要给青山剑宗一个交代。"施丰臣觉得这位谋士就像太子一样愚蠢，声音压得更低了些，语气却重了更多，"陛下今天出宫去了骊山，牛老爷与金老爷都不在身边，却带了贵妃娘娘。"

梁星成闻言大惊，骊山在朝歌城外，陛下居然一个供奉都没带，那究竟是去做什么事情？为何他偏要把贵妃带着？

酒馆里的争吵还在继续，发酸的浊酒却已经没了味道，他枯瘦的脸上闪过一抹厉色，说道："那就好好做。"

梁太傅与自己远房堂弟梁星成的容貌有些相似，只不过更高更瘦，看着不像一位官员，而更像一位修道有成的仙师。

梁太傅看着栏边的那个年轻人，耐心地等着，虽然他是对方的老师，但尊卑从来都不会这样计算。

"我总觉得太冒险。"

年轻人把手里的鱼食扔进栏下的水池里，惹来无数游鱼，乱了春水。

梁太傅当然知道这个计划并不安全，声音微哑地说道："但那个消息已经证实，断离丸……确实已经停了好些天。"

年轻人转过身来，正是前些天井九与赵腊月在旧梅园里见到的那位锦衣青年。只不过与那天相比，他眼里漠然的情绪变得更加幽冷。

他就是神皇陛下唯一的儿子——景辛皇子。

很多大臣、百姓、修行宗派认为，他将是未来的神皇，私下里甚至明着以"太子"称之。

景辛自己也是这样认为的，直到这些天知道了那个消息，他才发现，原来自己的太子之位并不稳固，因为父皇……似乎准备再生一个。

他看着梁太傅，冷声说道："就算胡贵妃死了，父皇一样可以再有儿子。"

梁太傅说道："但也许陛下就是因为胡贵妃，所以才想生个儿子。"

景辛沉默了，其实他知道自己在意这个问题没有意义，不管是哪个妃子生下来的儿子，对他来说都是威胁。

因为这代表了父皇的态度。

太傅的意思也非常清楚，在皇位之前，任何冒险都是值得的。

“那我呢？我怎么才能够与这件事情没有任何关系？我要确保牛、金二人和青山宗都查不出来。”

“很简单，因为这件事情本来就与殿下没有任何关系。”

“你相信那个叫施丰臣的家伙？”

“是的，因为我知道他的仇恨从何而来。”梁太傅感慨地说道，“仇恨是最可怕的力量，可以帮助他保守一切秘密，哪怕是在面对青山宗的时候。”

朝歌城里有很多小酒馆。

施丰臣离开那间小酒馆，在蛛网般的街巷里转了半个时辰，走进了另外一间小酒馆。

酒馆里的醉客们依然在讨论梅会，准确来说，还是在议论那局棋。

施丰臣有些不喜地皱了皱眉，走到酒馆里面，对掌柜点头致意，随其进了安静的杂物间。

“上次说的事情，如何？”

他看着那个肥头大耳的掌柜说道，神情平静，心情却有些怪异。作为朝廷清天司的副巡察，见到不老林的管事，最应该做的事情是把对方拿下，而不是谈话。

那位掌柜笑眯眯地看着他，没有说话。

施丰臣最近的耐心不是很好，沉声说道：“我能找到你一次，就能让你再也无法离开朝歌城。”

“我们做生意本来就要与人联系，清天司能找到我并不奇怪，就像谁都知道白马湖畔那间医馆的来历。”胖掌柜依然笑眯眯地说道，“而且我们已经证明了自己的诚意与能力，问题是您还没说过愿意付出什么。”

从古至今，请客、杀人都是要花钱的，不老林做的就是这个行当，当然不会例外。

施丰臣神情微松，说道：“没想到水月庵的弟子也能为你们所用，只是你们凭什么相信赵腊月会答应单独前往？”

胖掌柜摇头，说道：“这就不方便说了。我们还是说回这门生意吧，你究竟能付出什么？”

施丰臣说道：“我与你们交易，便等于把我自己交到了你们的手里，至于你们能获得多少，自然要看你们以后怎么用我。”

胖掌柜脸上的笑容更盛，语气里却带着十足的嘲弄意味：“一个被边缘化的清天司官员凭什么和第九峰之主相提并论？除非你是掌握实权的国公，或者是镇北军里的副指挥使。”

施丰臣没有动怒，似笑非笑地看着他说道：“如果说我是为太子办事呢？”

胖掌柜没有露出意外的神情，看来竟是早就猜到了。

“有意思，有意思，只不过你就这么卖了主子，难道不怕他知道后杀了你？”

“太子信任我，我也相信自己能够守口如瓶，哪怕面对死亡与搜神术，但可能的话，我还是不想直面青山宗的怒火。”施丰臣盯着胖掌柜两条线般的眼睛，说道，“我可以信任你们，对吧？”

胖掌柜忽然觉得这个朝廷官员有些意思，笑着说道：“当然，不老林的声誉非常值钱，而且你没有出卖的价值。”

如果不老林不会出卖施丰臣，那么施丰臣自然也没有机会出卖太子，太子又为何要杀他呢？

表面上看起来，这段对话的重点便在这里，但施丰臣和胖掌柜都知道并非如此。

胖掌柜说得很清楚，施丰臣没有出卖的价值，太子却是有的。这次事件之后，不老林一定可以从太子那里得到足够多的好处，这便是他们愿意参与的原因。

这场交易唯一的筹码，就是太子。

离开小酒馆，回到位于南城的家里，施丰臣站在冷清而有些简陋的院子里，沉默了很长时间。

他是位很清廉的官员，做事严肃方正，那些本来应该讨好他的小宗派在碰了几次钉子后也懒得再理他。

这样的家里自然不会有什么丫鬟、仆人，更不可能有歌姬。

也没有家人。

施丰臣早已习惯了这种冷清，无论是在南河州还是在朝歌城。

但不知道为什么，想到三天后赵腊月便会死去，他忽然有些伤感。

都死了。

死了也好，没有烦恼。

施丰臣走进屋里，从衣柜角落的暗格里取出厚厚一叠卷宗，抱到书桌前再次开始翻看。

这些卷宗都是关于赵腊月与井九的。去年清天司的调查被终止，这些卷宗便被收进了库房里，积了很多灰，直到数十天前被他悄悄地带回了家。

卷宗翻动，上面的文字与画像他早已烂熟于心，那是七十四条人命，还有无数血腥的画面。那些画面在他的眼前闪过，然后与多年前的画面重叠。

“修道者就能随意杀人吗？”施丰臣合上卷宗，沉默了一会儿后说道，“我不会让青山宗出现第二个太平真人。”

他对青山宗的看法很差，前些年在南河州主持清天司衙门，见过那些两忘峰弟子行事，更是坚定了这种看法。

所谓疾恶如仇，不过是残忍好杀罢了，青山宗这样的风格必然会养出祸害。

祸害人间的祸害。

赵腊月的修道天赋、前途地位、行事风格，让他很自然地联想到当年的那个祸害，所以赵腊月必须死。

这件事情施丰臣不能与任何人说，因为太平真人的事情本就是修道界最大的秘密，也是青山宗最大的污点。如果他用这个理由说事，所有人都会认为他疯了，根本不会相信，青山宗更是会直接杀了他。

他本想面见皇帝陛下，说出自己的忧虑，没想到贵妃娘娘再也没有召见过他。见不到陛下，他还能如何做？

这一年里，施丰臣冥思苦想的事情便是如何杀死赵腊月，却找不到任何办法。直到前些天，他闲来无事，整理近段时间的书卷，忽然发现了一个问题。

宫里的断离丸是由清天司供应的，最近这些天的用量少了很多。

近年来，陛下独宠胡贵妃，断离丸的用量减少，谁都能想到这意味着什么。他甚至怀疑，陛下就没想过隐瞒此事。

施丰臣想办法与太子府取得了联系，对方果然很震惊。

太子府的反应让他发现太子与身边的那些近臣真的很蠢，居然看不出来这是陛下的试探。

这样的太子当然可以用一用。

“吱呀”一声，院门开启。

施丰臣从沉思中醒来，把卷宗重新收好，走出门外。

一个小厮模样的少年关好门转身，看着他高兴地说道:“师父，您回来了?”

少年的腿脚有些不便，提着一篮子菜，走路显得很吃力。

施丰臣说道:“我说过多少次，不要叫我师父。”

“好的……”那少年看着他的脸色，小心翼翼地说道,“师父。”

施丰臣忍不住笑了笑。

那少年见着他的笑容，发自内心地喜悦起来，声音也高了数分，说道:“我买了新鲜的油白菜，今晚炒腊肉吃。”

施丰臣本想说自己已经吃过，但看着他的笑容，终究只是摇了摇头，说道:“少做些。”

看着在灶台边忙碌的瘦小身影，施丰臣眼里露出担忧的神情。

这孩子叫王小明，是他很多年前从废墟里捡回来的。

那年西海剑派与昆仑派的两个修道者约战，在伏牛山大战一场，最后以平局收场。据说双方事后握手言和，在云舟上喝了好些杯名贵的雀舌茶，竟生出了相见恨晚的感觉。

只不过这两个修道者没有想到，他们大战的余波震松了一大片山壁。当天夜里一场大雨，泥石流从山间冲出，吞噬了一座村子。

当然，就算他们知道也不在乎。

这样的事情在朝天大陆已经不知道发生了多少次，朝廷与正道宗派早就有了经验。

清天司，从某种意义来说就是专门给修行者擦屁股的衙门。

当时施丰臣还是清天司的一位中级官员，看着满山疮痍，有些心凉，也生不出太多愤怒，因为实在无奈。

按照惯例，朝廷会代表双方宗派对村民进行赔偿，有些爱民如子的地方官甚至会帮助他们重新修建房屋。

问题是全村人都死光了，银钱赔给谁?重修了的房子谁来住?

就在施丰臣准备离开的时候，泥石堆里忽然传来微弱的哭声，他这才知道原来并不是所有人都死了。

施丰臣收养了那个被石头砸断了腿的婴儿,为了让他能安安稳稳地活下去,给他取了个最普通的名字。

从那之后，王小明就一直跟着他，从豫州到南河州再到朝歌城，做着琐碎的杂事。

施丰臣没有教过他什么，甚至连识文读书都没有教。

现在王小明在清天司一个库房里打杂，每月休沐两次的时候会回来看看他。

“师父，饭做好了。”

灶房里传出了王小明的声音。

施丰臣端着一碗白饭，看着灶台上那盘诱人的油白菜炒腊肉，说道：“以后莫要随意花钱。”

他的薪俸虽然不低，但大部分用在了别处，很是清贫，自然给不了王小明什么钱。

王小明笑着说道：“腊肉是七十二给的，没花钱。”

施丰臣知道他说的七十二是他的一个工友，没有再说什么。

吃完饭后，王小明端来一杯热茶，说道：“师父，喝茶。”

施丰臣接过茶喝了口，眯了眯眼睛。

茶是家里常喝的粗茶，但只要足够烫，喝着便舒服。

王小明知道施丰臣这时候心情极好，小心翼翼地问道：“师父，我什么时候才能跟您学？”

施丰臣睁开眼睛，看着他问道：“你真要跟我学？”

“是的。”王小明的神情很认真。

施丰臣沉默了一会儿，说道：“其实你不知道，你小时候我就请人看过你，你的根骨很不错，修行应该有前途。”

王小明忽然站起身来，愤怒地喊道：“我不修行！我是要跟师父您学查案。”

“查案需要的是脑子，但在绝对的力量面前，阴谋没有太多意义，智慧也如此。”施丰臣看着他的眼睛，无比严肃地说道，“我们面对的都是修道者，如果你要跟我学查案，就要去修行，要变得比他们更强……当年我拜在三清宗门下，是如此想，可惜的是我的天赋太普通，在这道路上走不了太远，但是你可以。”

三天后，赵腊月一个人去了鸣翠谷。

鸣翠谷这个名字很常见，说明风景也很寻常，寻常到不值得被取个特别的名字,而且入谷的道路很是陡峭难行,哪怕是最适合踏青的时节,也看不到游人。

再陡峭难行的道路，对修道者来说都不是问题，所以修道者较诸普通人能看到更多的风景，当然偶尔也有凶险。

鸣翠谷里有条小溪，溪畔有座年久失修的小道观。

赵腊月走进道观，才发现原来这座道观是一座阵。

修行者很难被暗杀，因为他们对气机的变化非常敏感。

赵腊月擅长推演计算，而且剑心通明，自然更擅此道。但走进道观的时候，她没能发现任何问题。不是因为她想着要见到连三月的传人而有些走神，而是因为这座阵法没有任何杀机，淡然至极，与普通的山水融为一体，很难被发现。

能把改变天地气息的阵法与天地融为一体，这种手段玄妙而且少见，只有那些底蕴极深的玄门正宗才能够做到。

一声剑鸣，破旧的道观被照得一片火红，就像是暮色提前来临，点燃了山谷间的所有树木。

弗思剑以难以想象的速度在空中穿梭着，在赵腊月的身周斩出无数道笔直的线条，竟像是要把空间斩开一般。那些繁密至极的线条构成了一道屏障，把她护在了里面。

赵腊月清楚，敢对自己出手的必然不是普通的修道者，自己绝对不是对手。

自信与骄傲不会影响她的判断力。她根本没有想过找到敌人然后攻击，第一时间便施出了最强大的剑招自保。

这不是九死剑诀里的剑招，而是景阳真人根据水月庵的某种道法自创的剑招，据说与某种叫“天蚕”的异虫有关。这是井九教她这招剑法的时候说的。

“这就是景阳真人留下的弗思剑？果然完美。你的剑法与应对，还有决断力也都很完美。”

如暮色般的红光里走出来一位黑衣人。

这位黑衣人的气息非常强大，脸上蒙着黑布，而且应该用某种功法改变了面容。

赵腊月隔着剑网看着对方，没有说话。

她对此人的真实身份有所猜测，应该在那个宗派里地位不低，因为他背着手，显得很自信，而且高傲。

黑衣人说道:“不愧是传说里的赵腊月，可惜的是，这般威力的剑招，以你现在的境界最多只能支撑数十息时间，而如此一来，你就没有办法以剑书向同门求援，换句话说，你把自己陷进了死局。多活这么一段时间，又有什么意义呢?”

赵腊月知道黑衣人说得有道理，同时也是一种诱惑。

南忘和青山弟子们还在朝歌城，距离此间不过两百余里，以最快速度赶过来，用不了太长时间。问题在于，如果她以剑书求援，没有飞剑在侧的她又能支撑多长时间？甚至有可能被瞬间杀死。

赵腊月没说话，因为没有意义，拖时间也没有意义。

她的剑元正在高速地流失。

暮色渐渐变浓，被笼罩其间的破旧道观生出一种沧桑的美感。

美景不是美事，因为这说明弗思剑的速度正在渐渐变慢，颜色才会更加鲜艳。也正是因为变慢，弗思剑开始生出剑啸，带起剑风。

破旧的道观墙壁被剑风拂过，簌簌地落下灰尘。

道观里供着的泥像被岁月风雨侵蚀得只剩下半个头颅，也在以肉眼可见的速度变矮。

泥沙落在地面，就像是沙漏，时间向着尽头走去。

就在泥像的头颅被全部磨平之前，赵腊月动了。

她把右手伸到身前的空中。

满室暮色骤收，落在她的手中，仿佛变成一轮红日。

她握住弗思剑，身体带起残影，便向黑衣人刺去。

——剑不离手，便不用担心被对方的强大功法影响。

当初在海州城外的海神庙,赵腊月就是用这一招杀死了那名不老林的管事。

黑衣人很冷静，应该是提前便知道她的这一招，轻易至极地避开了数道剑芒，然后一掌拍落下去。

落下的是掌，飞起的却是双袖。

可能是忌惮弗思剑的厉害，更可能是不想留下线索痕迹，黑衣人没有动用法宝。即便如此，他也不是赵腊月能够抵抗的。

黑衣人双袖翻飞而起，有若夜黑里如墨般的浪。

呼啸的罡风随袖而去，无比凌厉，气息却是那样的磅礴，明显应该是玄门正宗的功法，光明正大至极。

“轰”的一声响，赵腊月倒飞而去，重重地撞在道观的墙壁上。

她的身体随着如雨般的碎砖落在地上，唇角溢出鲜血。

黑衣人随意翻袖，便破去了她的人剑如一。

双方之间的境界差距实在太大，凭道心、战意与勇气根本无法弥补。但赵腊月的神情还是那般漠然，脸上看不到任何惧意，因为这本来就是她早就算明白了的事情。

就在她撞到墙壁的同时，如石头般被震飞的弗思剑，忽然间像是重新获得了生命力，破屋顶而出！

嗖！

弗思剑向天边飞去，很快便消失无踪，只留下一道血色残影。

这是剑书传讯。

黑衣人没有理会，因为这也是他早已算到的事情，或者说是他希望发生的事情。

就算赵腊月比情报里的境界更高，已经突破至无彰上境，能够驭剑的距离也不过数里。她如果想以剑书传讯通知朝歌城里的青山同门，便只能动用那种法门，强行与弗思剑断绝联系，任其而去。

这种做法会让剑主受到反噬而重伤，而且事后若想重新与飞剑建立联系，需要更长时间的养炼，非常不值得。青山弟子只有面临极大危险，甚至是明知必死的时刻，才会做出这种选择。

当然，如果赵腊月今天能活下来，这种代价还是值得的。

问题在于，当弗思剑远去，她拿什么来抵挡对方的进攻？还是说她已经确定知道自己必死无疑？

黑衣人认为是后者。

他隔空一掌拍向赵腊月。

空气骤然变形，屋顶落下的光线被折射得乱七八糟。

一道强大而连绵不断的威势在道观里不停回荡，如群山般重重叠叠，向着前方碾压而去。

这道狂暴的力量却没有影响到道观本身，那些破旧的墙上没有出现裂口，连灰尘都没有落下。

如此精细的控制程度，证明了这位黑衣人可怕的境界，以及别的一些事情。

这种时刻还要刻意进行这种控制，是非常不智的事情。所以事情的真相是，黑衣人没有刻意控制，一切都是自然而行。

招式功法里自然蕴藏着天地自然之道，赵腊月越发确认对方的来历，眼睛越发明亮。

黑衣人的手掌来到赵腊月身前时变成了一只拳头。

万重山凝结成了一块石头，可以想象有多么沉重。

就算是朝歌城的城墙，只怕也要被这一拳打穿。

青山弟子最不愿意的事情便是被敌人近身，在这种情况下飞剑被迫防守，不能自如杀敌，等于被缚在自己手上。

黑衣人用看死人的眼光看着赵腊月。

你连剑都没有，还能怎么办？

赵腊月举起双手，迎向那个拳头。

“啪”的一声轻响。

她的手里生出无数道剑意，那些剑意无比纯净，绝对锋利。

破旧的道观墙壁与屋顶被尽数切碎，向着地面垮塌。

黑衣人神情微异。

他没有想到赵腊月居然修成了后天剑体！

这一刻，他明白了赵腊月的想法。

走进道观发现有问题，她第一时间唤出弗思剑，施出那记有些古怪的剑招自保，这是示弱。当她的剑元难以支撑的时候，主动断绝与弗思剑的联系，让其远遁示警，还是示弱。

在最关键的时刻，她才动用自己的双手，现出自己的剑体真威。就算她不能出其不意地伤到对手，也能多争取一些时间。只要她能多撑一段时间，便有可能等到同门来援。

“不愧是天生擅长战斗的赵腊月，可惜时间不够，你还是要死。”

黑衣人的视线穿过滴血的双拳落在她的脸上，越发冷酷。

他以为已经足够重视这件事情，没有想到还是低估了对方。现在看来，他无法再做任何保留，哪怕事后可能留下线索，带来很多大麻烦。

无数道光线从他的拳头指缝里散溢出来。

光线莹白柔和，是最纯正的宝光。

谁知道他的手里究竟握着怎样的法宝？

哧啦！

赵腊月的衣衫上出现数十道口子，左眉上也出现了一道口子，溢出鲜血。

她在云行峰上以剑意淬体多年,身体与道心的坚韧都远超同龄的修道天才。但这时候她面对的是法宝的正面轰击，她的意志依然坚定，身体的强度却终究有限。

远方的天空里忽然传来一道剑意。

一道凌厉而霸道的气息，以难以想象的速度靠近山谷。

那极有可能是位破海上境的修行强者。

黑衣人知道来者是谁，但并不担心。三天前他与同伙对今天的战局进行过很多次推演，确认就算赵腊月剑书传讯后还有余力支撑数息时间，也改变不了最终的结果。

西山居与鸣翠谷的距离不算太远，但也不可能转瞬即到。

第二章

剑光与意外

CHAPTER 02

道观外，忽然响起一声琴音。

琴音并不如何响亮，却非常清楚。

道观正在垮塌，砖石落在地面，发出很大的声音，却无法盖住琴音。

一道有些缥缈的气息出现。

黑衣人很震惊，因为他感受得很清楚，那道气息就在道观外。

为何会有人来到近处？鸣翠谷很偏僻，连游人都没有，怎么会忽然出现一位修道者？

除非是有人提前知道他会在这里设局，问题是，谁会知道？

在很短的时间里，黑衣人推算出了结果，做出了决定。

如果他想同时杀死赵腊月与道观外的那名修道者，需要一段时间，青山宗的强者会赶到现场。

作为修道强者，他从不欠缺决断的智慧与魄力，面对如此大好的机会，放弃时依然是毫不犹豫。

随着砖石泥沙落下，他的身影渐渐虚无，只是在消失前看了浑身是血的赵腊月一眼。

琴声消失，一个少女出现在道观废墟外。

黑衣人已经消失无踪，少女望向青翠而普通的山谷，寻常的脸上没有任何情绪。

她没有想到对方遁法竟然如此强大，而且她终究还不完全是她，所以没有选择追击，而是留了下来。

深春时节，少女依然穿着件厚厚的布衣，显得有些奇怪。

她挥了挥衣袖，废墟里的砖石滚动分开，露出地面。

赵腊月坐在角落里，衣衫破烂，血迹斑斑，蓬头垢面，看着异常狼狈。她的神情却很平静，看着那个布衣少女，没有说话。

今天她就是赴对方的约，才会陷入这个局里，险些被杀死。

这位穿着厚布衣的少女就是水月庵传人过冬。

过冬走过满地砖石，站在赵腊月的身前，数指隔空点下助她止血，说道："你比我想象的要笨。"

赵腊月说道："因为在我想来，我们见面是理所当然的事情，所以没想太多。"

过冬说道："为何？"

赵腊月说道："你是连三月的弟子，我是景阳真人的弟子，自然要见面。"

过冬感受着废墟里剑意的残余，沉默片刻后说道："不错，他居然把这招剑法都留给了你，说明他确实把你当成真正的弟子，那么我确实应该见见你。"

赵腊月用手把乱发拢到耳后，有些想念井九的阴木梳。她不想自己现在的模样落在对方眼里，因为对方是连三月的弟子。

十数息后，狂风骤起，鸣翠谷里溪水大乱，一道剑光如闪电般落于地面。

清容峰峰主南忘到了。

她看着赵腊月的模样，双眉微挑，问道："谁？"

赵腊月说道："十五息前已走。"

"想逃？"

南忘转身望向山谷，面露杀意。

她的衣袂随风而起，无数道森然剑意占据了整个鸣翠谷的空间。一道雄浑无比的剑识向四面八方扩散而去，瞬间将四周十余里方圆的山野笼罩进去。但她没能发现任何修道者的气息。

过冬说道："应该是天地遁法。"

南忘看了她一眼，没有说话。她不喜欢连三月，自然也不会喜欢过冬，但也必须承认水月庵弟子的见识确实不凡。

不停有剑光飞至鸣翠谷，落于溪畔，数十名青山宗弟子陆续自朝歌城驭剑而来。

南忘面无表情地说道："结剑阵寻敌。"

"嗖嗖嗖嗖"，青山弟子向着各处飞去，布成一座极大的剑阵，开始搜查方圆百余里的山野。

数十道剑光在天空里出现，甚至已经靠近了朝歌城的城墙，自然引来了很多震惊的目光。

没有过多长时间，青山弟子陆续归来，幺松杉看着南忘，摇了摇头。

南忘没想到对方居然能在青山剑阵之下逃走，极为愤怒，又有些警惕。

难道真是中州派的那些老家伙？

“你没事吧？”南忘看着赵腊月，面无表情地说道。明明是关切的话语，语气却极为生硬，没有任何暖意。

赵腊月的回答比南忘的话还要生硬。

“死不了。”

赵腊月知道南忘不喜欢自己。准确来说，最开始的时候南忘很喜欢她，在承剑大会的时候甚至想要亲自收她为徒，但当她选择承剑神末峰后，南忘对她的态度便完全改变了。

青山里很多人都知道，南忘不喜欢景阳真人，对他毫无敬意，提起他时向来直呼其名，从来不会称他一声“小师叔”。

赵腊月现在是神末峰峰主，虽然境界修为较诸南忘要差得非常远，辈分地位却不低。以她的性情，既然南忘不喜欢神末峰，她自然也不会喜欢对方。

听着这两句对话，过冬觉得很有趣，又不知想到什么，唇角微翘，露出一抹笑容。

南忘有些不悦，转身望向她，问道：“这是怎么回事？”

过冬平静地说道：“我师妹莫惜以我之名约腊月峰主出来相见，与人勾结设局杀她。”

她用很简单的一句话便说明了整个情况，因为这本来就是非常简单的一场杀局。但在修道者的世界里，简单往往意味着直接，直接才是真正的凶险，因为只有真正的强者才有资格直接，那是要比阴谋更可怕无数倍的存在。

今天如果不是过冬及时赶到，赵腊月真有可能会被那个黑衣人杀死，除非她还有什么隐藏手段。

问题在于，既然莫惜用过冬的名义把赵腊月骗到这里，自然不会对她说，那过冬为何会出现在这里？

南忘盯着过冬，数十名青山弟子也在盯着她。

幺松杉等数名来自两忘峰的弟子，垂在身侧的双手更是已经暗自掐好了剑诀，随时准备出剑。

在数十道如剑般锋利的目光注视下，过冬的神情没有任何变化，还是那样平静。

“因为我看出莫惜有问题，问了数句，得到答案便赶了过来，来不及通知你们。”

换成别的人，这个解释没有任何说服力。

——你怎么看出自己的师妹有问题，又凭什么只问了数句便让对方交代？要知道这可是极大的罪名。

但说话的人是过冬，所以这番话很有说服力。

水月庵最擅长天人通，过冬是连三月的弟子，自然深谙此道。

南忘盯着她的眼睛，还是没有说话。

过冬明白她的意思，说道：“庵里自然会给出交代。”

面对青山峰主的威压，过冬没有任何惧意。

一道金光落在了山谷里，溪水变成了一条金鞭。

那道金光并不如何刺眼，带着些许禅意，更多的却是厚土之意，给人一种很实在的感觉，就像是数万道城墙。

一个身形矮胖的修道者从金光里走了出来，身上的衣衫竟也是金黄色的，仿佛以金帛制成。

“见过南峰主。”

南忘微微点头，说道：“金供奉。”她的声音里没有太多敬意，也没有轻视，这便说明对方来历不小。

这位矮胖男子叫作金明城，乃皇宫里的供奉，与另一位牛供奉齐名。

先前，青山宗的数十道剑光出现在高空，惊动了朝歌城里的很多人，朝廷自然要来关心一二。考虑到青山宗的地位以及行事风格，朝廷很是谨慎，直接请出了这位大人物。

金明城随剑光赶来此地，自然是想要问个究竟，但这时候看着正在被同门治伤的赵腊月，他哪里还猜不到发生了什么事，神情顿时变得极为严肃。

不待他开口问话，赵腊月直接说道：“是中州派的人。”

听到这个答案，金明城的表情再也无法保持严肃，因为太过震惊。

南忘已经知道，只是冷哼了一声。

青山弟子们却是刚知道此事，神情不由得凛然。他们不是畏惧，只是觉得这件事情有些麻烦。如果是别的宗派胆敢设局来杀赵腊月，青山弟子哪里还用等待，直接杀到对方山门，斩死那个凶徒便是。但既然是中州派，可能就还需要一些证据了，毕竟对方怎么说也是朝天大陆的第二大宗派。

过冬说道："应该是中州派，因为他最后走得急，用了天地遁法。"

金供奉心想这并不足够，眯着眼睛说道："先找到证据吧。"

说完这句话，他在心里叹了口气，他知道青山宗即使找不到证据，也绝对不会善罢甘休。

朝天大陆最大的两个宗派如果真的成了敌人，那会引发多大的风波？还是说会变成一场血腥的战争？

忽然，金供奉感应到远方某处山野里传来一道气息，霍然转首望去。

南忘也望向了那边。

赵腊月说道："验一下法宝气息，他的手受了伤。"

说完这句话，她看了过冬一眼，因为她注意到，过冬比金供奉与南忘还要更早望向那处。

黑衣人在山野间逃遁。

他不可能选择驭空而去，因为那样太过显眼，容易被人看见。不要说朝歌城里的那些皇家高手，单说云梦山的千里大阵也能轻而易举地发现他。

他了解自己那位掌门师兄。如果掌门师兄确定是他做的这件事情，一定会毫不留情地把他当场击杀，然后把尸体送去青山。

想要当正道领袖，当然很擅长那个"忍"字，对同道中人忍耐，对同门中人残忍。

他冷笑着想这些事情，身形虚化穿过一片野桃林，下一刻出现在对面的山崖间。

在山野里遁行，当然要比驭空飞行慢很多，但他并不担心，因为他用的是天地遁法。

中州派的天地遁法堪称世间第一，借天地之势而隐，青山绿水、断崖古树，都能够遮掩他的行踪。

只要不被青山宗的破海境强者用剑识缀上，他相信自己一定能逃走。他只是有些遗憾，在这样的情形下还是没能杀死赵腊月。

赵腊月居然修成了剑体，那道突然出现的琴音，这些都是意外。一名刺客最不喜欢的就是遇到意外，他们只喜欢给人意外，但今天他遇到的意外太多了。

就像这个时候，他忽然发现有道视线落在了自己的身上。谁能看破自己的天地遁法？黑衣人很吃惊。

忽然，一把刀斩开天地真实地来到了他的眼前！

那把刀通体漆黑，刀身带着些斑驳的铜锈，显得幽暗至极，仿佛鬼物。

黑衣人一声清啸，右拳轰向那把黑刀。

随拳风而去的还有无数道乳白色的光毫。

他竟是毫不犹豫地动用了宗派授予自己的本命法宝！

可以想见，被人看破天地遁法和这把幽暗至极的鬼刀带给了他多大的精神压力。

“哗”的一声，那把黑刀居然散开了！

黑衣人的视野之中，满是星星点点的幽火。

法宝射出的万道光线，遇着那些仿佛并无颜色的幽火，瞬间被侵蚀，威力顿弱！

“魂火！”黑衣人眼瞳骤缩，满是惊惧之意，厉声喊道。

多年不曾现身大陆的冥部强者，居然出现在了这里！

黑衣人哪里还敢停留，收回法宝，转身便逃。他掠至半空，踏树叶而起，身形骤虚，再也顾不得容易被发现，便要驭空而去。

谁曾想到，就在他的脚尖离开树叶的那一瞬间，天空忽然变暗。

树梢有团黑雾，仿佛一直在那里等着他。

那团黑雾直接落在了他的脸上。

黑衣人眼前一片黑暗，他直挺挺地倒了下去，落在积叶上，再无生机。

黑雾随风轻颤，却不消散，其间有张苍白的脸若隐若现。

风渐大，黑雾避至地面默然前行，看着就像是太常寺被雨洗过的乌檐——那是苍龙的角。

黑雾向着山崖裂缝里钻入，眼看便要消失，忽然剧烈地搅动起来。雾里那张苍白的脸本来没有任何表情，漠然至极，这时候却忽然扭曲，满是震惊与愤怒。

一只不知从何处来的巨手……抓住了那团黑雾。

那只巨手泛着青色，那青色就像绿草一般新鲜，却又像腐烂的尸肉。

明明是两种截然不同的感觉，却在这只巨手上得到了统一，给人一种极其诡异的感觉。

青色巨手合拢。

黑雾拼命地挣扎扭动，想要逃走，却是无法做到。

很快，伴着一声极低的怒鸣，黑雾骤然消散，碎成了无数团魂火。

这些魂火的层级极高，纵使历经无数里的旅途从冥界来到朝天大陆，依然保持着无色无息的状态。如果任由这些魂火散落在山崖间，很难被人族修行者发现，再过数百年就有可能变成怨灵。

遗憾的是，这些魂火没有神末峰上的那些魂火幸运，直接随着一阵狂风连同所有的黑雾残余灌进一个洞里。

黑雾消失无踪，视野重新清楚，原来，那个洞是一张嘴。

那张嘴里生着很多细碎的牙齿。

那人的鼻子很粗很圆，鼻头有些红，看着就像一个没有发育完全的红萝卜。

那人的眼睛深陷如洞。

那人是个矮小的老者，身上气息全无，却给人一种无比强大的感觉。

吞噬完这些魂火，老者不再停留，双臂一振，如一只大鸟般悄无声息地穿过密林，瞬间变成极远处的一个小黑点，再出现时，已经到了朝歌城北数百里外的一座山崖边。

崖边坐着一位年轻人。

年轻人的手里拿着一根竹竿，竿头系着细线，线垂入崖间的流云里，看着似乎是在钓鱼。

云里怎么会有鱼？难道他在钓鸟？

“佩服佩服，没想到你居然能让冥界为你所用。”矮小老者看着那个年轻人，说道，“能隔这么远杀死中州派的元婴长老，这个冥界小鬼的水准不错。”

年轻人没有回头，盯着崖下的流云，神情极为专注。

云层渐乱，隐有黑点穿行其间。

那些看不到的飞鸟盯着竹竿线上系着的食物，发出“嘎嘎”的叫声，显得极其贪婪。

看着云里的乱象，年轻人摇了摇头，然后才开始回答老者的问题。

“冥师三弟子的水准当然不错——虽然只敢用影子过来——不然我怎么会请你出手？”

老者发出难听的笑声，说道：“你什么时候能把冥师钓出来？我好久不曾见他，世人也很久未见，想来会很热闹。”

年轻人说道：“都是被我青山杀破了胆的可怜老先生，你不敢现身，他又怎么敢出现？”

老者沉默了一会儿，说道：“你确定青山宗不知道我出来了？”

“问世间谁最了解青山？”年轻人把竹竿插进崖边的石缝里，转身望向老者，竖起大拇指对着自己的脸，笑着说道，“是我呀我……”

他本有些清冷的面容，因为这抹笑容顿时变得可爱起来，带着些散漫的味道，很是亲切。

看着这张脸，老者不知道想到何事，叹息一声，说道：“我在地底里躲了几百年，世间变化太大，像你这样的人，居然也只能躲躲藏藏，真是令人伤感。”

年轻人挑了挑眉，说道：“话多了啊。”

老者忽然正色说道：“我想吃几个人，实在是有些馋了，那些魂火没味道，就算没小姑娘，吃几个汉子也是好的。”

“好啦。”

年轻人有些无奈，收起竹竿，带着老者向崖外走去。

老者赶紧跟上。

年轻人斜了他一眼，说道：“怎么感觉我现在就像养了条狗？”

“汪汪。”老者讨好地说道，“只要你能灭掉青山，绝了我的后患，我再给你做三百年狗又何妨。”

年轻人说道：“那你得先护着我，可别让我被那两个逆徒杀了。”

老者苦笑着说道：“我现在可打不过他们。”

“所以，我们要抓紧啊。”年轻人叹了口气，伸手摸了摸老者的头。

崖下流云渐静，鸟渐无踪。

山林被一道寒冽的剑光照亮，然后被万丈金光点燃。

南忘与金供奉最先赶到现场，其余的青山弟子随后陆续赶到。看着黑衣人的尸体，他们神情微变。

黑衣人的手上有剑伤，法宝气息的残余也很清楚，应该就是对赵腊月出手的那名凶徒。

只是他为何会死在这里？

南忘拂袖。

黑衣人脸上的布被掀起，他的气息已经全无，以道法改变的容貌自然也无法再维持，露出了真实的面容。

“魏成子？”

金供奉大惊。

南忘的脸色很难看。

场间死寂一片。

想杀赵腊月的真是中州派的人，而且还是位元婴长老。

南忘问道：“他是怎么死的？”

金供奉挥手，如金粉一般的物事落在四周百丈方圆的地面上。

金粉渐渐虚化，隐隐可以看到一些画面，极其模糊，但从气息上已经能够判断出是何物。

“魂火！”青山弟子们忍不住发出惊呼。

冥界妖人居然又出现了！

“很强，比你我弱不了太多，而且来的只是一道分影。”金供奉感受着那些魂火残余的气息，神情凝重地说道。

南忘没有说话。

难怪魏成子这位中州派的元婴长老竟是一个照面便死了，就连元婴都没能逃掉。

青山弟子们对视无语，气氛极为压抑，而且诡异。

鸣翠谷，从来没有像今天这般出名，也从来没有像今天这般热闹。

浅溪两侧、山谷林里，到处都是人影，脚步声与话语声此起彼伏，不绝于耳。

朝廷的神卫军封死了数十里溪谷的两头，凌厉的剑光与冲天的法宝光毫在天空里交相辉映。

这里已然变成了禁地。

至少有数万名军士、民夫在两百里方圆的山野里寻找哪怕最细微的痕迹。清天司的官员则是在最关键的几处地方查探。溪畔的道观废墟里，山谷深处某棵野树下，到处都能看到官服。

魏成子的尸体还搁在那棵野树下，双目紧闭，冰冷如石。

无论是在修行界还是在朝歌城，他的地位都不低，如今却曝尸荒野半日无人理会。

因为这件事情实在太大，没有人敢移动尸体，生怕破坏了线索。

不谈冥界妖人忽然出现背后隐藏的阴谋气息，这件事情本身就足以震惊整个大陆。

中州派的元婴长老设局暗杀青山宗的神末峰峰主。

以赵腊月现在的身份地位，她被刺杀，再怎么重视也不为过。

更关键的是，朝廷必须表现出无比重视的态度，因为所有人都很担心青山宗的反应。作为被边缘化的清天司官员，这种吃力不讨好的案子，施丰臣当然要被推到最前面来。

他收回落在魏成子身上的视线，走到崖边望向渐有万点灯火亮起的山野，沉默不语。

赵腊月居然没有死。

不老林的刺客却死了，死在了多年不曾踏足大陆的冥界妖人手下！

那名刺客竟然是中州派的长老！

局势的发展远远超出了他的想象，这件事情比他想象的要复杂无数倍。

施丰臣觉得在远方的山野里有双眼睛正在看着自己，那双眼睛里没有任何情绪。

他的身体渐渐发寒。

第三章

请你看看我

CHAPTER 03

朝歌城里。

井九站在窗前，看着静静躺在手里的弗思剑，不知道在想什么。

在暮色的映照下，弗思剑更加艳红，就像是刚刚杀了人。

在最危险的时刻，赵腊月切断与弗思剑的联系，让它回朝歌城向青山同门求援。

弗思剑把剑书传至西山居，完成了使命，不知往何处去，自然循着气息重新回到他的手里。

那一刻，他知道赵腊月出了事，但以他现在的境界与驭剑速度，就算赶过去也来不及，所以他没有去。

那一刻后，赵腊月或者活着，或者死去，他都不用再去，只需等结果就好。

书架后方的墙壁悄无声息地移开，鹿国公从里面走了出来，神情严肃，鬓角残着汗水。

他走到井九身后，禀报道："峰主已经送回赵府，金供奉亲自看守，其余人已经回了西山居。"

以冷静低调著称的鹿国公，在太常寺知道这件事情后，也是惊得很长时间没有说出话，赶紧进了宫。

不是因为赵腊月与井九的关系，而是因为赵腊月的身份以及这件事情的严重性。

如果青山宗不能保持冷静，中州派会有怎样的反应？修行界大风一起，朝廷如何能静？世间万民又能如何？

井九没有说话，他站在一片血光里。

鹿国公不知道那是弗思剑发出来的红光，以为是窗外的夕阳。

看着井九的背影，他觉得莫名紧张，下意识里腰更弯了些。

在他的认知里，井九应该是木牌主人的传人，还很年轻，境界实力也不是太高。但不知道为什么，井九就这样安静地站着，他却感觉到极大的精神压力。

井九说道："没事就好，你先回吧。"

鹿国公不敢多言，行礼后从地道离开。

井九离开窗前，双手微振，弗思剑变回剑索，再落在手腕上变成手镯。

他走到书架前，取下铁剑背到身后，离府而去。

赵府灯火通明。

街上没有人影，紧张而肃杀的气氛却浓郁得仿佛有实体。

不知道有多少朝廷高手隐藏在暗中，当然也少不了青山宗的弟子。

井九走到赵府门前，踏上石阶，街道暗处的气息微有变化，然后迅速恢复平常。

府门被推开，一名管事带着警惕与畏惧的神情看了井九两眼，说道："今日府上有事……"话没有说完，他看到了那张脸，想起三日前别园那边的传言，神情微惊，赶紧让开道路把井九请了进去。

赵府里很安静，下人们应该都被命令留在各自的房间里，看不到人，也听不到平日常有的笑闹声。

来到最深处的小院外，那位管事退下，井九走了进去，看到了一个矮胖男子。

那名矮胖男子穿着一件金衣，在夜色里闪闪发光。当然，就算他没有穿这件衣服，依然金光万丈，因为他的气息足够强大而且光明。

井九知道此人就是皇宫里的金供奉，前两次没有在皇帝身边见到，但听皇帝提起过，据说对皇族忠心耿耿。

看来这位金供奉的境界实力确实不错。

今夜他来给赵腊月当保镖，是皇帝想要表达自己的态度。当然，井九知道这也说明皇帝肯定开始怀疑某些人。

井九没有理会此人，望向迎出来的赵腊月父母，微微点头致意，视线在赵母脸上多停留了片刻，便走进了房间。

西山居的气氛比赵府更加紧张，更加压抑，死寂一片，虽然房间里有那么多人。

南忘坐在椅上，脸色寒若冰雪，没去赵府的青山弟子全部在场，神情严肃。

和国公代表朝廷前来，从正午到此时便一直没有离开过，随他一道前来的还有位果成寺高僧。这个人选很有意思，因为这位高僧乃是果成寺律堂首席，与青山宗的关系比较亲近。

清天司指挥使从鸣翠谷赶了回来，神情凝重地入内，向四周抱拳行礼，把最新的情形汇报了一遍，又说道："用从宫里借出来的天纹镜再次确认了，杀死魏成子的确实是冥火，而且层级非常高，别的后续还要再查。"

南忘面无表情地说道："这不是我想听的话。"

和国公赶紧说道："金供奉亲自守着，峰主必然无事，朝歌城安全得很。至于查案，清天司也一定会用心做事。"

南忘像看白痴一样看了他一眼，说道："想害我青山峰主的凶徒是中州派的长老，谁不知道中州派与朝廷的关系？神卫军里有多少云梦山的外门弟子？如果我没记错，这位指挥使也是中州派弟子吧？现在你和我说朝歌城很安全？至于这案子，交给清天司不就等于交给中州派自己？那还查个屁啊！"

听完南忘这番话，和国公等人觉得好生无奈，心想：青山剑宗原来不止会说狠话，也很会说怪话。

果成寺律堂首席见气氛实在有些尴尬，劝说了几句。

和国公撑着椅子的扶手，凑得更近了些，低声说道："总不能因为此事就开战不是？"

南忘微微挑眉，说道："有何不可？"

换成别的修行宗派，就算遇着今天这样的事情也不会擅启战端，因为对方是中州派。放眼世间，只有青山宗有这个资格，而且以他们的行事风格，真的可能选择开战。

场间的气氛再次变得紧张起来。

和国公赶紧说道："但禅子也说了，相信清容峰峰主一定明白，虽然出手的是魏成子，但绝对不是中州派的意思。"

南忘冷哼了一声，没有说话，其余的青山弟子也沉默不语。

禅子说得没有错。

青山宗并不认为暗杀赵腊月的行动是中州派指使的，因为这对中州派没有任何好处。

赵腊月是天生道种，但这样的天才弟子在修行界的历史上并不罕见，现在天光峰不就还有一位卓如岁？

如果杀死她，青山宗的未来会受到影响，当前的实力却不会受损。

关键在于她是景阳真人的亲传弟子、神末峰峰主，辈分地位都很高。

如果中州派真要杀她，就意味着想与青山宗全面开战。可如果这样做，中州派必然要雷霆大动，直撼青山根基。

不要说赵腊月，南忘都没有这个资格。

中州派的出手对象只可能是青山掌门和元骑鲸这两位通天境大物。

看到南忘等人的反应，和国公知道禅子的指点果然是对的，人族最大的危机应该不会发生了，现在最紧要的事情是查出此案的真相，以及中州派愿意为修复两派关系付出什么代价。

“如果真是不老林所为，难道他们的手已经伸进了云梦山里？”和国公刻意转了话题，问道，“而且要请动不老林做这样的大事，幕后那些人要付出多少代价？”

“还有一个问题，如果是不老林请冥界妖人出手杀死魏长……魏成子灭口，为何事后不把痕迹消除得更干净些？如果是时间紧迫来不及，他们根本就不应该让冥界妖人出手，与冥部勾结这种罪名就算是不老林也不会愿意承受。”清天司指挥使接着说道。

南忘说道：“我不管这件事情有什么隐情，总之是你们中州派的长老做的这件事，那就说些你们应该说的话。”

场间再次安静。南忘的意思非常清楚，现在应该站出来说话的是中州派，应该说的话当然是道歉以及付出代价。

很多视线望向某个地方，那里有个高大的身影。

上午来到西山居，洛淮南便一直站在那里。从始至终，他没有动过，没有喝一口水，更没有进食，态度表现得很端正。

直到这时候，青山宗终于正式开始问话了，他才说出了自己的第一句话。

“这件事情，我们中州派会全力承担。”

这话说得很漂亮，但就像世间很多事物一样，越好看越不真实，因为无法描述自然也无从考核。

南忘挑眉，说道：“你担得起吗？”

洛淮南神情如常，说道：“师母知道消息后已经南下，这时候应该已经上了天光峰。”

果成寺律堂首席宣了声佛号，说道：“如此便好。”

和国公也是面露喜色，说道：“如此最好。”

南忘沉默了，没有再说什么。

中州派掌门是修行世界最顶尖的大人物，要说云梦山还有谁的地位比他更高，便只有他那位同样是通天境界的道侣，也就是洛淮南所说的“师母”。

掌门夫人亲自前往青山宗，中州派的态度不可谓不诚恳。具体事宜自然会由她与青山掌门、元骑鲸商议，相信中州派必然要付出很多代价。与之相较，井九与童颜在梅会棋战上关于晶石分配的赌约，完全不值一提。

中州派表现出这样的态度，和国公与果成寺律堂首席都同时松了口气。

他们看着南忘的反应，心想：接下来只需要安抚好赵腊月就够了。

南忘知道他们在想什么，直接说道：“你想的差了，那样不够。”

和国公神情微异地问道：“还有谁？”

南忘说道：“井九。”

听着这个名字，在场的人都有些吃惊。在他们想来，就算井九是青山宗重点培养的剑道奇才，梅会棋战之后声势正盛，又有景阳真人亲传弟子的名头，依然没有资格参与到这等大事里。

洛淮南却很安静，似乎早就猜到。

幺松杉说道：“井九师叔是个很记仇的人。”

青山弟子们纷纷点头。

当年初入洗剑溪，柳十岁为了见井九，被顾寒打了几次，后来在承剑大会上，井九便在顾清的身上打了回来。

去年试剑大比，井九当场出手把两忘峰的马华打到石林下面，重伤顾寒，最后竟连过南山的剑都折了，也是报复。

这时有消息传到了西山居，人们才知道井九去了赵府。

没有停留很长时间，他便离开。没人知道他与赵腊月说了些什么。

“他离开赵府的时候，发生了一件事情。”和国公脸上的情绪有些复杂，说道，“水月庵弟子莫惜被人打折了四肢，扔到了他的脚下。”

南忘看了洛淮南一眼，没有说什么。

众人都明白她的意思。这就是水月庵给青山宗的交代。

包括和国公在内的很多人，都已经猜到这个处置应该是过冬的手笔。

那个少女行事果然有其师风范，烈如西风。

洛淮南忽然觉得，让师妹去劝说井九似乎不是最好的选择。

赵府门前。

莫惜躺在井九的脚下，浑身是血，她抬头盯着井九，眼里满是绝望与恨意。

井九举手示意赵府管事过来，说道："原样送回水月庵。"

水月庵的风格恬淡安静，直到出了连三月。

这种重口味的画面，他很熟悉。

他也明白对方的意思，既然看到，也就够了。

井九转身离开。

莫惜厉声喊道："你难道不想知道我为什么这样做吗？"

"不想。"井九没有停下脚步。

看着他消失在夜色里，莫惜呆住了。

片刻后，安静的街上响起她痛苦的哭声，不知道是后悔还是如何。

井九站在窗前，端着一杯茶，看着远处若隐若现的太常寺的乌檐，沉默不语。

杯里的茶早已凉了。

他对茶无爱，只是试着像寻常人一样端着，想通过这种方式来帮助自己想明白那些寻常人。

他在想水月庵的交代、临去前那个少女说的话。

最终他还是没有想明白，摇了摇头。

事情已经如此，接下来要做的便是往前行走，何必再回头询问原因？

就算知道你的人生背景、感情经历、偶尔冲动犯下的错，又有什么意义，时间不应该放在这些事情上面。

有敲门声响起。

井九从窗边走回屋里，右手轻抚剑镯点燃剑火，然后落在茶壶上。

"吱呀"一声，井家大哥推开了门。不知道是认识对方，还是别的什么原因，他没有拒绝来客进入，甚至没有请示一下井九。

来客随夜里的清风而来，落在海棠花瓣上的脚步没有发出任何声音。

白衣飘飘的少女生得极美，神情柔弱，眼神干净，就像一池清水。

仿佛落在凡间的仙子。

井九示意她坐下，端起重新滚烫起来的茶壶，给她倒了杯茶。

他想到对方应该会派人来安抚自己或者说服自己，只不过没有想到来的是这位。

白早是中州派掌门夫妇的独女，在云梦山里地位特殊，即便放眼整个修行界，身份也极矜贵。她来见井九，说明中州派表达了足够的尊重。

白早轻声道谢，端起茶杯喝了一口，神情微异。

她没有想到，这茶水的味道如此糟糕，就算青山宗不怎么讲究这些，但也有宝树居这样的供奉，怎么也不至于喝这样的茶……最关键的是，这茶明显泡得不对啊。

一壶凉透了的茶，被剑火重新煮沸，味道自然好不到哪里去。

井九根本不知道她在想什么，以为她不知道该怎么开口，说道："请讲。"

白早心想：原来是个急性子，既然如此，自己也得改变一下行事风格才好。

"魏成子突破到元婴后期的可能性很小，门派对他的支持也不是太充分，但他终究是我中州派的长老，被收买的难度很大。不老林能做到这点，说明他们的手伸得比我们想象的还要更长，最麻烦的是，现在看来不老林可能与冥部有关系。"她看着井九的眼睛，认真地说道，"所以我们的想法是，这个案子的追查应该更慎重一些。"

青山宗与中州派都是正道修行界的领袖，当然应该从全局的角度审视赵腊月遇刺一案，然后做出最稳妥的判断。

井九明白她这番话的意思，只不过他本人并不擅长做这些判断，或者说他不认为这很重要，说道："为何来找我？"

"我听洛师兄说过旧梅园里的事情，虽然他和我都不是很明白，但看起来，腊月峰主似乎很在意你的意见。"白早的声音很温柔，语气很坦诚，"如果你愿意暂时保持沉默，或许她也可以，这件事情就不至于风波太急。"

井九说道："你们已经确定魏成子是不老林的人？"

白早说道："抱歉，这个不方便说。"

井九说道："就算我们不说什么，但青山里的师长，还有你的父母，都不见得会放过不老林。"

听到这句话，白早露出一抹带着嘲弄意味的笑容。

井九知道这笑容不是对自己的，那么是对谁的？

白早望向窗外的夜色，轻声说道：“我了解我的父母，也了解你的师长们，因为从本质上来说他们是同一类人。他们不会愿意轻易开战，因为不老林不好对付，更重要的是，他们习惯了平静地修道。”

井九明白她的意思，因为他也是这种人。

修道者到了漫长岁月的中后段，看待世事的态度自然与年轻人不一样，与普通人的看法更是完全没有相通之处。

因为他的沉默，白早误会了些什么，又说了一句话。

“我们只是请求你们暂时沉默，以免破坏整个局面，事实上我们已经做好了与不老林发动战争的准备。”

井九知道她说的是什么，刚才他问她是否已经确定魏成子是不老林的人，也是一种确认。

数年前，柳十岁在朝南城外的浊水里吃下那颗妖丹，便是这个准备的开始。井九只是不确定，白早言语里提到很多次的“我们”……是谁。

他问道：“你们是谁？”

白早静静地看着他，看了很长时间。

房间里很安静，铜茶壶经过急剧的冷热交替，发出极其轻微的金属声。

就在井九以为她不会说话的时候，她的声音响了起来。

“洛师兄、童颜、我、晚书，以及几位同门，西海剑派的桐庐，水月庵、果成寺、昆仑派、通化寺里的一些年轻弟子。”白早平静地说道，“你们青山里，过南山、简如云、顾寒、马华，还有些别的两忘峰弟子。”

这是难以理解的信任与坦诚。

井九这才明白为何洛淮南与童颜都看自己不顺眼。

“你组织这样的……有什么意图？”井九不是很确定应该怎么称呼这个由各宗派天才弟子组成的东西。

“我们的想法与师长们不一样，但我们还很年轻，不够强大，所以需要互相帮助。”

“哪里不一样？”

“面对雪国的威胁，人族必须团结起来，并且主动做些什么，不能只顾着自己在深山里修道。"白早说道,"出世也得先让现世安稳,不然那就成了避世。"

井九说道:"原来你们都是刀圣的信徒。"

白早说道:"不,我们尊敬刀圣,但觉得他那样做事太辛苦,无人帮助,终究难成大事。"

井九说道:"有一定道理,虽然他可能并没有想过做成什么大事。"

白早微怔,想着今天的来意,说道:"其实几年前,我们就开始留意你与赵腊月,只是没想到因为一些原因……"

这说的自然是井九与两忘峰弟子交恶的事。

井九明白她的意思,摇了摇头。

白早以为他在忌惮什么,说道:"师长们知道我们的存在,大概也是想看看我们能不能做出些什么来。"

井九说道:"这就是扩大版的两忘峰。"

"可以这样理解。"

"我不喜欢两忘峰,所以也不会喜欢你们。"

"不需要喜欢,只需要合作,正道宗派之间,尤其是青山宗与我中州派之间,没有任何理由敌对不和,难道就为了争那口闲气吗?那太没意思了。而且这次的事情,我总觉得是有人想要提前迫使我们向不老林发起进攻,然后从中获取好处。"

白早的声音很轻柔,仿佛被湿润的深春空气包裹,听着很舒服,很真诚,很有说服力。

井九心想,你的感觉应该是对的,然后想起了现在不知所踪的柳十岁。

"我答应你不会对不老林做什么,别的不用再提。"

这便是明确拒绝了这些修道天才们的邀请。

白早没有流露出失望的情绪,更没有生气,轻声说道:"还有另外一件事情。"

对她来说,这件事情才是今夜造访井府的重点,与之相较,前面的说服与招揽更像是借口。

井九说道:"请讲。"

白早看着他的眼睛问道:"你与赵腊月是道侣关系吗?"

井九说道:"不是,我们也没有这个想法。"

白早站起身来,平伸双手,慢慢地转了一圈。

星光穿过窗户，落在她的身上。

白裙轻飘，不是舞蹈，身姿也不如何曼妙，却异常动人。

她看着井九，摆出请君欣赏的模样，认真地说道："那你看看我怎么样？"

井九看着她，认真地想了一会儿。

今夜才第一次见面，应该从哪方面评价？

容貌从来不是他关注的重点，而前面这番对话里，小姑娘展现出来的心性各方面都不错。

问题是，我对你的看法很重要吗？

直到他想起来白早先问了他与赵腊月是不是道侣关系，才明白了她的意思。

他说道："我不会考虑这些事情，这与你如何没有关系。"

"这说明在你看来，我还算不错。"

白早的眼睛忽然变得明亮起来，就像是晨光照亮的溪水。

井九说道："我记得听谁说过，洛淮南与童颜都有可能成为你的道侣。"

白早轻声解释道："洛师兄是我父亲的徒弟，童颜是我母亲的学生，我的父母有他们的想法，但那不是我的想法。"

井九说道："你为何不选他们？"

无论怎么看，洛淮南与童颜也是她最好的道侣对象，除非卓如岁或过南山加入这场竞争里。

白早微笑着说道："因为我不喜欢他们。"

井九忽然觉得这件事情好像有些麻烦，说道："难道你喜欢我？"

初次见面，便说喜欢，未免有些无稽。

白早嫣然一笑，说道："是啊。"

井九说道："喜欢什么？"

白早说道："我喜欢你下棋，你的棋真美，虽然你坚持认为棋道只是游戏，与美丑无关。"

井九说道："我以后可能不会下棋了。"

白早说道："听说你的剑道天赋冠绝青山？我也很喜欢。"

井九想了想，说道："我很少用剑。"

白早说道："这次我舍了画道，参加书道，便是受了你那局棋的启发。听说你在青山有个徒弟，也很出色。"

井九沉默了一会儿，说道：“顾清……不错，但那是他的心性好，与我无关。”

白早说道：“我最喜欢你这种无所谓的模样，可能是因为我在乎的事情太多，做不到你这样，所以觉得你很好。”

井九知道要改掉自己懒散的性情是件很辛苦的事情，想了想说道：“其实……我修行很刻苦的。”

被连续回绝四次，白早依然没有生气，轻声说道：“我最喜欢你的样子。”

井九不说话了，他总不能用弗思剑在自己脸上割几道口子。

白早说道：“我先天不足，修行也极艰难，外表看着柔弱，却养成了有些直接的性情，希望你不要觉得唐突。”

井九说道：“明白，我也很直接地说，这件事情不可能。”

白早走了。

井九端起茶，再次走到窗边，望向夜空。

茶还是冷的。

他说出那句话后，白早没有再说什么，只是看了他一眼。

他不知道那种眼神应该用什么词语来形容——幽幽？还是悠悠？

但他能读懂她的眼神，因为在过往的无数岁月里，这样的眼神他看过很多次，直至在神末峰闭关后才见得少了些。

是的，他在神末峰闭关，经常数十年不出，便是觉得这些眼神太麻烦。

直到现在，因为那些眼神，他还会避着某些地方，比如清容峰……

没想到这次参加梅会，他又遇到这样的眼神。

白早是一个热烈地活着、与柔弱外表截然相反的少女，非常出色，令人欣赏。

他能怎么办？还不就是像以往那样，想办法避开就好。

第四章

我怜世人忧患多

CHAPTER 04

第二天清晨，井九从竹椅上醒来。

这次记得带竹躺椅一道出山，他便很少睡床。

天光落在窗外的海棠树上，花朵已经将要落尽，青翠更盛，同样令眼睛感到舒服。

他从书架上取下铁剑，用手唤出剑火，洗了把脸，便离了井府。

因为担心井九乱来，一直有青山弟子盯着井府，同样还有别的势力也盯着这里，只不过他们都没能发现井九的离开。

当井九想要消失的时候，没有人能感应到他的气息，就像当年在剑峰上碧湖峰高手想要杀赵腊月时那样。

寻常巷陌，寻常人家。

井九推开院门进去，看到的是两只低着头在地上寻觅食物的鸡。

那两只鸡很瘦，地上残余的糠壳和被啄食得只剩枯杆的白菜苔表明，它们平时的伙食确实很差。

井九的视线在小院里扫了一遍，走进屋里。

他望向伏在桌上睡觉的那个男人，问道：“谁让你做的？”

最近这两天，施丰臣再也不复前些日子的清闲无聊，因为赵腊月被暗杀的案子，他在朝歌城外四处搜寻，回到城里也要忙着审看卷宗。

昨天深夜他才回到家里，把以前留下来的卷宗又看了几遍，不知何时沉沉睡去。

听到有声音，他从桌上抬起头来，揉了揉有些发涩的眼睛。

有些模糊的画面渐渐清晰，变成一个颀长的身影。

然后，他看见了那张无法忘记的脸，整个人就像是被淋了一桶冰水，瞬间清醒过来。

鸣翠谷一案引发了很多猜测与议论。

凶手已经确定是中州派元婴长老魏成子。

那幕后的主谋又是谁?

到现在为止，胡贵妃受到的怀疑最多。谁都知道她与赵腊月有旧怨，甚至可以说是解不开的仇怨。而且她与中州派的关系向来良好，凭她在皇宫里的地位，还真有可能说动中州派的元婴长老。

有极少的人已经确定魏成子是不老林的刺客，那么是谁请动了不老林?

因为鸣翠谷野林里的魂火残余，有很多人怀疑这会不会是冥界的阴谋。冥界可能想借此事，挑起朝天大陆正道宗派两大领袖之间的冲突，以图谋利。

但这些都只能是猜想，因为没有证据。

真相就像被无数片迷雾遮住的天空，明明知道就在那里，却无法看到。

没有人把施丰臣与这场暗杀的主谋联系起来。虽然他曾经带着清天司的高手们，在大陆上追缉赵腊月与井九很长时间，虽然他曾经在四海宴上，当着那么多修行者的面对赵腊月说过狠话。

官嘛……身为朝廷官员，当然要说那几句话。

这样一个被边缘化的清天司官员，有什么能力威胁青山宗?有什么资格去做这样的大事?

官字两个口，却没有一个“胆”字。

没有人怀疑过施丰臣。

井九却是直接找到了他的家里，问了这样一句话。

他的神情很平静，语气很淡然，却有一种不容反驳的感觉。

施丰臣的眼睛微眯，看着他说道:“我不知道你在说什么。”

他不明白井九为何确定自己参与了此事。

“昨天夜里，我推演计算了各种可能，因为某个变数的存在，没能算出准确的结果。”井九说道,“但我觉得，你应该参与了这件事。”

施丰臣的眼睛眯得更加厉害，带着嘲讽意味说道:“觉得如何便闯进门来质问我这个朝廷命官?只凭猜想便确定，难道井九仙师也是这样下棋的吗?”

井九说道:“是的。”

施丰臣冷笑无语。

井九说道:“现在已经不是猜想，你的呼吸、心跳、声音，各种反应都表明你参与了这件事。”

施丰臣眼瞳微缩。

井九说道:“包括这个反应。”

小院里很安静。

两只瘦鸡偶尔叫两声,“咯咯”的声音很没有精神。

施丰臣沉默了很长时间。

然后，他从桌后站起身来，整理了一下身上的官服，说道:“是的，我就是这件事情的主谋。”

他的语气很淡然，神情也已经平静很多。

不等井九继续发问，他直接说道:“不老林的刺客是我请的，中间人在一家小酒馆里，但这时候他应该已经逃了。如果要说有什么意外，那就是我没想到不老林的刺客居然会是中州派的长老。我很确定这不是中州派的意思，我甚至开始怀疑我是不是被不老林利用了。你应该明白我的意思。”

哪怕是最胆小的犯人，交代问题也不会这般利落。

施丰臣的坦然，带着一种很诡异的感觉。

井九无所觉，因为不在意，他说道:“这种时候还担心正道宗派内斗，让朝廷不稳，看来你是位忠臣。”

“谈不上，我只是不想牵连太多的无辜民众。”施丰臣仰起头来，带着骄傲的意味，说道:“我与你们不一样，虽然都是修行者，但我从来不修无情道。”

井九没有理会他的这些动作想要表达的意思，说道:“说出主使你的人。”

施丰臣冷笑着说道:“哪有什么主使者，只不过是我想她死，你也很清楚这一点，不然不会直接找上门来。”

井九说道:“如果魏成子是不老林的人，凭你根本请不动他。”

施丰臣神情微变，很快便恢复正常，沉默不语。

井九说道:“我知道是景辛。”

施丰臣的袖子微微颤抖起来,他不明白对方为何能够如此肯定地说出答案。

“你没有证据，就算你会邪派的搜魂术，得到的也只会是胡言乱语，不能被采信。”他看着井九，神情严厉地说道,“就算刚才的画面被青山宗的溯流珠记录下来，同样也不能被采信，因为没有声音。”

世间只有中州派的还天珠那样的至宝才能拥有完美记录画面与声音的能力。那样的宝贝自然不可能在一名年轻的青山弟子手里。

井九说道：“原来你是觉得没有证据，所以不担心。”

施丰臣说道：“不错。”

井九说道：“我做事不需要证据。”

施丰臣沉默了一会儿，说道：“你们这些修行者，向来都是如此，我倒也不意外。”

井九向前走了一步。

施丰臣说道：“看来我必死无疑了，在我死前，你想不想知道为何我只想赵腊月死，却从来没有担心过你。”

昨夜在赵府门前，水月庵莫惜说出类似的话时，井九没有听，今天他却停下了脚步。

“因为我研究过你，我发现你与赵腊月不同，你对这个世界没有任何兴趣，漠然至极。”施丰臣说道，“一般人可能会觉得，你这样的人比较无情，但只有我们这些清天司的官员才清楚，像你这样的修道者反而对世间没有太大坏处。但赵腊月不一样，她对这个世界依然充满热情与爱，她觉得自己能够改变这个世界。”

井九明白他的意思，然后想起昨夜白早说到的那些年轻人，说道：“像她这样的年轻修道者很多。”

施丰臣说道：“不错，但那些年轻修道者不像她这般好杀。”

井九没有说话。

“我警惕修道者，因为你们的力量太大，随意一动，对凡人来说便可能是灭顶之灾。”施丰臣盯着他的眼睛说道，“赵腊月不惮于杀人，甚至会不惜一切代价杀人，来践行她的道，这就是最大的灾难。”

如果被指责的是自己，井九肯定不会理会，但说的是赵腊月，他却想替她说几句话。

“腊月杀的都是恶人。”

施丰臣冷笑着说道：“且不说善恶的标准是否应该由你们这些修行者来定，就算她杀的全部都是恶人、妖怪，难道这样就是行善？当初你与赵腊月在商州杀了几个青楼的打手，事后我已经大概查明白你们为何这样做，高高在上的修道者路过某地偶尔挥手，便改变了一个普通人悲惨的人生？你们以为那样就拯救了那个小姑娘？那你知不知道那个小姑娘现在过着怎样生不如死的日子？哪有什么行善，不过是满足一下你们拯救苍生的欲望罢了，虚伪，恶心！”

井九平静地说道：“是的，当时我就对她说过，那么你呢？你知道这件事情后可有做过什么？”

施丰臣脸上的笑容渐渐敛去。

井九说道：“如果你有做些什么，那个小姑娘应该感谢你，如果没有，你也不应该被指责，就像腊月一样。”

施丰臣沉默了很长时间，说道：“也许你是对的，我只不过是太害怕她。”

井九问道：“怕什么？”

“我害怕她成为第二个太平真人。”施丰臣声音微颤着说道，“你大概不明白我为何这么说，你只需要知道……太惨，人间太惨。”

井九沉默了，他当然知道。

当年，整个人间不闻战鼓。

太平，只剩太平。

寂静无声，无比可怕。

昨夜白早说过，她感觉有人想要通过刺杀赵腊月，迫使正道门派提前向不老林发起进攻，然后从中获取好处。这比施丰臣担心的——不老林想要通过刺杀赵腊月挑起两大正道领袖宗派之间的战争，想得更远些。

但她最多也只能想到冥界，因为有魂火的存在。

井九却想得更远，直接把视线放在了人族与冥界之间。

因为他很熟悉这种味道，这种悄无声息却让千万人死去的阴谋味道。

那是某人最擅长做的事情。

今天他直接来到施丰臣的家里，便是想要找到一些痕迹。

当施丰臣要求说遗言的时候，他沉默地听着，也是基于这个原因。

只是到现在为止，施丰臣都没有提到那个人，就连相关的词语都没有。

井九盯着施丰臣的眼睛，说道：“在你内心深处生出这个念头的前后，有没有什么不一样的事情发生？”

施丰臣摇了摇头，脸上露出一抹笑容，说道："我只希望以后会有不一样的世界出现。"

说完这句话，他坐回椅上。数道黑色的血水从他的眼睛与鼻孔里流了出来。

呼吸骤无。

施丰臣震断了自己的经脉，同时嚼碎了早已藏好的毒药。

看着椅上的尸体，井九沉默了一会儿，转身离开了房间。

井九应该可以阻止施丰臣的自杀，但他没有。不是因为没有必要，而是因为在施丰臣说出最后一句话的时候，他在对方的眼里看到了死志。

他理解施丰臣对修道者的愤怒与仇恨，虽然并不同情。他也不想追问对方生命里那些痛苦的前尘往事。

生死最大，他会尊重。

那么就让赴死者得到死亡的结局吧。

小院安静无声，阳光移走，两只瘦鸡有气无力地啄着地上的影子。

不知何时，院门再次被推开。

"师父，今天还是白菜苔炒腊肉！"

王小明瘸着腿走了进来，把那条腊肉搁到磨台上，伸脚把两只瘦鸡踢进笼子，以免它们去啄腊肉。

"上次你说白菜苔有些老，这次可是嫩极了。"

他兴高采烈地提着白菜苔走进屋里，想让师父先看一眼。

"啪"的一声轻响，白菜苔落在了地上，散开，就像真正的花一样。

他的双腿不受控制地颤抖起来。

"啊……啊……师父啊！"

屋里响起凄惨的哭声。

他的哭声很难听。

哭声都不好听。

施丰臣的丧事办得很冷清，至少在开始的时候是这样。

王小明跪在堂前，往盆里扔着纸钱，动作很机械，神情很麻木。

不知道是被烟熏得太狠，还是哭得太久，他的眼睛里满是血丝。

邻居们来了，又走了，小院里就只剩下他在这里跪着。

院外忽然响起呵斥声与别的动静，然后木门被人有些粗鲁地推开。

不是来找麻烦的人，而是有些大人将要前来吊唁，得到通知的衙役赶紧过来清场。

被高高挑起的白幡，墨水淋漓的“奠”字，让小院的气氛顿时变得与先前不同。

王小明没有理会，依然跪在铜盆前，木然地烧着纸钱。

他没能记清楚随后出现的那些大人究竟是什么官职，叫什么名字。

施丰臣生前门庭冷清，死后倒是热闹得狠，谁都明白这是为什么。

王小明也知道。

没有人看见施丰臣是怎么死的，清天司官员自查确定是自尽，但他是被谁逼死的呢?

所有的矛头都指向了青山宗，更准确地说是指向了井九。

深受中州派影响的朝廷官员们当然要借此事向青山宗施加压力。

所谓致哀，他们的脸上哪有哀容可言?

在王小明看来，唯一有些真情实意的，反而是那位间接导致师父死亡的胡贵妃。

夜深的时候，胡贵妃派人送来了一大笔很实在的金银。

王小明说了一声谢。

施丰臣下葬后，王小明便离开了朝歌城。

没有人知道他去了哪里。

在清天司库房与他一道做事的工友偶尔会议论起这个少年。

有个名叫七十二的工友与他关系最好，被问起时说道:“他说要回西北，说老家在那边。”

其实他也觉得奇怪，这两年里从来没有听说过王小明还有老家，更不知道与西北有什么关系。

赵府后园很安静。

深春时分的树木，正在最茂盛又不令人腻烦的阶段，看着便令人心喜。

赵腊月的心情却并不如此。

“施丰臣有个养子叫王小明，有修行潜质，今天离开朝歌城不知去向。”

井九看了她一眼，心想：这是要斩草除根的意思？

“我说过，我不是好人，我很凶的。”

她的脸色有些苍白，那天在鸣翠谷受的伤太重。

井九说道：“施丰臣其实看得不算太错，也与我不会教人有关，你的杀心确实有些重。”

赵腊月盯着他问道：“你在意？”

井九摇了摇头，说道：“你只是还没有想明白，所以有些生气。”

赵腊月沉默了一会儿，说道：“是的，我想不明白他为什么一定要杀我，难道我真做错了什么？”

井九说道：“能力越大，责任越大，相对应，危险性也就越大。你的心性不受约束，偏又对天下苍生有所眷怜，所以在他看来最是危险，必须要趁你还不够强大的时候，提前消除掉。”

赵腊月还是不明白，说道：“难道躲进隐峰修无情道，不理众生死活才是好的？”

井九说道：“从某种意义上来说，不理会世间万事的修道者，对凡人来说当然要更加安全。”

赵腊月沉默不语，她小时候在朝歌城里生活，每日想着的便是修道，但也看过一些杂书。

那些故事里有才子佳人，有行侠仗义，也有热血国士，后来去了青山宗，门规里也写着济世扶困之类的字眼，但在数万里的旅途中以及现在，井九流露出来的态度却是修道者应该不理世事，为何？

“修道者与凡人本来就是两个世界的人，人一旦可以修行，便与凡人再没有太多关系。前朝诗人曾经写过一首《梦游寒山吟留别》，深受凡人喜爱，修道者却无甚感觉，更喜欢他的那首《白发三千丈》，为何？”

井九说道：“因为后者写的是生死大苦，修道者依然很难摆脱，所以有同感。而前者写的是神仙事，你我本来就是神仙，我们能看到凡人看不到的风景，能体悟到他们体悟不到的感受，又如何会被凡人臆想的风景与感受打动？”

赵腊月沉默了很长时间，说道：“但凡人也可以追求。”

井九说道：“是的，凡人可以不接受自己的命运，力争踏上修仙大道，但并不是所有凡人都有这种幸运。”

朝歌城外，有座山庙，不是节时，前来供奉香火的民众极少。

王小明走到庙后，有些困难地爬到树上，确认山林四周没有什么人，才从衣服最里面拿出一个油纸袋。

袋子里装着一些零散的东西，对他来说意义重大。这些东西是胡贵妃派人送来的银票，还有一本很薄的书，书上写着“清玄功”三个字，正是三清派的入门功法。

这是施丰臣留给他的遗物。

他翻开书开始认真阅读，但过了很长时间还是无法把那些文字看进去。因为他总是容易想起师父，然后泪水便模糊了双眼，怎么擦也擦不干净。

赵腊月自小便准备修行，深居简出，直至去往青山，接触的除了家人、仆人便是同道中人，从来没有想过这些问题。

“这是我第一次与人说这些，因为很枯燥无趣，而且没有意义，所以也会是最后一次说。”井九看着她，平静地说道，“妖怪吃人，修行者也吃人，有的是真吃，有的是假吃，但都是吃。”

赵腊月沉默了一会儿，说道：“就像你在海州时说过的那些捞珠人？但二者总有分别。”

井九说道：“归根结底，修行宗派需要凡人供养，而修行者又可曾为凡人做些什么？”

赵腊月挑眉说道：“南河州的通天桥，我们都曾经走过。”

井九说道：“不错，修行者可以为凡人修桥开山，斩妖除魔，但与他们的能力相比，做的还是太少。因为修道是修自身，就像青山宗，如果不是没有机会破境，那些二代弟子连外门师长都不愿意做，又何谈行走世间，排厄除难？”

“你的意思是，修行者对凡人的态度就像是养羊？”赵腊月盯着他的眼睛说道，“修桥只不过是帮它们把羊圈做得更结实，斩妖也不过是怕狼吃了太多自家的羊？”

井九说道：“好比喻，但不够准确，修行者也是自凡人里来，二者间的关系要比牧民与羊之间的关系复杂无数倍。”

赵腊月问道："会带来什么问题？"

"羊不会羡慕嫉妒牧民，因为没有羊会变成牧民。"井九说道，"但凡人会羡慕嫉妒修行者，因为他们有曾经的同伴变成了修行者。"

赵腊月明白他的意思，说道："怎么解决这个问题？"

井九说道："强者拥有一切，所以朝天大陆从来都是修道者治国，当前局面也是如此，景氏皇族只不过是所有大的修行宗派基于平衡等多方面的考量，公推出来的管理者。当然，景氏皇族也会利用这种制衡不断地壮大自己，以谋万世。"

赵腊月若有所悟，说道："原来是从梅会开始的。"

"不错，当年便是梅会确定了这数百年的大陆格局，只不过事后有些修行者生出了一些不一样的想法。"井九说道，"他们觉得这种格局太过稳定，运转效率太低，人族提升太慢，无法真正消灭雪国的威胁。"

赵腊月好奇地问道："那他们准备怎么做？"

井九沉默了一会儿，说道："他们认为人族不能活得太过安乐，至少在雪国没有被消灭之前。他们还认为凡人不应该得到太多的照顾，修行者就应该撕去假惺惺的面具，直接奴役凡人，同时进行海量的筛选，挑选出有修行潜质的凡人，用各种方法催发其成长，壮大人族的力量。"

赵腊月的黑眸现出惊异，说道："就像是真正的养羊？"

井九没有说话。

西槐山在朝歌城西，一千七百里。

这里刚好出了云梦山大阵的范围。

山崖里到处都是雾，随着朝阳升起，雾气蒸腾而上，崖前的景物反而变得清楚了些。

年轻人坐在崖边，手里拿着一根竹竿。

竿头悬着的线垂落崖底，没入一条瀑布之中。

水声轰鸣，瀑布甚疾，那条细线却是纹丝不动。

那天他在云里钓鸟，今天又是在瀑布里钓什么？

隐约可见一些极细的黑影在瀑布里穿行，速度奇快，竟能在几乎垂直的水帘里自如游动，不知是何种异鱼。

那些黑影盯着细线的前端，明知凶险，却不肯离去，似乎也是极为贪婪的物种。

那个瘦矮老头蹲在年轻人的身边，不时用手揉揉发红的鼻子，看着真的很像一条狗。

年轻人忽然抬起头来，望向十余里外的一片山崖。

老者随之望去，以他的眼力自然可以看见，一个瘸着腿的少年正背着行囊艰难地往山上攀登。

“他和柳十岁不同，柳十岁心里的那团火是假火，他的恨却是真的，三清派那些烂功法不值得学。”年轻人看了老者一眼，说道，“让他成为你玄阴宗的宗主怎么样？”

老者说道：“有趣，反正我那些徒子徒孙也没有孝敬过我，更没想过帮我这个老祖宗解决一下麻烦，都该死。”

年轻人把竹竿插到崖石缝里，站起身来望向远方。

他的手离开竹竿的一瞬间，瀑布里的那些细黑影，像无数道黑色的闪电般，向着线头冲了过去。

无数水花被激起，夹杂着刺耳的怪叫。

年轻人并不理会，看着那边说道：“你说，让他跳崖找到一个山洞好呢，还是落到湖里发现一个宝箱好呢？”

老者笑着说道：“我觉得怎么都好。”

年轻人忽然问道：“你是不是很想杀我？”

老者神情如常，没有说话。

年轻人转过身来看着他，清秀的脸上依然带着可亲的笑容。

老者沉默了一会儿，说道：“我不想瞒你，因为没意义，而且也瞒不过，不错，我今天确实有些想杀你。”

年轻人说道：“为什么？”

老人冷笑着说道：“我的那些徒子徒孙没孝敬我，是因为他们不知道我藏在哪里；他们没办法帮我解决这个大麻烦，是因为他们打不过你们青山。但这并不代表他们不爱我敬我，每年祭祖的时候，我的画像必然还会被摆在第三的位置。

“我宗被你们正派打压了千年，活得像狗一样，近些年好不容易有些希望，我这个老祖宗当然想为宗里做些什么，这时候你却要我把功法传给这个不认识的瘸子，你觉得我有不生气的道理吗？”

“是啊，听说现在玄阴宗那个少主不错，想来你是准备把功法传给他。”年轻人微笑着说道，“不过我觉得很有意思，所以就这么定了。”

老者眯了眯眼睛，没有再说什么。

他当然想杀死这个年轻人，获得真正的自由，但他没有动手，自然有不能动手的原因。

年轻人叹了口气，伸手摸了摸老者的头，眼里满是怜悯。

怜悯不是同情，要更居高临下。

老者是修行界历史上赫赫有名的大魔头，著名的遁剑者之一——玄阴宗三祖师。

谁又有资格怜悯他？或许，年轻人怜悯的是自己。

矮瘦老者眯着眼睛，看着远处还在向峰顶攀登的那个瘸腿少年，似乎根本不在意被年轻人摸头、怜悯。

像他这等境界、这等年岁的大魔头，城府不知多深，怎会轻易地被外物所扰。

他不能杀死身边的年轻人，是因为年轻人的神魂与某件事物相连，而那件事物可以让他不被青山剑阵发现。

当然，这些话都是年轻人说的，极有可能是假话。但他无法判断真假，不敢赌，因为赌的是生死。

年轻人转身，望向远处山间的那个少年，忽然问了一个问题。

“死真有这么可怕吗？你看他随时可能跌落悬崖，摔得粉身碎骨，却还是在不停向上。”

“那是因为他太年轻，没有认真而冷静地思考过生死这个问题。”老者说道，“如果他真的能成为玄阴宗宗主，再过个数百年，一统魔道，你觉得那时他还有现在的勇气？”

年轻人说道：“曹园每天在风雪里面临生死考验，也未曾生出避意。”

“那是佛，不是人，佛随时准备着寂灭，人却贪念永生，所以他不怕，我怕。”老者眯着眼睛说道，“除了我们三个，藏在青山、云梦山里的那些老家伙也一样怕死，所以不丢脸。”

年轻人说道：“活得越久越怕死，这话听过很多遍，依然很有道理。”

老者说道："应该说越能活，越怕死，所以景阳真人如果还活着，那他就是世间最怕死的人。"

年轻人沉默了，视线落在更远的地方——天地相连的那层薄云里，神情有些落寞。

老者看着他的侧脸，皱眉说道："我不明白的是，你也很能活，为何却像是毫不畏惧终结？"

"因为……在井底活着很无趣啊，就算能像元龟那样活几万年，又有什么意义呢？"年轻人说道，"小白当年就很有趣，如今在碧湖峰上当大王一般的老气横秋，我可不想和它一样。"

深春时节的朝歌城雨渐渐少了。不管是太常寺的乌檐还是赵府的雨廊，都反射着渐炽的阳光，暖和得令人想要睡觉。

赵腊月脸色苍白，眼睛却很清亮，黑白分明，非常专注。

井九说得很清楚，这会是他最后一次谈论这个问题。

"共存或养羊都是修道者的想法，凡人不能修行，智慧并不比我们少，当然会有自己的想法。比如宝树居或朝廷里的官员，他们会主动参与到这个世界里，以谋取金钱或者权力，在短暂的生命里享受更好的生活。"

井九说道："施丰臣因为天赋以及某些原因无法在修道路上走得太远，再可能因为幼年经历过的某些事，所以对修行者很敌视，可以说充满了怀疑与仇恨，这刚好可以代表另外一些凡人的态度。"

赵腊月沉默了一会儿，说道："持这种态度的人很多？"

井九说道："数万年来，修行者对凡人的欺凌与压迫从来不曾停歇，景氏皇朝应该算是最好的时代，但依然无法解决这个问题。当然，凡人无力反抗，只要能够生存下去，表面上自然不敢对修行者有丝毫不敬，也不敢表露自己的敌意，但那些怒火并非不存在，而是藏在他们每个人的灵魂最深处，一旦修行者失去了自己的力量，这些怒火一定会爆发，成为一道拥有难以想象的力量的洪流，摧毁你已经习惯的一切事物。"

海州城外的汪洋上，飓风刚刚过去。巨大的阴影从海面掠过，带起又一阵风浪，渔夫们没有抬头看也知道是飞鲸。

一艘船没能承受住天地的巨力，惨然倾覆，虽然有渔船从远处赶来相救，依然有两名海女身亡。

海女的尸体裹上布，缓缓向水下沉去，远处的浪花间隐约传来鲛人的歌声。

谁都知道，这两名海女的遗体不可能沉到海底，中途便会被海里的凶恶生物撕裂然后吞食，但渔夫们的神情却很麻木，因为这样的事情隔上一段时间就会发生一次，他们早就看惯了。

谁都知道捞元气珠最挣钱，却没有多少渔夫愿意做，因为太危险。但每年西海剑派代朝廷征收的元气珠数量就摆在那里，总要有人去做。

朝歌城外有个隐藏在庄子里的赌场。

清晨时分，一个中年汉子骂骂咧咧地从赌场里走了出来，浑身散发着汗臭，不知道在赌场里待了几天几夜。看他的神情与满是血丝的双眼，应该是输光了身上所有的钱。

他走到一棵树前解开腰带开始撒尿。

暗淡的晨光里忽然掠过一道剑光，瞬间消逝无踪。

中年汉子恰好看到这幕画面，吓得哆嗦了一下。

他的神情有些惘然。小时候他也曾经运气极好地看过天空里的剑光，当时还是孩童的他心里生出无限羡慕与崇拜，暗下决心一定要好好努力，成为传说里的仙师。

现在，他早就不这么想了。他往地下狠狠地吐了一口浓痰，对着天空不停地咒骂道："摔不死你！摔不死你！"

青山的云雾涌入小镇，配上到处都在盛开的桃花，风景如画。

一个神情憔悴的年轻人跪在街上，对着云雾里若隐若现的群峰不停地磕头。

他的身后是一辆破旧的板车，车上躺着一位老人。

深春时节，南方更是暖和，但那位老人盖着两床厚厚的被褥，依然脸色苍白，不停地颤抖，显得极为惧寒。更令人心惊的是，老人的呼吸极为微弱，眼看着便要不行。

有居民同情地说道："仙师们住在深山，根本看不到你，你就算把头磕坏了又有什么用？赶紧去果成寺吧。"

“墨丘太远，家父实在支撑不住，所以……”年轻人声音微颤说道，“听闻青山宗仙师最是仁厚，而且经常会巡视四周，万一他们今天就过来了呢？”

那人叹息着道：“仙家丹药何等珍贵，怎会随便予你？更何况现在世间太平，又不是前些年景阳真人飞升那阵，镇上隔几天便能见着仙师出巡。我都已经半年没见着剑光了，你就绝了这念头吧。”

年轻人望着云雾里的山峰，脸上露出一抹惨笑，在那位居民的帮助下艰难起身，拖着板车向镇外走去。

“需要担心那些怒火吗？”

“力量相差太大，所以不需要担心，除非天地大变。”

“什么才算是天地大变？”

“朝天大陆灵脉尽无，元气流散。”

“可能吗？”

“也许有一天会，但不会是现在。”

“那现在呢？”

“人族真正的威胁是雪国。”井九说道，“所以唯一需要担心的天地大变就是雪国怪物南下。”

当年雪国怪物南下，没有选择逃走的修道者死伤殆尽，北方大陆的修行宗派无论正邪都近乎灭门，人间再无秩序。百姓流离失所，窜而成匪，有些人得到那些宗派的财富与无主灵器，更是横行无忌，四处烧杀劫掠，无恶不作。

“于是有了烽火连三月。”赵腊月说道。

井九说道：“不错。”

赵腊月忽然想到了一个人。

“如果没有刀圣，不知要死多少凡人，他也是修行者，难道凡人除了怨恨与愤怒就没有一点感激之心？”

“曹园不是普通的修行者，是佛，没有几个修行者能够成佛。”

赵腊月说道：“但为了抵抗雪国与镇压冥界，修行界不断有人死去，难道他们也不能得到凡人的感激？”

井九看着她的眼睛说道：“他们是为了凡人而战斗，还是为了自己的师门？”

赵腊月说道：“我不认为有区别。”

“当然有区别，因为事到临头，生死对面，总有先后顺序。”井九说道，“只要能够保住师门道统，他们难道真的会在意凡人的死活？”

赵腊月想起两忘峰上的那些同门，比如过南山，比如顾寒，发现无法给出答案。

井九继续说道：“而且就算每个修行者都像曹园那样，凡人的怨恨与愤怒依然不会消失。”

赵腊月不解，问道：“为何？”

井九说道：“因为嫉妒。”

赵腊月想象自己如果不能修行，只是朝歌城里一个普通的贵族小姐……那些云端之上的风景，那些世间言语难以描述的感受，那些无法触及的体悟，平静、优渥且不被控制的修道生活。是啊，如何能不嫉妒呢？

换作那些艰难求生、辛苦度日的下层民众，更是会多出千百万个理由。

井九站起身来，走到廊前，望向一丛翠竹。

“最不可解的问题是，凭什么你们能活几百岁、上千岁甚至更长时间，而我们却只能存在短短数十载？”

是的，这才是真正无解的问题。

廊里一片安静。

“就像谁都会嫉妒真正的长生。”赵腊月看着他的背影说道，“所以景阳师叔祖才会出事，对吧？”

井九没有转身，没有回答她的问题，就像是没有听到。

他闭着眼睛，睫毛很长。

阳光穿过廊前的竹枝，落在他的脸上，留下斑驳的竹叶影痕。

赵腊月走到他的身边，沉默了一会儿，说道：“你不像是愿意思考这些事情的人。”

“自人间来，总会想想人间。”井九睁开眼睛，说道，“不过想想也就够了。”

赵腊月看着他的脸，问道：“为何想想就够了？”

井九说道：“因为想一想便能知道，无人能够想出解决的办法。”

赵腊月挑眉，说道：“就这样？”

“还能怎样？”井九说道，“先回山吧，修行要紧，何时不再想这些问题，再来人间不妨。”

赵腊月看着他的侧脸，认真地问道："你找到想找的那个人了吗？"

井九摇了摇头，说道："但我感觉到他出现过，并且已经通过某种方式见到了我。"

赵腊月想了想，说道："好吧，道战的时候小心些。"

井九有些意外，说道："我为何要去参加道战？"

赵腊月更加意外，说道："为何？"

井九说道："我与你说过，踏血寻梅太危险，而我很少做冒险的事。"

赵腊月睁大眼睛，看着他的眼睛，问道："为何？"

井九说道："因为怕死。"

来朝歌城的途中，景阳真人的假洞府开启，他在暗处观察，结果被昔来峰峰主方景天发现，对方甚至动了杀念。

那一刻他感觉到了极大的危险。

这是时隔很多年之后，他再一次体会到这种感觉。

那夜方景天没有出剑，但后来在旧梅园里天近人还是出了手。

然后他才想明白已经不是当年。当年他习惯了没有人能杀死自己，所以可以很随意地行走，包括行事，但现在不一样，很多人都可以试着杀死他。

那天听闻赵腊月被暗杀，他看似如常，内心还是生出了一些情绪，也与此有关。他不喜欢这种情绪，所以决定日后的行事应该更加谨慎稳妥，不要总想着在世间行走诱使对方现身，还是回到青山最为安全。

赵腊月没有想到他会给出这样一个答案，说道："你总想着等他来找你，为何不去主动找他？"

井九望向檐上的天空，说道："我总觉得他就是想让我去参加道战，然后看到些什么。"

赵腊月看着他，认真地说道："如果你相信自己是对的，那去看看又有何妨？"

井九若有所思，伸手摸了摸她的头，说道："有道理。"

第五章

踏血寻梅

CHAPTER 05

施丰臣一案的最终结论是自杀，但还是止不住有很多怀疑的目光投向青山宗。某些势力想要借此掀起些风浪，朝歌城却还是那般平静。

朝廷里似乎有一股暗中的力量，把所有的事情都压制下来。这让很多人生出更多敬畏，要知道这里是朝歌城，而不是天南，谁能想到青山宗在这里还有这般强大的影响力，竟是丝毫不逊中州派。

这种敬畏越深，胡贵妃的日子便越难过，因为几乎所有人都认为她就是暗杀赵腊月的主谋。

对胡贵妃来说，这段日子真是太过刺激，刚被陛下允许生孩子，宠爱无双，结果接着便陷入了这样的困境。

“我有这么蠢，或者说这么刚烈吗？我又不是连三月的徒弟！这种时候我怎么会乱来？”胡贵妃的脸上未着脂粉，看着有些憔悴，恼火地说道，“那个施丰臣真是害死我了！”

嬷嬷苦着脸说道：“您就不该送那笔钱去，这岂不是授人口实？”

“一事归一事，施丰臣帮我办过事，人都死了，总要尽点心意。”胡贵妃正色说道，“知恩图报，了结因果，这可是禅子当年教我的。”

嬷嬷心想，因果哪是这般简单的事情，忧心地说道：“那现在怎么办？”

胡贵妃也很担心。

皇帝陛下已经有几天时间没来看她。表面上她的生活没有任何变化，但四周的空气仿佛变得越来越黏稠，有些难以呼吸。

她忽然问道：“禅子还是不肯见我？”

“是的，我甚至觉着……”嬷嬷看了她一眼，小心翼翼地说道，“可能和国公根本就没把话递进净觉寺。”

胡贵妃蹙眉说道：“我想亲自见赵腊月一面，有没有可能？”

嬷嬷说道：“她受伤很重，正在休养，肯定不会见客，而且听说正准备回青山疗伤。”

胡贵妃沉默了一会儿，说道：“那井九呢？”

嬷嬷神情微异，说道：“他当然是去参加道战了。”

净觉寺收到了一封信。

不是和国公替胡贵妃请求拜见禅子的书信，因为他不敢。

最近这些天，皇帝陛下一直没有见贵妃的面，这意味着什么让他琢磨了很长时间。

这封信的来头要大很多，没人敢有丝毫耽搁，直接送到了律堂首席的手里。

律堂首席匆匆走过那片桃林，来到寺庙最深处。

一个年轻的和尚跪坐在窗前的矮榻上，盯着眼前的一堆细木棍，神情非常专注。

律堂首席知道这是禅子最喜欢玩的挑木棍游戏，整个果成寺早已见怪不怪。他也知道禅子最不喜欢这时候被打扰，但还是咳了两声走了进去。

禅子无奈地叹了口气，问道：“何事？”

律堂首席把手里的那封信递了过去。

禅子微微挑眉，取出信纸，很快便看完了信上的内容。

这封信是刀圣亲书。

律堂首席担心地问道：“曹师兄来信何事？”

禅子说道：“他问一个人。”

律堂首席问道：“何人？”

禅子微笑着说道：“他问井九到底是不是寺里的蹈红尘传人。”

听着是这个问题，律堂首席稍微放松了些。

以他的身份地位，刀圣本不应该对这些流言蜚语感兴趣，但联想到他曾经的身份，便能理解他为何会专程写信来问。

事实上，律堂首席对这件事情也很感兴趣。

数年前他代表果成寺观礼青山宗承剑大会，当时便有些不解，为何禅子如此重视这个普通弟子的入门仪式。后来关于井九的来历生出很多议论，他忍不住心想：难道与此有关？

果成寺蹈红尘的传人身份向来极为隐秘，除了住持与禅子无人知晓，他也只能猜测。

“我会回信，还有别的事吗？”禅子依然没有给出明确的回答。

律堂首席看了眼他手里那张薄薄的信纸，说道：“此次道战在墨海之北的万松雪山里，距离镇北军与曹师兄所在都极为遥远，如果出事可能救援不及，虽说本来就是要考验他们在生死之间的潜力，但……要不要暗中照拂一二？”

他的这句话没有明确的对象，但很明显说的便是这封信里提到的某人。

禅子想了想，说道：“我那位故人一生谨慎，井九承其遗风，想来不会有事。”

道战在极遥远的北方举行，参加梅会的各宗派还留在朝歌城里。西山居依然住满了人，甚至要比前段时间更加热闹，因为很多修行者不像平日那样留在自己院里冥想修行，而是来到了外面的崖坪间。

修行者们不是闲得无聊出来散步或是交际，而是看画。

西山居有阵法，不会落大雨，但庭院间有道极长的雨廊，靠山那侧被整治得极为平滑，上面绘着数十幅画。

那些画从廊顶直抵地面，高约丈许，两尺宽，用金粉画着两三只雀鸟，还有梅枝在其间曲折而行，红梅绽放其间。

大多数修行者的视线落在中间一幅画上。

那幅画上的梅花开得极好，已经结了十数朵花，花朵很大，颜色极艳，就像血一般，有种触目惊心的美丽。不管怎么看，这幅画都应该已经完成了一大半。

那些梅枝向下方伸展，墨迹渐深，竟变成了文字，原来是一个个姓名。

“洛淮南真的太强了。”有人感慨地说道，“虽说童颜闭关，但只需要他一个人便足以让中州派傲视群侪。”

这幅画的下面有五个名字。

洛淮南的名字在其间。

每个名字伸出一根寒枝，枝头结出梅花。五根寒枝相互纠缠、叠加，看上去梅花盛放，无法分清发于哪根枝头。

仔细望去才能发现，绝大多数梅花是从洛淮南那根梅枝上发出来的，其余人的枝头也就结着一两朵。

雨廊下还有很多幅画，画的内容基本相同，只不过梅花数量与大小有区别。

这便是梅会道战的榜单，也就是传说中的——踏血寻梅。

参加梅会道战的年轻修行者，事先会按照各自的战斗风格与擅长功法进行抽签分组，每组基本为五人。

每杀死一只雪国怪物，那幅画上便会添上一朵血梅，同时按照雪国怪物的实力差距，梅花分成三种不同大小。哪个小组先完成自己的这幅画，便算优胜，与宗派之间的竞争并无关系。

当年的前辈修行者做这样的设计，是不希望各宗派各行其是，在道战里发生冲突，背离了团结正道修行者对抗外敌的用意。但宗派就在那里，谁会不关心各自的战绩？自有好事者会按照宗派来计算成绩。

这次道战，洛淮南的表现一如既往的强势，其余的中州派弟子如向晚书等人也表现得非常不错，现在的战绩远远超过别的宗派。

西海剑派的桐庐不愧是被卷帘人排在第二的参赛者，他的梅枝上也结了很多梅花，数量甚至不在洛淮南之下，只是那些梅花大小不一，看着稍嫌别扭。

其余诸如一茅斋与昆仑派、宝通禅院的弟子们的表现也如往年一般优秀。

有些令人意外的是青山宗。

大泽的左雨使在廊下走过，脸上露出担心的神情，心想：这一次青山宗可是麻烦了。

梅会分作琴、棋、书、画、道五项，除了当年的南忘和今年的井九，青山弟子很少参加前面四项。

但在最后一项道战里，青山宗的成绩向来最强——最近几次梅会，洛淮南连续夺得道战第一，青山弟子也拿过很多极好的名次，尤其是按宗派算的时候，青山弟子从来没有让第一旁落过。

与往年相比，今年青山宗的表现太过一般，甚至可以说是糟糕透顶。之所以会出现这种情况，是因为往年青山宗以两忘峰弟子为出战道战的主力，而今年因为各种各样的情况，两忘峰弟子来得很少。尤其是像过南山、简如云、顾寒等两忘峰强者都没有出现。

按照眼前的局势，不要说与中州派相争，便是一茅斋、西海剑派，甚至昆仑派的战绩都可能会把青山宗远远甩在身后。这真是很丢脸的事情。

很多修行者都在议论此事。

“那个井九呢？不是传说他很厉害吗？听说过南山那些两忘峰的杀神，都是因为他才没来。”

“不过是吹得凶罢了，就凭他的修道时间与境界，难道还能比青山首徒强？”

“就算有什么隐情，但他这表现也太差了吧？”

道战已经开始了十余天，经过最开始的紧张与不适应，那些来自各宗派的年轻天才弟子们开始展露自己的锋芒。那些画上的血梅越来越多，就算是最差的也会有两三朵小梅花，虽说看着有些寒酸。

最后方有幅画却依然还是一片空白，只有几根树枝，煞是可怜。

在遥远的北方，在墨海的那头，有一片突兀崛起于雪原的群山，人烟全无，荒凉至极。说是群山，其实每座山峰之间的距离都很远，看上去就像是面粉里钻出来的甲虫。

雪原是白色的，山却是黑色的，色调极其单一，看得久了，眼睛会有些不舒服。

据说这里当年是万松派的祖庭，后来被那次最大的兽潮毁了，没有留下任何残余的痕迹。

这里已经快要接近雪国的边缘，纵是初夏时节依然寒冷至极。尤其是高空云层上方的罡风更是酷寒如刀，无论是驭剑还是御宝凌空飞行，都很难支撑太长时间，能够隔绝严寒的飞辇因为速度稍慢又太危险，只有借助修行大派的至宝才能在这里自由穿行。

如果有修行者在高空飞行，又或者落在西北方向最高的那座孤峰上，往北面望去，便可以看到千里方圆的雪原上，不时会有天地气息波动产生。尤其是在那些黑色山的四周，每隔一段时间，便能看到烈风撕碎低垂的铅云，剑光与宝光交相辉映，雪原表面激起如龙卷风般的雪暴，其间夹杂着刺耳且难听的惨叫与低沉的轰鸣，看着就像无数朵烟花。

——那是参加梅会道战的年轻修行者在四处搜寻猎杀雪国怪物。

有座孤山的四周很安静，山里更是死寂一片，

井九坐在崖间某处，看着远方的雪原，沉默不语。

峰顶还残留着一些冬雪，他的睫毛上结着霜，但这时候并不是清晨，已经到了暮时。

数百丈外有个山洞，洞里生着篝火，四个年轻修行者围坐在旁。

这堆篝火明显刚刚点燃，火势还没完全起来，光线落在他们年轻的脸庞上，有些幽暗，让焦虑的情绪显得更加清晰。

一个穿着白色道服、相貌阴冷的年轻人站起身来，走到洞外，向井九所在的位置看了一眼。片刻后，他走了回来，摇了摇头。

此人是玄天宗的弟子卢今，擅长火系功法，最适合在严寒环境下作战，极为重要。

坐在他旁边的那名方脸年轻人微微皱眉，有些失望地叹了口气。他叫作伍鸣钟，乃是无恩门的年轻弟子，修的是极为少见的剑盾，可以提供极好的屏障作用。对于当前小队面临的局面，他也很不满，但因为无恩门与青山宗的关系，也不好说什么。

终究还是有人忍不住了，那名年轻修行者叫作代寅，乃是昆仑派重点培养的年轻弟子。他一身黑衣，腰间系着根青色的丝带，是昆仑派的法宝青索，据说是用青蛟的长骨炼制而成，威力极大。

代寅的眉毛很直，就像他的话一样："明天早上如果他还不肯走，那我们就把他丢下。"

卢今与伍鸣钟没有说话，剩下的那名少女有些犹豫，说道："要不要再等等？毕竟是前辈，考虑的也许比我们更周详些，再说他能拿棋战第一，想来境界不低，听闻在青山试剑的时候，他连顾寒师兄都胜了。"

"我也想知道，堂堂青山宗的前辈师长，天天躲在这里不肯出去，他到底在想什么？"代寅看着她，冷笑着说道，"我不知道他的境界实力到底如何，但如果我们就这么陪他待着，道战怎么办？"

少女叫作殷清陌，是摘星楼的弟子，以星壶为法宝，与悬铃宗弟子一样，是每个道战小队里不可或缺的角色。

听到代寅说得如此直接，包括她在内的其余三人都沉默了。

问题在于，谁去和那个人说？

火光落在他们的脸上，变幻不停。

"既然是我的提议，那就我来！"代寅咬牙说道。

井九看了这名年轻的昆仑派弟子一眼，同行十数日，他记得对方的名字叫代寅。

"感觉不对，再停留数日……"他想了想，补充说道，"我建议。"

"如果我们不愿意接受你的建议呢?"代寅盯着他的眼睛问道，神情明显有些紧张。

井九的身份地位要远高于他们，而且是位名人，关键在于他的名声还不怎么好。参加梅会的修道者都知道朝歌城里发生的那些事情，都在猜测那名清天司官员是不是被他逼死的。

井九沉默了一会儿，说道:"那明天就离开吧。"

回到崖洞里，代寅有些恼火地一脚踢飞篝火。

同伴们很吃惊，赶紧问发生了什么事，难道说井九强硬地要求大家必须留在山里?

"没什么。"代寅喘着粗气说道。

他的心情确实很糟糕。早知如此，前些天他何必忍着，耽搁了这么多天，道战的成绩还能好到哪里去?

暮色很快消失，夜色来临，雪云渐散，星光洒落山崖，却更添了几分寒意。

井九静静地看着雪原，没有感觉。

无数年来这里是人族最后的防线，但他还是第一次真正来到这里。

他来参加道战，最主要的原因就是像赵腊月说的那样，尝试主动找找那个人，虽然这里不可能有火锅。

鸣翠谷的暗杀，不老林与冥界的阴影，这些事情后面隐藏着的味道，让他有些不安。

那个人想要杀赵腊月是很好理解的事情，就像很多年前一样——他想向井九证明自己的道路才是正确的。同时，他也想借此事让井九来亲眼看看这片冰冷而残酷的雪原。

这里面有什么意义?

清晨时分，一行人离开孤山，踏足雪原。

其他参加道战的小队已经往雪原深处走了很远，把他们远远地甩在了后面。

按道理来说，已经被参赛者清理了一遍的雪原应该很安全，但他们还是很小心。不知道是凑巧还是如何，包括井九在内的五个人都没有参加道战的经验。

忽然响起一声惊呼，那名叫作殷清陌的少女急掠数十丈避开某物，惊慌失措之下根本忘记了唤出星壶进行防御。

代寅向她原先站立的位置望去，皱了皱眉，说道：“雪虫的卵胎，没有什么危险，也不算战绩，杀再多也没有用。”

说完这句话，他便带头向前走去，显得很是自信。

离开朝歌城的时候是深春，现在已经入夏，便是墨海之北的气温也相对较高，在这种时候，大部分雪原怪物都会入眠。

井九走到那里，挥袖拂去冰雪，看了两眼——那个卵胎约莫拳头大小，表面覆着一层半透明的白色薄膜，上面有着纵横三条的裂口，裂口边缘是将干未干的黏液，隐约还能看到一些绿色的茸毛，看着很是恶心。

他伸手拾了起来，手指在触到这颗卵胎时，竟感觉到了一道轻微的吸力。

他觉得很有趣，凑到眼前认真地看了看。

殷清陌脸色苍白地看着这幕画面，觉得好生恶心，心想：这么丑陋的东西有什么好看的？

雪虫卵胎里传来的吸力非常微弱，便是连一根发丝都无法移动，如果不是井九感知敏锐非凡，或许也很难发现。

他看着眼前的卵胎，用手指捏了捏，卵胎发出“吱吱”的声音，就像是灌满酒的皮囊，但没有任何反应。

剑识落下，井九确认卵胎里的那个生命已经醒来。当他的手指落在卵胎上时，那个生命流露出贪婪与吞食的渴望。但紧接着，它感受到了井九意识的可怕，因为恐惧而开始装死。

最低阶的雪国妖兽初生体，还没有见过真实的世界便已经有了如此强烈的生死自觉，这真的很有意思。井九把它收了起来。

数百里外的一座黑岩山峰下方，几名年轻的修道者正在商议着什么。

他们也是道战的参赛者，衣衫破烂，应该已经遇到过好多场战斗，但精神非常振奋，眼神里充满了自信。

他们在总结昨天的战斗情况，希望彼此的配合能够更加默契，让近战攻击、防御更有效地与远程强杀结合起来。

“嘀”的一声轻响，一名年轻修道者取出法器，认真地看了看昨天的榜单汇总，说道："洛淮南他们还是在前面。"

这说的是道战榜单上的位置，也是他们在雪原里的位置。

洛淮南那行人已经去往雪原深处，遇到了很多实力强大的雪国怪物，所以那幅画上的梅花才会那般大。

他们下意识里望向前方的那名年轻人，流露出敬服的神情——如果不是队伍里有此人，他们根本不要奢望能够跟在洛淮南的身后，早就已经被甩得看不到踪影，失去拿到道战第一的可能。

那名年轻人站在风雪里，依然身姿挺拔，如一把真正的剑。

他就是西海剑派的天才弟子桐庐。

在卷帘人的事先评判里，桐庐排在道战第二，甚至超过了白早与童颜，仅次于洛淮南。

事实也是如此，西山居雨廊里挂着的数十幅寒梅，只有他所在的小队能够勉强跟上洛淮南的队伍。

单以梅花数量来说，桐庐甚至不比洛淮南少，只不过因为进入雪原不够深入，没有遇到太多中阶的雪国怪物。

那四名年轻修道者明白，其实是他们拖慢了桐庐的速度，心存歉意，因此在战斗时表现得非常勇敢。

"井九前辈是怎么回事？为何这么多天了他还没有战绩？"

"不清楚，我师兄队伍里有个昆仑派弟子，听他传话，井九这些天根本没有出手，甚至没有离开过那座山。"

"进雪原之后最开始的那座山？"

"不错。"

"这是害怕吗？可如果连雪原都不敢进，何必来参加道战？"

寒风如刀，卷着雪片，落在桐庐那张普通无奇的脸上。

他听着同伴们的议论，面无表情，不为所动。

如果是在梅会棋战之前，他或许也会觉得井九是个怯懦无能之人，但在那盘棋局之后，他当然不会这么想。

能够承受住童颜在棋盘上的杀机，还能反杀成功的人，无论是道心还是意志都必然极为强大。只不过他也想不明白，井九究竟在想些什么。

忽然，有惊呼声响起。

桐庐走回同伴身边，看到法器上传来的最新消息，挑起眉头，很是吃惊。

井九一行人走在雪地上，彼此间保持数丈至百余丈的距离，确保可以对最近的同伴用自己最擅长的功法进行救援。

雪原的地面忽然颤动了一下，然后很快恢复平静。

五人停下脚步。卢今取出法器对准雪地，脸色变得更加阴沉，转头对同伴们无声示意：有东西。

雪地一片安静，如同死寂般，只能听到寒风的啸鸣。

这些年轻修行者毕竟没有经验，只知道敛气静神，不出声音，却没想到脚步声的忽然消失与安静对雪地下方的那个生物是再明确不过的示警。

远方的雪地忽然隆起，然后化作一道雪线，向着远处而去。

众人参加道战后，这才遇着第一场战斗，有些兴奋，更多的是紧张，一时间竟没有反应过来。

为了更快地逃走，那只怪物钻出了雪面，速度变得更快。隔着两百余丈的距离，隐约能够看到这是一只有些像蜘蛛的东西，约莫普通的圆桌大小，背面平滑如镜，身下的足闪电般弹动，看不清楚。

“雪足兽！”代寅大声喊道，“谁看得清楚是几只脚？”

井九说道：“六只。”

听着这个答案，殷清陌等三人神情放松了些，代寅更是露出了笑容。雪足兽的脚越少，阶层越高，越是厉害，六足雪足兽最为弱小，连一次进阶都没有经历过，哪怕是最普通的修行者也能轻易对付它。

井九解下身后的铁剑。

代寅伸手阻止，说道：“我来！”

话音未落，他已经疾掠而去。其余三人也随之而去。

数息之间，代寅便赶到了那只雪足兽的身后，手持青索，猛地抽下。

青索是昆仑派的法宝，蕴含蛟骨之威，这重重一击，何止千斤力量，便是石头也要碎了。

雪足兽的甲壳虽然坚固，但这只雪足兽不过是六足低阶，根本无法承受这种巨力。

“啪”的一声闷响，这只雪足兽的甲壳直接裂开，无数青色的浆液向四面八方喷射而去，就像利箭一般。

代寅踏空而回，落在地面。

伍鸣钟向前疾冲，召出剑盾，把代寅护在盾后。

殷清陌的速度要慢些，举起星壶默念咒语，一道清光自星壶喷出，如瀑布般泻落，把她与卢今罩在里面。

只听得“啪啪啪啪”一阵密集声响，就如骤雨一般，其间夹杂着“滋滋”的灼烧声音。

待那些青色浆液全部落下，伍鸣钟与殷清陌才收起了法宝。厚重坚固的剑盾表面满是密密麻麻的坑洼，那是被毒液侵蚀的痕迹。

参加道战之前，他们学习过相关知识，知道雪足兽的绿血有剧毒，而且腐蚀性极强。但只有看到真实的画面，他们才知道，哪怕是最低阶的雪足兽竟也是如此危险，就算能够被轻易地杀死，却还是可以威胁到自己。

看着前方那只死去的雪足兽，殷清陌不禁有些后怕，忽然想起来井九，担心地望去，发现他就站在不远的地方，白衣飘飘，一点毒液都没有沾上。

这时异变再生。雪足兽裂开的背壳里，忽然跃出一个小黑影，发出“吱呀”的怪叫，以极快的速度向着远方逃去。

“听耳！是听耳！”代寅看着那个东西非但不惊，反而更加兴奋。

听耳是雪国中阶怪兽里非常少见的具有智慧的存在，生活在雪足兽的甲壳里，可以用声音同时控制数百只雪足兽。

在战场上，听耳最重要的使命便是驱使潮水一般的雪足兽向人族军队发起进攻。

听耳的速度非常惊人，除此之外便没有什么危险。

谁能想到，在远离雪国核心的地方，在这只最低阶的六足雪足兽里居然生活着一只听耳。对他们来说，这真是运气极好的事情。

代寅毫不犹豫，准备去追杀这只听耳。

井九感觉有些不对，伸手想要拦住他。

代寅误会他是想要抢功，冷哼一声，推开他的手臂，掠了出去。

昆仑派在冷山里，最擅长风雪身法。

代寅无须驭剑，踏空而去，数个呼吸之间便变成了远方的一个小黑点，追上了那只听耳。

青光照亮雪原，他手持青索，向地面抽去。

忽然，他发出一声惨叫，从天空里落了下来。

殷清陌三人震惊无比，驭法器疾掠而去。

他们以最快的速度赶到那处，井九已经在了。

代寅躺在雪地上，生机尽无，面上被某种锐物割出数道裂口，血肉模糊，看着极为凄惨。

那根青索断成了数十节，散落在他的身体四周，其间有一个极小的黑洞，其深不知几许。

那个小黑影应该是顺着这个黑洞遁进了地底，速度奇快，竟是连井九的剑识都没能缀上。

寒风呼啸，夹杂着雪粒击打在人们的脸上，寒冷至极，场间一片死寂。

参加道战之前，他们都了解过相关的知识，确认只要不进入雪原腹地应该不会遇到太强的怪物，那个从雪足兽甲壳里飞出来的小东西从形状看就应该就是听耳，为何却如此可怕，连昆仑派的法宝都无法击伤它，反而被震断成了数十节？

殷清陌三人的心里生出很多不安与恐惧，下意识里望向井九。

井九沉默地看着雪地上的尸体，再次确认了为何那人要让自己来雪原参加道战。就像他与赵腊月曾经说过的那样，这里的生死最多。

这至少是其中一个原因。

第六章

晨光与暮色

CHAPTER 06

入夏后的朝歌城渐渐变得闷热起来，西山居里的修行者们却不用担心这个问题。在阵法招来的徐徐清风里，欣赏着廊下的画中寒梅，怎会觉得热？

随着时间的流逝，那些画里的梅花数量越来越多，引来很多赞叹。每幅画代表着数名参加道战的修行者，因为行事风格的不同，呈现出来的画面自然也不一样。

洛淮南所在的那幅画，梅花开得最盛，桐庐那幅画的梅花最密。

哪怕是那些只开了两三朵小梅、略显寒酸的画，也有股倔强不屈的意味。

只有那幅画依然一片空白。

有钟声响起，修行者们微怔，旋即明白意思，向廊外走去，退到了山里的那些凉亭处。

有大人物前来赏画，需要他们暂时避让。

站在山林里，看着远处廊下若隐若现的数道身影，修行者们低声议论着，很好奇那些大人物会说些什么。

很快那些大人物们对梅图的评价便传到了此间，最被重视的自然是禅子的评价。

禅子对白早的评价最高，赞道："此画匀称而有骨，最美。"

修行者们不禁有些吃惊，心想：明明洛淮南的表现最好，为何禅子却认为他不如自己的师妹？

静思片刻，想着那句话里的"匀称"二字，人们隐约明白了禅子的意思。

洛淮南确实极强，一根寒枝上发出十余朵丰硕的梅花，但其余四名同伴的梅花相对却不多，整幅画看着便有些浓淡不均。

相反，白早的那幅画里梅花的分布非常均匀，这代表着她对同伴们的能力非常清楚，帮助他们充分发挥自己的实力。

若以未来的正道领袖来做评判标准，她确实要比洛淮南更胜一筹。

"禅子对井九怎么评价？"有名修道者说出了众人心里最好奇的问题。

少年僧人背着双手在廊下行走，赤着的双足落在地面，发出"啪啪"的声音，就像是来踏青的顽童。

但无论是昆仑派掌门还是和国公，这些大人物们都老老实实地跟在他的后面，不敢随意出声。

少年僧人走到一幅画前，停下脚步，看着画上那几根树枝与大片空白，脸上露出一抹若有若无的微笑。

南忘面无表情地转过身去。

其余几位大人物不便当着她的面说什么，神情却是似笑非笑，意思很清楚。

梅会道战里，青山宗的表现向来极强，但这一次往常的主力——那些两忘峰的天才弟子们，都因为井九没能报名。

说好会参加道战的赵腊月又因为那件事情被迫退出，井九既然出战，自然是顶替她的位置，那当然是毫无疑问的青山代表。

只是他现在这样的表现，不说令青山蒙羞，也实在是令人无法置评。

这些大人物里，最不喜欢井九的是昆仑派掌门，因为当年的某些事情，他看着那幅空白的画便觉得痛快，冷笑了两声。

南忘转头看了他一眼，没有说话。

和国公赶紧打圆场，说道："也不知是遇着什么事情，或者是同伴出了什么事。"

"解决不了队伍里的问题，反而被同伴拖累，同样也是问题。"昆仑派掌门冷笑着说道，"就像禅子说的那样，领导能力不足，就算剑道天赋再高，也难堪大用。"

南忘微微挑眉，准备说些什么。

就在这时，少年僧人忽然叹了口气，吸引了所有人的注意力。

"都说我这位故人之后很懒。"少年僧人看着那幅画，感慨地说道，"现在看来是真的很懒啊。"

禅子离开西山居，回了净觉寺。

他对井九的评价还在西山居里回响。

修行者们相视无语，心想：这个理由或者说借口真是新奇，只是怎么总觉得透着股无赖的意味？

但禅子开了金口，谁敢质疑？且往后看便是，看看井九一朝不再懒散，究竟会画出怎样一幅梅花图来。

这时有画师从西山居深处匆匆走出。

修行者们看了十余日，知道这位画师的身份，只是看着他脸上凝重的神情，不禁有些吃惊，心想莫非有何变故？赶紧向雨廊那边走了过去。

在人们好奇的目光里，那位画师直接走到了那幅被关注了很多天的画前，提起笔来，在空白处随意画了一朵梅花。

人们围上前去，发现那朵梅花很小，而且沿着树枝往下看，看到的是一个不认识的名字，不禁低声议论起来。

虽说梅花很小，而且那只雪国低阶小怪并非井九亲手所杀，毕竟算是开始了。真正令人震惊的事情在后面。

那位画师绘完梅花后，并没有离开，而是换了一支新笔，蘸了墨汁，极其严肃地在那个名字上画了一道黑线。

雨廊下一片安静，鸦雀无声。

道战终于开始死人了。

代寅是谁？为何偏偏是井九所在的队伍？

西山居的最高处有一座凌云奇峰，栏外尽是浮云，遮不住朝歌城的风景。

昆仑派掌门站在栏边，眯着眼睛，脸色寒冷至极。

代寅是昆仑派重点培养的弟子，居然就这么死了，这里面绝对有问题。

他必须要青山宗给自己一个交代。

西山居的某个庭院里，清容峰的少女们正在聊着道战的消息。

她们说得眉飞色舞，瓜子壳到处翻飞，壶里的茶水不知道已经换了多少道。

南忘面带寒霜走了进来。

清容峰的规矩向来不严，但看着峰主这般模样，弟子们哪敢怠慢，赶紧放下手里的茶杯与瓜子，齐声行礼。

南忘坐到椅子里，看着这些如花似玉的少女们，微怒说道：“瞧瞧你们这模样，难怪在试剑大比的表现这么糟糕，连一个道战的名额都抢不到，你们这趟跟着我来朝歌城做什么的，来玩啊？”

少女们心想：自己这些人没资格参加道战，青山又不参加前面的琴棋书画四项，来朝歌城不就是来玩的吗？

直到她们知道南忘的心情为何如此糟糕之后，才担心起来。

梅会道战本来就极凶险，每次都会有年轻的修道者死去，但今年死人也太早了些？

而且井九师叔在最后方，按道理来说最安全，与他一起的那个昆仑派弟子怎么就死了呢？最麻烦的是，那个昆仑派弟子刚刚成功杀死一只雪国怪物便死了，很容易让人产生不好的联想，尤其是对那些阴谋论者来说。

“听说何渭很生气，要我们给个交代。”南忘一拍桌面，寒声说道，“交他个妈的代啊！”

少女们低头站着，就当没听到这句话。

何渭是昆仑派掌门的名讳，按理来说，南忘应该给予对方一些尊重。但弟子们早就习惯了峰主百无禁忌的行事风格，平日在清容峰里，峰主生气起来连掌门师伯都要说上几句，更何况是别派的掌门。

当年连三月拜访青山之后，南忘的性情已经收敛了很多，但身周都是自己的弟子，她不想再控制自己的情绪，冷笑着说道：“死就是输，活就是胜，这就是道战，他要什么交代？”

一位颇受宠爱的女弟子劝说道：“这种情形，小师叔被人议论也是难免，待寒号鸟的消息回来，自然就好了。”

寒号鸟乃昆仑派的镇派异禽，天性不惧严寒阴气，平日里都在九幽寒潭里静养，只有梅会隔数年举行时才会被请出来，负责监视雪原上的情形，确定那些年轻修行者的位置，在某些最危险的时刻也会亲自出手。

其实南忘明白这一点，寒号鸟是昆仑派自己的祖宗，何渭总不能说它说谎，而且就算它没有看到当时的情形，在场还有证人。

问题在于……现在就连她都觉得这件事情有些奇怪，井九与那个昆仑派弟子的死有没有关系，她毫无把握。

就看那几年赵腊月在旅途上杀人不眨眼的劲儿，再想着前些天施丰臣的死，谁知道井九会做出些什么事来。

那座她曾经很熟悉的山峰，现在已经变得很陌生了。

朝歌城入夜。

净觉寺的桃花早就落完了，通往最深处的那条通道两侧的桃花灯还亮着。

一位老僧向着石道尽头走去，看似缓慢，实则只用了数息时间便到了静室的门前。他调整呼吸，推门而入，看着眼前的画面，露出欣慰的笑容。

今天禅子终于肯盘膝而坐了。

虽然他只是盘着单膝，而且主要的原因还是方便他侧着身子去看那堆木棍。

“不是听耳，应该是铁线虫。”老僧知道此事有些急，没有任何耽搁，直接说出了自己的结论。

老僧法号释海，曾经在北方那座小城里服侍刀圣数十年，说到对雪国怪物的了解，整个果成寺没有比他更强的。

也正是这个原因，禅子才需要他的建议。

铁线虫是雪国深处的一种异虫，模样与听耳相似，也是寄居在各种雪兽的身体里，但甲壳异常坚固，就算是青山宗的剑都不见得能斩开。至于恐怖的杀伤力，更是与听耳天差地别。

如果那名昆仑派弟子遇着的是铁线虫，全无防备的情形下，确实难有幸理。

禅子抬起头来，有些不解地问道：“这种虫子不是向来都在那位身边？”

释海老僧知道禅子说的“那位”指的是哪位，神情凝重地说道：“而且铁线虫已经很多年没有出现过了，就算当年偶尔有那么几只在兽潮退去的时候钻进了地底深处，但这时候是初夏，也应该长眠才是，为何会突然醒来？”

禅子睁大眼睛，无辜地说道：“我哪里知道答案。”

释海老僧苦笑一声，说道：“难道今年又会是一次大兽潮？”

听到“兽潮”二字，禅子的神情认真了些，说道：“我已经让渡海师侄去看看。”渡海僧是果成寺律堂首席，谁也不知道，这位禅宗高僧竟是已经悄无声息地去了北方。

释海老僧担心地说道：“要不要提前结束道战？”

今年梅会由禅子亲自主持，只有他有资格用一句话结束这场道战。

禅子望向榻上的那堆木棍，随意伸手握住一根，然后抽了出来。

释海老僧忽然觉得很紧张。

数百根木棍就这样倒塌，没有发出太大的声音。

禅子看着那堆凌乱的木棍，很长时间没有说话，似乎是拿不定主意。

果成寺最擅两心通。

禅子在这方面的修为更是深不可测，如此犹豫，是非常罕见的事情。

“写信给需要知道的那几家，让他们做好准备。”禅子安静了一会儿，继续说道，“我们等曹园的信。”

寒号鸟的目力极为锐利。雪原上的那四个小黑点，对它来说就像近在眼前，它能够看清楚他们衣服上的尘土、靴上的残雪、脸上的疲惫、眼神里的茫然。

它有些不理解的是，走在最前面的那个年轻人为何那么干净？

没有尘土，没有残雪，没有疲惫，没有情绪起伏。

这也是殷清陌三人想不明白的事情，当然，他们还有更多想不明白的事。

代寅死后，在那座山里枯坐十余天的井九像是忽然想通了什么事情，开始向雪原里行进。

同伴的惨死没有摧毁这三名年轻修行者的意志，但还是会让他们感到有些茫然，很自然地开始听从井九的想法。

井九没有带他们猎杀雪国怪物的意思，明明路上遇到过两三次，他却是看都没有看一眼。他就像是单纯在赶路。

他要去哪里？如果是急着要去哪里，为何他还是像往常那般行走，没有加快速度，也没有冒险驭剑？

天光渐暗，寒号鸟早就已经离开。

井九停下脚步，后面的三人赶紧停住。

“就这里了。”井九用剑识扫过，确认方圆十里内没有什么危险的气息。

不过现在他也无法完全确保这一点——那天他感觉到了不对，却没有发现那只铁线虫。不管是对上修道者还是雪国怪物，他的战斗经验都很少。

殷清陌看了眼天色，取出星壶搁在地上。今夜可能无云，她想趁着这难得的机会吸收些星光。

星壶里还有十余颗星实，可以帮助修行者补充真元血气，但这几天再没遇到过战斗，没有必要拿出来。

伍鸣钟唤出剑盾，搁到中间的雪地上。

卢今默念真言，一团明黄色的火焰离手而去，落在剑盾上开始燃烧，照亮了越来越暗的四周。这团火焰可以一直燃烧到明天清晨，可以带来一些温暖，也可能带来一些危险。

井九没有反对卢今点燃这团火，因为他知道心理安慰有时候很重要。

这是一个很实用的防御阵型，星壶随时可以散出清光阵法保护三人，剑盾与明火则可以配合着一攻一防。

井九站在外面，没有坐进来的意思。

殷清陌三人习惯了，没有说什么，闭上眼睛，握着晶石开始调息。

夜色渐深，雪云渐散，星光落下，极其缓慢地进入星壶里，不知要用多长时间，才能集成一滴。

往雪原深处走得越远，雪云反而越少，这与以往的认知很不同，不知道这意味着什么。井九看着夜空里的星辰，想着这些事情。

他不知道禅子对自己的评价。当初他不愿离开那座山有几个原因，懒只是其中一点，关键是他的感觉不好。

他一直认为感觉是最靠不住的说法，只有当你无法推演清楚局面的时候，才会说出“感觉”两个字。

就像他与童颜下棋时说的那样。

当“感觉”这个词从他的嘴里说出来时，就表明他也算不清楚当前的局面，这当然不是好事。换句话说，他只要有感觉，那就是感觉不好。

而不好的事情，总是会发生。

很多年前，师兄对他这样说过。

井九当时留在山上，还有一个原因。他要确定参加道战的其余九名青山弟子的位置以及他们队伍行走的方向。如此他才能推算出，一朝有事，自己怎样才能在最短的时间里把他们带回去。

这与责任感无关，只是他本来就应该做的事情。

你在村子里开了一间私塾，带着学生们出去踏青，便要盯着溪边、树上，随时准备把他们捞起来，或者接住。

要说完全没有责任感也不对。

为什么不应该出现在雪原南方的铁线虫会出现在他的眼前？为什么别人没

有遇到？前方雪原深处有什么在等着自己？天地即将剧变？

是的，井九认为这一切都与自己有关。

如果让别人知道他此时的想法，一定会觉得特别荒唐——世间怎会有如此自恋的人？即使你是中州派掌门或者是禅子，也没资格说这样的话。

井九不这样想，千年来最大的天地动静便是他引发的。

朝天大陆无事，是因为他事先做了充分的准备。

但他那位朋友常年看着发呆的那片海发生了极为恐怖的变化，就连大漩涡的走向都变了。

他不来雪原，便不需要思考这些，既然来了，便要接下。

夜风极寒，地面一株野草也无，只有终年不化的雪。

井九取出竹椅坐下，把卵胎拿到眼前，仔细观察。

那层如雾般的薄膜有些坚硬，隐隐可以看见里面。卵胎里面没有任何动静，但他知道那个东西还活着，觉得有些意思。

这真是一种很奇怪的生命，居然能在与空气、天地元气隔绝的地方存活这么长时间。

要知道青山镇守里，也只有元龟能做到这一点。

是它的生命力真的如此顽强，还是这层薄膜起到了保护的作用？

他伸出食指在薄膜上轻轻一划，薄膜如鼓皮般裂开，然后以肉眼可见的速度干枯萎缩，露出卵胎里面的东西。

那是一只纯白色的小甲虫，生着六只极细嫩的细足，头颅很小，半缩在躯壳里。它的躯壳是半透明的，隐隐可以看到简单的内部构造。

小甲虫僵硬不动，气息全无，也没有人族与妖类那般的心跳，应该已经死了。

“活过来。”井九的意识落在小甲虫的身上。

小甲虫活了过来，它的六只细足快速地颤动，似乎想通过这种方式，证明自己已经努力地活了过来。

井九把小甲虫收了进去，过了一会儿再取出来，发现它还活着，越发觉得有意思。

他翻手。小甲虫随寒风飘落到雪地上。

它与雪的颜色都是白的，混在一起很难发现。

小甲虫慢慢探出六只细足，向着远处爬了爬。

井九没有理它。

小甲虫停在那个位置，似乎在判断什么，最后又爬回了竹椅边。

井九望向它。

小甲虫感受到他的意志，不敢违抗，“啪”的一声翻了过来，张开六足，把腹部坦露出来。

井九认真地看着，视线在它的躯壳与关节处不断移动。

小甲虫颤抖起来，它没有灵识，而且刚刚出生，但本能里却感到了极度的恐惧。因为井九视线所及的位置，全部都是它们族类最薄弱的地方。

关于梅会道战的议论，现在的中心人物是井九，甚至就连洛淮南被提及的次数都要比他少很多。不是因为他的表现远超众人，而是因为他全无表现。

事后证明那名昆仑派弟子的死亡与他没有关系，但还是产生了一些影响。

从朝歌城到墨海北面的这片雪原里，不知道有多少人在议论他，当然也会提及那只本不应该出现的铁线虫。

“虽然我们还没有遇到铁线虫，但这里已经渐渐靠近雪国禁地，随时都有可能遇到麻烦。”白早说道，“此后的路途上可能需要你长时间悬铃察敌，对灵元的消耗极大，你能不能撑得住？”

那名悬铃宗女弟子说道：“我每天需要休息四个时辰。”

“好，这四个时辰我来顶替，辛苦你了。”白早望向另一边，说道，“再遇着先前这种情况，你出剑稍慢一些，确保莫师兄先完成控制，雪虫没有甲壳，但浑身黏液，很难一剑斩断。”

“明白。”

原来青山弟子幺松杉也在这个队伍里。

这里是一片雪丘，前方有黑色的山影若隐若现，但还隔着很远的距离。

白早坐着，四名同伴站在她身边，认真地听着她布置方略。

微风夹雪，拂动她面上的白纱。

寒天雪地，远离人间，也不知道她从哪里带着的凳子。

白早的声音很轻柔，神情很温和，但同伴们听得很认真，很耐心，显得非常信服。

就连幺松杉都是如此。

这个队伍的成员境界实力比较普通，除了白早之外，最强的便是幺松杉。

没有洛淮南这样的超级战力，也没有桐庐，或者往年里的过南山、顾寒这般的杀神，但他们在道战里的成绩却是非常优秀，远在西山居的那幅踏血寻梅图已经完成大半，而且得到了禅子的赞扬。

白早的推算与指挥能力太强，而且她还有足够的亲和力与说服力，让所有同伴都相信她的判断。这大概就是天生的领袖。

因为她的从容，本来因为铁线虫的消息有些不安的同伴也平静下来，开始布置阵法。

白早抬起头来，望向远方那道山影。

寒风再次刮起，卷着雪粒，击打在她的白纱上。

那名悬铃宗女弟子用眼神询问要不要拿张毯子。

白早微笑着摇头，示意不用，双手紧了紧衣裳。

其实她不像外表这般自信。

那个叫代寅的昆仑派弟子死得太早了。

不过既然道战没有停止，那就应该不是兽潮的问题，不会有太多危险。

然后她想起一件事情，唇角微翘，开心地笑了起来，向同伴们问道：“他们今天到哪里了？”

幺松杉从一名同伴处接过法器看了两眼，走到她身边，脸色有些古怪，说道：“离我们还有六十余里。”

从前些天起，他们一行人便发现有个队伍的行走轨迹有些怪，竟似乎是向着他们而来。那个队伍的速度不是特别快，但如果再这么走下去，两天后双方便会相遇，就在北方那道黑色的山影前。

道战的竞争虽然激烈，但绝不可能出现人类修行者自相残杀的情形。

幺松杉古怪的脸色当然不是警惕，而是因为井九就在那个队伍里。

晨光降临的时间有些晚。

白早一行人继续向雪原深处进发，搜寻雪国怪物并进行猎杀。

前方必然更加凶险，但这就是道战的意义。

暮色来临的时间有些早。

同伴们围在白早的身边，开始倾听她轻缓的声音。

今天他们猎杀了两只普通的雪足兽，战斗的时候非常谨慎，生怕出现意外情况。但最后在猎物的甲壳里他们没有发现听耳，也没有发现铁线虫。

同伴们散开准备阵法。

白早坐在风雪里，想着这件事情，生出更多不解。

为何参加道战的那么多修行者都没有遇到铁线虫，晚出发那么多天的井九等人却遇到了？

她下意识里问道："井九到哪儿了？"

幺松杉看了一眼法器，说道："离我们还有三十余里，西南方向。"

其余三名同伴对视一眼，然后望向幺松杉。

他们知道白早很关心那个小队的行进路线，但今天她问的不是"他们"，而是直接问的"井九"，这意味着什么？

"别看我，我真的什么都不知道。"幺松杉说道，"据我所知，井九师叔与腊月师叔出山游历过两年，其余时间都在青山里修行，没有见过外人。"

他们才想起来，是啊，青山里还有一个赵腊月呢。

晨光来临的时间比昨天更晚了些。

白天的时候，他们一行人没有遇到任何雪国怪物，就连雪也停了。

天地一片安静，或者说死寂。

越来越近的那道黑色山脉显得那样静穆，令人生畏。

黑色山脉中间有条峡谷，可以通往更远的地方，也就是真正的雪国。

白早看着那处，心里生出强烈的警兆，说道："点火。"

暮色来临的时间比昨天更早了些。

夜色已至，按照前些天的习惯，井九应该已经喊停，但今天他没有，所以殷清陌三人继续向前走着。

井九走在最后方。

那三个年轻的修行者的配合已经很默契，而且这些天一直没有遇到铁线虫这样的凶物。

他摊开手掌，那只小甲虫蹦到他的掌心。

小甲虫的外壳依然是纯白色的，只是过了这几天后显得坚硬了很多，不再像初生时那般脆弱幼嫩。

井九注意到，它在寒风里停留的时间越长，或者外界的温度越低，甲壳的硬化速度便会越快。至于小甲虫以何为食，他还不知道，因为他没有管过这件事情，反正它现在还活着。

他忽然感应到了些什么，收回手掌，说道：“有人被围攻。”

前方三人停下脚步，吃惊地望向他。

这时候在雪原上不可能有邪派修行者，只会是参加道战的同伴。

伍鸣钟问道：“什么位置？多远？”

“东北，十一里地。”井九不需要看便说了出来。

那里本来就是他要去的地方，夜色降临他没有喊停，也是基于这个原因。

殷清陌脸色微白，说道：“怎么办？”

在雪原上行走了这么多天，三名年轻的修行者已经不像最开始那般紧张，但毕竟随后这些天他们一场战斗都没有经历过，唯一的印象还是当日代寅惨死的画面，忽然知道前方有参加道战的同伴被怪物围攻，他们下意识里生出畏怯的感觉。

井九解下身后的铁剑，说道：“你们留在这里，我过去看看。”

如果是平时，十余里的距离驭剑而行只需要片刻时间，但此地已经是雪原腹部。

虽说这些天诡异地没有雪云，高空里的罡风却更加狂暴，而且离地面越来越近，驭剑而行最多只能离地面数十丈，很容易被那些弹跳力惊人的怪物偷袭。

殷清陌三人对视一眼，下定决心，说道：“我们一道去。”

井九稍感意外。

伍鸣钟唤出剑盾，四人踏了上去。

第七章

血梅无数

CHAPTER 07

峡谷里刮来一阵极寒冷的风，火堆里的火苗被碾压得快要消失。

一颗明珠升至夜空，散发出乳白色的光毫，照亮了方圆百余丈的地面。

白早坐在雪地上，很是柔弱，白纱带着斑斑血点，竟是受了不轻的伤。

四周的夜色里到处都是奇怪的声音，就像是金属在摩擦，又像是破了的铜锣在高速振动，令人心悸。

她知道那是雪足兽在用锋利坚硬的前肢互相摩擦，这是进攻的信号。

明珠升空的瞬间，白早看到了很多密密麻麻的黑影，只是对方的速度太快，用神识无法算清数量。

今年被选为道战地点的这片雪原是当年人族对抗兽潮的古战场，不知道被人族强者清理过多少遍，按道理来说不会有什么特别强大的雪国怪物。

她本以为真正的危险会是在进入那道黑色山脉之后，谁能想到雪地深处竟然藏着这么多雪足兽。而且这些雪足兽的阶层都很高，刚才向她发起进攻的那只雪足兽竟然只有三足，轻松一跃数十丈，快若闪电。

这种阶层的雪足兽虽然还是没有智慧，但战斗本能已经极为强大可怕——那只三足雪足兽从地底来到场间，向她发起进攻的时机极好，正是她让悬铃宗弟子去支援同伴，准备布阵防御的转换时刻。

最后她用法宝击杀了那只雪足兽，但也付出了受伤的代价。

还有两名同伴在最开始便受了伤。

清亮的铃声在夜色里不停响起，帮助伤者护住道心，同时不停示警何处地底有雪足兽攻来。

那名悬铃宗女弟子盘膝坐在雪地上，紧闭双眼，刚吃的那颗丹药的药力已经消耗殆尽，不知真元还能撑多久。

依循铃声的指引，一道青色的剑光倏然而去，倏然而回。

看着那道剑光，白早的眼里生出欣赏的神色，青山的剑果然了得。

幺松杉看了眼回到身前的飞剑，确认剑身没有被雪足兽的血液腐蚀，稍微放心了些，望向白早，问道："怎么样？"

他真的很佩服这个看上去柔弱无比的白衣少女，不愧是中州派的明珠，领袖气度与指挥能力都极强，随身法宝的灵阶极高，布置阵法的本事居然也如此高明。

夜空里的那颗明珠不仅是为了照明，更是一个阵枢，被白早用神识激发，形成了一道极为坚固的屏障。

这道屏障挡住了夜色里绝大部分的雪足兽，那些从地底钻出来的雪足兽则由他与那位悬铃宗的师姐配合击杀。

只是悬铃宗的师姐真元消耗太快，白早又受了伤，不知道还能维持这道阵法多长时间。

白早看起来很柔弱，眼神却很平静自信。

度过开始被雪足兽群突袭的危险时刻,她有信心带着所有同伴支撑到天明。到时候就算寒号鸟没有发现他们这里的情况，相信也会有别的援兵，就算什么都没有，问题也应该不会太大。

就在她想着这些事情的时候，忽然感觉到四周变得更加寒冷。

先前她便注意到，峡谷里刮来了一阵极寒的风，火堆都险些熄灭。

雪原确实极为严寒，但如此低温依然是极罕见的事情。

一片浓雾不知何时从峡谷里涌了出来，笼罩了他们所在的这片雪原。

这雾气比刚才的风更加寒冷，里面仿佛凝着无数冰晶。即便他们是修行者，露在外面的肌肤都感到针刺般的疼痛。

火焰以肉眼可见的速度降低高度。

白早神情凝重，说道："可能快撑不住了。"

这片雾气不知是何物形成，极寒极浓，就连神识在其间都会被凝滞。

白早的神识与夜空里的那颗明珠相连，感受得最为清楚。

没有神识所系，阵法自然会渐渐消散。

幺松杉微微挑眉，走到白早身前，青剑随之而动。

悬铃宗女弟子睁开眼睛，与另外两名受伤的修行者互相搀扶着来到白早两侧，唤出最后的护身法器。

雾气越来越浓，火堆越来越暗，直至最后熄灭。

那颗明珠也越来越暗，直至再也无法看见。

夜雾遮住所有，摩擦声再次响起，更加密集，而且离他们近了很多。

这片雾会散吗？白早想着这个问题。

道战当然是极为凶险的试炼，不到最危急的时刻，师长们肯定不会出手，但战斗时瞬息万变，真要出事，便是化神境的长辈也可能来不及出手。往年里类似的情形发生过很多次，所以每次梅会道战都会有不少参赛者死去。

更何况今天这场寒雾来得太过突然，太过诡异，太过可怕，她在以往的记载里从来没有看见过。

如果是师兄在这里，他会怎么做？

黑暗里，白早的手落在腰间，握住了两块冰凉的物事。

这里有五个人，数量不够。

她在心里默默想着，松开了手。

就在她松开手的那一刻，夜色里传来一道声音。

在这样险恶的局面里，那道声音依然是那样的平静，毫无情绪起伏，甚至显得有些冷漠，却自然令人信服。

“收铃。”

那位悬铃宗女弟子下意识里召回了清心铃。

夜色里响起破空声。一个重物落在雪地上，溅起很多雪屑，落在幺松杉的脸上。但与浓雾里的寒意相比，这些雪屑竟让他感觉有些暖和。

那道平静的声音再次响了起来。

“竖盾。”

幺松杉隐约能够看到就在身前两丈处，一个约莫两人高的黑影竖了起来。

紧接着便是一道极其沉重的撞击声，然后是一声闷哼。

那道声音毫无停滞地再次响起。

“星壶。”

“点火。”

“断寒枝。”

火堆重新被点燃，虽然火势有些微弱，依然照亮了附近。

真元之火在极度寒冷的雾气里，还可以支撑一段时间。

火堆前的地面搁着一只幽蓝色的星壶，点点星光从壶嘴里喷出，把众人笼罩在里面。

就在星光屏障之外数步之地，一只雪足兽正挣扎着试图站起。

幺松杉掐起剑诀，青剑破雾而去，贯穿那只雪足兽的头颅，带出一股绿血。

青剑并未飞回，在寒雾里继续穿行。

不知为何，带着雾里的寒意，剑光的威力似乎更大了，瞬间再次斩杀了两只雪足兽。

听到“断寒枝”这三个字，幺松杉确认了声音的主人是谁。

断寒枝，是上德峰雪流剑法的第七式。

只有青山弟子才知道他入两忘峰前是上德峰的弟子。

除了幺松杉，其余三人都有些没反应过来，因为局面转变得太快。

白早知道来人是谁。

从那团真火与星壶，她认出对方应该是玄天宗与摘星楼的道友。

井九的队伍里便有这样两位。

他呢？

不知道是因为火光还是星壶，还是幺松杉威力陡然增大的雪流剑法，雪足兽们退回到夜色之中，不敢靠近。

寒雾太重，火光无法照亮太远，人们望向四周，什么都看不到，只能听到声音。

那是铁剑破空的声音，是金石裂开的声音，除此之外便是雪足兽难听的惨叫声。

但夜色里的雪足兽那么多，他能撑得住吗？为何不进入星壶防御的范围，稍事休整？

听着夜雾里的声音，幺松杉很是担心，几次都想冲出去，想着没有收到命令，只好强行忍住。

雾里的声音越来越密，又渐渐变远，直至消失无踪。

幺松杉再也忍不住了，说道：“我要出去看看。”

白早说道：“他没有说。”

幺松杉说道：“我担心他。”

白早说道："我相信他。"

年轻的修道者们紧张地等待，治疗伤势，交替休息，还要抵抗雾里的寒意，一夜无心说话。

不知过了多长时间，雾终于有了消散的迹象。

悬铃宗女弟子睁开眼睛，望向高空那抹极淡的晨光，脸上露出劫后余生的笑容。

雾外有脚步声响起。

所有人都望了过去。

井九从雾里走了出来，微弱的火光与晨光同时落在他的脸上。

白早静静地看着他，心想：真好看。

朝阳升起，寒雾终于完全散开，人们的视线随着雾气向外望去，只见十余只雪足兽倒在地面，早已死透。

其中那只体形明显较大的高阶雪足兽是被白早用法宝轰杀的，只剩下半片残躯。四只头颅被贯穿的雪足兽应该是幺松杉用青山剑法所杀。其余那些雪足兽的死相更加凄惨，断肢裂甲，青色的血液到处流淌。

被毒血沾上的石头冒着细泡，发着"滋滋"的响声，画面很是可怕。

更令人震惊的是，在更外围的地方还有雪足兽的尸体，隔着数十丈便有一两只，一直延续到数百丈外，甚至在更远的地方还能隐约看到类似的画面。

到底死了多少雪足兽？

众人这才知道，原来昨夜雾外的声音消失不是出了事，而是他去追杀那些雪足兽。他们望向井九，眼神里满是震惊，就连幺松杉也一样。

昨夜的浓雾那般寒冷，甚至能够隔绝神识，对修行者极为不利，雪足兽凭本能厮杀却能不受影响。他是怎么做到这一切的？

井九与白早并肩而立。

一者白衣飘飘，一者白裙飘飘。

那些年轻人看着这幕画面，脸上露出微笑，如此美好的画面谁不喜欢？

中州派的天之娇女，青山宗的剑道奇才，真是一对璧人。

"你支持谁?"悬铃宗女弟子睁大眼睛看着幺松杉问道。

"都不知道你在说什么。"幺松杉说道。

悬铃宗女弟子撇了撇嘴,表示不屑。

幺松杉面无表情地想着,白早姑娘虽好,但自己当然要支持赵师叔。

井九与白早并肩而立的画面很好看,但他们看的画面并不如此。

满地雪足兽的残尸,比苔藓更令人恶心的青色汁液涂抹在白雪上。

但他们并不在意,而且他们最开始的对话与眼前这幕画面没有任何关系。

"那天夜里你答应过我,暂时不动不老林。"白早说道。

井九出现得很及时,她连金丹都没有动用,伤势也不重,服了些丹药便很快恢复了精神。

井九想了想那天夜里她说过的话,说道:"我动的不是不老林。"

白早看着他,认真地说道:"你没有证据说施丰臣参与了这件事情,那你就不该动他。"

井九说道:"你们也没有证据。"

这说的是包括中州派在内,有很多人怀疑,施丰臣是被井九逼死的。

白早说道:"你应该很清楚,就凭施丰臣根本无法说动不老林。"

井九说道:"是的,我知道他与景辛府上的人有联系。"

白早的神情更加认真,说道:"难道没有证据,你还准备动太子?"

井九说道:"事实上,是我先动了他,才有后来这些事情。"

所以不管是从景辛这边看,还是从那边看,赵腊月被暗杀都是因为他。

这句话的内容,白早觉得之后需要仔细思考。她不再讨论这个问题,指着雪地上的那些洞口,说道:"昨夜的那些雪足兽不是从峡谷里出来的,而是从地底深处钻出来的。"

井九说道:"你想说什么?"

白早说道:"你遇到的那只铁线虫,还有昨夜的雪足兽,有可能是当年兽潮时遗留在地底深处的东西。"

井九说道:"可以长眠这么久?"

白早说道:"只要埋得够深。"

井九问道:"那它们为何会出来?不可能是被道战惊醒的。"

白早说道："我认为它们不是要进攻我们，而是想要退回雪国，只是刚好遇到了我们。虽然我不清楚雪国发生了什么事，但深眠在地底数百年的怪物居然会集体苏醒，必然是件大事。"

井九心想：那自己确实应该过来看看。

正午时分，阳光太烈，不适合冥想静修。

各宗派师长与弟子们陆续从西山居各庭院里走了出来，按照这些天养成的习惯散步至雨廊下，欣赏那数十幅梅图。

他们当然最关心自家弟子的表现，除此之外便是洛淮南、白早与桐庐——白早的那幅梅图得到了禅子的赞美，洛淮南与桐庐的图上梅花结得最多，而且据说他们向雪原深处行进的距离也最远。

井九的那幅梅图也曾经受到过很多关心，但连续数日没有什么变化，人们的兴趣渐渐淡了。

画师从依山而建的高楼里走了出来，人们随其行走，发现他最后停在了井九的梅图之前，不由得有些吃惊。

那个小队终于有了新的斩获？还是说……又死了人？

有些奇怪的是，那名画师并没有拿起笔开始画梅，而是盯着那幅绝大部分都是空白的画纸，神情有些茫然。过了一会儿，他看了一眼手里拿着的卷宗，似乎是想要做一下确认，然后又继续盯着那幅画发呆。

终于有修行者忍不住问道："怎么回事？"

那名画师满脸愁苦地说道："我不知道怎么画。"

听着这话，人们有些愕然，心想：不管是要添梅花，还是划掉姓名，不过是动动笔的事情，又有什么难的？

风声响起。

十余位修行界的大人物来到场间。

昆仑派掌门、大泽令、宝通禅院的住持、南忘，就连前些天很少出现的中州派也来了一位化神期的长老。没有钟声响起，意味着不需要清场，修道者们纷纷躬身行礼，让到廊下，没有离开，感到更加奇怪，心想：究竟发生了什么大事？

南忘看着那名画师，问道："为什么还没有画？"

画师苦笑道："实在不知如何落笔。"

"要不然我来试试？"

何霑从庭院走了进来。他的天赋才华自然不用多说，还曾拿过梅会画战第二。因为某些原因，他没有参加今年的道战。

昆仑派掌门看着他，寒声说道："也算你做些事情。"

南忘说道："画得好看点。"

何霑微笑行礼，走到那幅画前，接过画师手里的卷宗，低头望去。

他已经猜到了些，但看着卷宗上的文字，还是有些恍神，旋即脸上浮现出一丝苦笑，心想：难怪不好画。

他看着那幅画静思片刻，从画师手里接过笔，蘸了些朱砂，手腕微振，便向画上挥了过去。

"啪啪啪啪"，密集的声音响起，就像是落雨一般。

那些鲜红的颜料落在白纸上，斑斑点点，也像是雨点。

人们很是吃惊，心想：何霑这是在做什么？

何霑没有理会，换了支细毫，蘸了些墨，静心凝意继续作画。

一道墨线出现在满纸红点之间。

墨线极细、极淡，如果不认真看甚至可能看不出来。

人们渐渐明白了他在做什么。那是伸向远方的梅枝。

那这些艳红如血的斑点呢？难道就是枝上结出的梅花？

这得有多少朵梅花？

人们震惊无语。一夜之间，究竟发生了什么？

雨廊内外，安静无声。无数道视线随着何霑的笔尖而移动。

人们震惊，又有些茫然。

没有过多长时间，何霑停笔，端详片刻，有些满意地点了点头。

他把笔交还给画师，从腰间解下酒壶饮了一口，舒服地吐了一大口气。

昆仑派掌门冷笑一声，没有说什么，就这样离开。

"画得还算不错，没有丢人。"南忘留下这样一句话，也离开了雨廊。

这句话听着似乎是赞扬何霑，但谁都知道她说的是井九，说给在场的所有人听。

不过何霑的这幅画确实极好。那根寒枝曲折而直，向着远方灰暗的天空伸展过去，红梅在枝头如散开的火焰，明明就在眼前，却又远在天边。

原先这幅画上的空白很多，但是今天需要填上的梅花数量更多，按照往常的画法，哪怕是最小的梅花也无法全部画进去。他用的方法很取巧，也可以称得上是巧思，解决了这个棘手的问题，更重要的是，意境非常悠远，值得回味。

在廊外观看的修行者们醒过神来，纷纷上前，看着画里的细节议论不停，难以消解心头的震惊。

“这是怎么回事？为何要画这么多梅花？到底多少朵？”

“这如何数？”

修行者们只能看出，那些梅花全部发自井九的那根树枝，却无法数清楚梅花的数量。

那位画师正在收拾笔与颜料，说道：“我也不知道何公子画了多少，只知道卷宗上写得清楚，一共是七十七朵。”

听着这个数字，修行者们不由得倒吸了几口冷气，心想：这怎么可能？

这么多届梅会，有哪个参赛者能在一夜之间杀死这么多雪国怪物？

是不是哪里出了错？

画师叹了口气，说道：“是寒号鸟亲自数的。他们自己只报了二十。”

雨廊前再次安静。

不知过了多长时间，一道幽幽的声音响了起来。

“我想今年道战第一可以提前宣布了。”

今天之前，梅花数量最多的是洛淮南与桐庐，都已经接近了三十，与井九差得太远……

就像这位修行者说的那样，道战第一已经毫无悬念，现在看来，只需要等别的修行者把自己的梅图完成。

问题是，井九是怎么做到的？

在传闻里，他是青山宗的剑道奇才，更有流言说他可能是果成寺的蹈红尘传人，问题在于，他的年纪太小，在梅会之前也没有太多惊人的事迹，无论是知名度还是分量都及不上同门的赵腊月与卓如岁，也不如洛淮南、童颜与白早等人。

谁能想到，一夜之间他便给修道界带来了如此大的震动。

“我倒不觉得他一定能拿道战第一。”有位中州派外系的修道者沉着脸说道，

"道战评判的标准是把一幅梅图画完，这里的完字是完美，而不是多。"

这句话听着有些酸，但其实有些道理。

在场很多人都还记得，多年前刀圣以一名普通风刀教弟子的身份参加梅会，战胜中州派、青山宗、水月庵的一众强者拿到道战第一，震惊了整个朝天大陆。

当时他的那幅画里便只有一朵梅花。

一朵梅花如何称得上完美？

因为那朵梅花实在太大。

在道战的时候，他运气非常糟糕地遇到了一只很少会出现的王阶雪虫，然后他运气非常好地杀死了那只王阶雪虫，而且还活了下来。

那幅画非常出名。

如果任由一朵大梅花盖住整幅画，当然不好看，也谈不上完美。

当年那位画师用的方法与今天何霑用的有些异曲同工之妙，他在纸上只画了半朵梅花。半朵血梅遮住了天空，气势之壮阔，其后再无。

那井九的这幅梅图能不能称得上完美？

很多人看着那位修行者，眼神里带着嘲弄的意味。

当然完美。

就算不完美，也完美。

因为今年点评梅图的是禅子。

那天他们都听到了禅子对井九的评价。

当时井九全无表现，禅子却用那样的说辞替他开脱，更何况现在井九表现得如此优异。如果禅子此时看到这幅画，说不定道战第一就已经宣布了。

你可以说禅子偏心，但谁让景阳真人与禅子有半师之谊，而井九又是景阳真人的亲传弟子。那位修行者被众人看得有些恼怒，说道："总之他的同伴一朵都还没有，我是不服的。"

有人感慨地说道："不管服不服，看来今年洛淮南还真是拿不到第一了，真是令人吃惊。"

何霑欣赏着自己的画，看一眼便喝一口酒，没过多长时间，便喝了半壶酒，越看那幅梅图越是喜欢。

听着众人的议论，他摇了摇头说道："童颜在棋道里都赢不了井九，你们凭什么认为洛淮南在道战里就能赢他？"

不管禅子有没有看到那幅梅图，道战继续进行。

参加道战的年轻修行者在雪原上遇到了一些意外情况，就像井九与白早遇到的那样——那些本不应该提前在夏天醒来的雪兽，还有那些奇寒可怕的浓雾，带来了很大的麻烦，渐渐有严重的伤亡情况出现。

白早把自己的判断传回了朝歌城，不知道各宗派师长是怎么考虑的，除了提醒要小心寒雾，暂时没有别的说法。

道战的用意本来就是用生死考验来坚定正道弟子的道心，怎会因为遇着些危险便提前终止。

前一次道战提前终止还在两百年前，那是因为大兽潮的缘故，比这次的局面要严峻无数倍。

参加道战的年轻人们继续勇敢而坚定地向着雪原深处进发。

洛淮南与桐庐所在的小队，更是已经深入那道黑色的山脉数百里之远。

这个时候又发生了一件事情，在西山居再次引发很多议论。

有些年轻修行者忽然停了下来，整整两天没有离开那道峡谷的入口。

他们想做什么？

最令修行界师长们感到头痛的是，根据前方传来的消息，让那些年轻修行者停下是井九的意思。

又是井九。

第八章

师叔来了

CHAPTER 08

夜色深沉，七个年轻人围坐在火堆旁。

这里已经在山里，两侧是高耸险峻的山崖，天空被缩成一道线，消失了很多天的雪云再次出现，遮住了所有。

星光并不是来自星辰，而是殷清陌的星壶。

铃铛静静地悬在远处，感知天地气息的变化，随时准备发出清亮的铃声。

幺松杉闭着眼睛，盘膝而坐，青剑被召了出来，静静地搁在膝上接受蕴养。

他之外的其余六人也在调养静修，却不时忍不住望向数十丈外的那块岩石。

井九与白早坐在那块岩石上。

那天进入这片山脉之后，井九要求众人停下。

众人有些不理解，心想：如果继续向前，猎杀雪兽，能帮助你更早确定道战第一的位置，为何要停下？

但他们现在对井九很尊敬，加上白早也没有提出反对意见，于是九个人便在峡谷里停了下来。

今天暮时，忽然有十余只雪足兽从山外狂奔而至，意图穿过峡谷。

井九没有出手，只是在关键时刻，偶尔说两句话。

白早再次展现出近乎完美的领袖能力，带领着同伴，将那十余只雪足兽尽数斩杀。在她的指挥下，八个人比两个小队的战斗力加起来要大得多，因为她能够最大限度地发挥同伴的能力，并且加以配合。

那如果让她去指挥数百名修行者同时战斗呢？

之所以说是八个人，是因为井九没有参加战斗，他只是在最关键的时刻，偶尔出声说两句话，就像那天夜里，他指点幺松杉出剑一样。明明只是简单的指点，伍鸣钟等人却觉得战斗轻松了很多。

井九似乎能够提前知道雪足兽会怎么进攻，知道雪足兽甲壳最薄弱的地方，而且极为精准。这实在是令他们震惊无语，心想：就算是自家的师长，也不见得能做到这一点。

“我本来不相信你是果成寺的蹈红尘传人，现在却有些信了。只有杀过无数雪国怪物的修行者，才会对它们如此了解。据我所知，你应该是第一次来到这里，那么就只有一种解释，你得到过高人的指点。”

“高人?”

“我说的当然是刀圣。”

“你想错了，我只是比较擅长切断事物。”

“那你又如何知道应该从哪里切下去?”

“万事万物都有其薄弱之处，我的眼力不错，多观察几天便能发现。”

这几天井九时常把那只白色的小甲虫拿出来看，便是在观察。虽然那只幼虫没有升阶，但他还是能够看到很多想看的东西。

白早忽然问道:“你是无彰上境?”

井九说道:“初境。”

无彰是青山的境界，按照中州派的分级，初境便是初入金丹，这种境界怎么可能一夜之间杀死这么多雪足兽?

白早根本不相信。

井九说道:“可能是我修的剑道比较适合做这种事情。”

白早说道:“你什么时候发现的?”

井九说道:“那天夜里。”

他是认真的，不是在说笑话。确实是在那天夜里，他杀死了那么多雪足兽，才知道自己很擅长，或者说很适合做这件事。

雪足兽的攻击对他来说，太慢，而让修行者觉得最麻烦的那些毒血，对他也没有任何影响。最关键的是，那片寒冷至极的浓雾对修行者来说非常可怕，对他却是帮助。他不怕那些寒雾，相反，还可以借助雾气遮掩自己的身体，让雪足兽看不到他。

那天夜里，他杀死了那么多只雪足兽，对任何人来说都是难以想象的事情，对他来说却是太过简单。

借着寒雾的遮掩，他走到一只雪足兽身后，举剑斩落。

这只雪足兽死了。

他走到另一只雪足兽身后，再次举起手里的铁剑。

一剑一只，这有什么难的呢？

唯一的麻烦大概就是，那天夜里他身上沾了太多毒血，心里有些不舒服。

就算剑火烧灼得再干净，他还是觉得有味道。所以，他找了个雪湖，用剑火烧热水，仔仔细细地洗了个澡。

现在想来，这应该是他进入青山后第一次洗澡？

“为什么要停下？”白早终于说到了正题。

井九从有些发散的思绪里醒来，说道：“等人。”

白早没有再问什么，看了一眼他的手腕。

她记得很清楚，井九的手腕上有只剑镯，前天忽然消失了，今天又重新出现。

第二天清晨，峡谷入口处出现了四名年轻的修道者。

四人的神情很疲惫，看来竟是走了一夜。要知道，夜晚的雪原更加危险，不知道是何处来的压力，让他们如此着急。

四人看到白早等人，有些意外，上前互相行礼致意。

其中有位青山弟子，来自两忘峰，名叫雷一惊，他看到幺松杉，高兴地上前说道：“师兄！”

幺松杉微微一笑，示意他先去见过井九。

雷一惊这才看到井九，微微一怔，脸上露出些不自然的神情，行礼还是很认真，说道：“见过师叔。”

井九看了看四人的情况，说道：“给你们半个时辰休息，然后一道出发。”

雷一惊没听明白，其余的年轻人也没明白，心想：按照道战规矩，各小队应该分别作战，偶尔遇着，也要分开，为何井九会说一道出发？

四人当中有位中州派弟子，他正在给白早讲述昨夜发生的事情，听到井九的话，吃惊地问道：“师姐，这是怎么回事？”

白早还没有确定井九的意图，说道：“先跟着走再说。”

雷一惊就算不愿意，也无法违背师长的要求，那位中州派弟子则是完全听白早的。

其余二人知道井九前天夜里的惊天表现，下意识里生不出反对的念头，只是有些担心：西山居的那些师长们如果知道了，会不会判定自己这些人违反了规则？

半个时辰之后，井九向着峡谷里走去。

峡谷里有很多山道，有的通往覆盖万年不化冰雪的峰顶，有的通向极其狭窄阴暗的天然石洞。井九直接向某条山道走去，似乎想都没有想。

寒冷的风拂动崖间的碎石，偶尔吹落一些积雪。

其余人站起身来，对视一眼，带着很多疑惑跟了上去。

傍晚时分，众人终于知道了井九为何会选择这条山道。因为远处的崖下，有另外一个小队正在布置阵法，准备休息。

看到井九等人出现，那小队里响起一道充满意外的声音。

"井师叔？"

那幅梅图又有了新变化。除井九外的三人也有斩获，近处的寒枝上添了数朵红梅，看着很是喜人，与远方的点点红梅相衬，再无缺憾。

新添的几朵梅花也是何霑亲手画的，画完之后，他满意地欣赏了片刻，饮尽壶中酒，就此离开西山。

各宗派的修行者驻足画前，感慨无语，他们知道今年梅会的道战第一就是井九了。

这个消息很快便传到了青山。

九峰里的年轻弟子们自然很高兴，觉得荣耀至极。

诸峰师长事前对井九便颇有期待，但想着他还年轻，总不可能胜过洛淮南去，确认消息后也很是惊喜。

神末峰上，顾清与元姓少年焯了盘桑叶凉拌，又洗了些果子，开了壶药酒。

那些猴子闻着味道从崖下跑了过来，叽叽喳喳地叫个不停，避免了这场贺宴太过冷清。

"明天我出山去接师父。"

元姓少年放下酒杯，喜悦的情绪被担心替代。

朝歌城的消息不详，他也不知道师父的伤势到底如何。

算着时间，接赵腊月的木剑舟应该明天就会到云集镇，顾清说道："我当然也要一道去。”

元姓少年说道：“峰里总得留个人吧？”

顾清指着那些猿猴说道：“不是还有它们？”

在太常寺的官员里，井商最为低调，哪怕同僚们都知道了他的弟弟是谁，梅会棋战后甚至当着他的面说恭喜，他依然还是像以往那般，老实做事，安分做人，没有因此而多出一分骄态。

他这样的行事风格，自然不会大摆宴席，呼朋唤友，但当天夜里还是请夫人整治了一桌极丰盛的晚餐，又开了一坛藏了十五年的老酒，没用多长时间，便喝得醉眼迷蒙，满脸通红。

井父不知道发生了何事，关切了数句。

井夫人笑容满面地说道：“无甚大事，就是听说，小叔拿了梅会道战第一。”

井商听着这话，本想说小叔岂是能随便叫的，但心里那道与有荣焉的情绪实在是按捺不住，美滋滋地又喝了杯酒，只是略带遗憾地想：怎么这次事前没让自己下注呢？

与井家相隔不远的国公府里，鹿国公与世子也在对饮。

“明珠便是明珠，管它风沙还是寒雪也掩不住。”世子的眼里满是赞叹的神情，说道，“传人便如此，当年拿着木牌的那人又会是何等样的人物？祖父真有眼光。”

鹿国公说道：“蠢货，哪是你祖父的眼光好，你祖父是被挑中的人，我们要做的事是证明那位的眼光没有错。”

世子心想确实是这个道理，说道：“父亲，我明天想去西山居看看那幅梅图。”

那些梅图事后会由各宗派保管，现在道战还没结束，井九的梅图还在西山居，想看便要趁现在。

鹿国公说道：“那幅图暮时已经送进了皇宫，陛下指名要看。”

井九的梅图被送进皇宫之前，当然要先送去净觉寺，由禅子点评。

有些意外的是，直到第二天清晨，依然没有消息出来。

哪怕是不喜欢青山宗行事风格的修行者也必须承认，井九应该就是这次道战的第一。

难道是道战出了什么问题？

西山居最高处，云雾缭绕着木栏，仿佛仙境。

因为一件事情，修行界的大人物们再次齐聚于此。

伴着一道纯正温和的气息，那位很少现身的中州派长老也来了。他从云梦山赶过来，是因为今天的事情与中州派有关。

楼阁中间，摆着一件如沙盘般的物事，底部散发着法宝独有的光毫，上面微有雾气，里面的画面若隐若现。

这是大泽的镇派之宝——千里图。千里图能够呈现极远处的画面，与昆仑派的寒号鸟以及法源宗的符道法器配合，能够简单了解前方的局势。

这几天那种奇特的寒雾出现的次数少了很多，画面更是清楚，能够准确地看到参加道战的年轻弟子们所在的位置。

绝大多数年轻弟子已经进入那片黑山，离雪国腹地越来越近，离真正的凶险也越来越近。

最前方的山脉里有八九个微弱的光点，人数不多，分作两队，应该便是洛淮南与桐庐所在的小队。

在后面某个相距甚远的峡谷里，则有很多个光点聚在一起，人数之多，竟让那片峡谷都显得有些明亮。

“最开始他们停了两天，再次进发中途又与别的小队相遇，然后就这样停停走走，直到现在也没有分开的意思。”和国公说道，“道战的规则他们应该很清楚，这样是不对的，但看着他们也不像是准备作弊。”

说话的时候他看着沙盘，但在场的各位掌门、长老都知道他是在对谁说话。

南忘面无表情，就像是没有听到。

是的，根据前方传回来的消息，这都是井九的意思。

那夜杀了数十只雪足兽后，他便带着那些年轻弟子，在雪原寒山间时走时停，直到现在，已经聚拢了三十余人。

很明显，他是刻意这样做的，问题在于，他到底想干什么？

“觉得自己是道战第一，所以骄傲无比，想做新一代的领袖？”昆仑派掌门冷笑着说道，“他眼里还有没有我们这些师长，还有没有规矩？”

“道战第一当然值得骄傲，另外，他是景阳师叔的亲传弟子，修行界现在没有几个人有资格做他的师长。”南忘神情冷漠地说道。

她不喜欢井九，因为他太好看，太过耀眼，哪像景阳当年那般温润如玉，秀如青松。但这种时候，她当然要为他说话。

那位中州派的长老开口了，说道:“是不是不要急着做判断？也许他们遇着了什么事情。”

他必须说这句话，不是因为井九，而是因为白早也在那里。更重要的是，据前方传回来的消息，井九能够说服那些年轻弟子停下，很大程度上是因为白早的支持。

井九没有想过拿道战第一。

他的境界与洛淮南有差距，那夜追杀雪足兽之前，他也不知道自己是如此适合这片雪原，当然不会让井商下注。

他来参加道战本就有别的原因，现在做的便是其中一条。

他到底要做什么？在寒冷的峡谷里，在如飞剑般的风中，三十余名年轻修道者看着井九的身影，心里想的全是这个问题。

寒风呼啸，峡谷里温度极低，即便这些年轻弟子都是修行者，撑得也有些辛苦,他们都站在岩石后方或是山洞里,他们的议论声也被寒风切碎,时隐时现。

“为什么还要等一天？他拿了道战第一，我们可还差得远，得抓紧啊。”

“你们就知足吧，才一天，我们一路过来，为了与你们这些小队碰头，已经耽搁了四天时间。”

“真是见鬼，凭什么他说不走就不走？”

所有人都知道这是井九的意思。

如果井九不是出身青山，而且辈分很高，又得到了白早的支持，只怕众人早就已经闹了起来。即便是那些青山弟子，也觉得很是郁闷，只是不敢说什么。

“你到底想做什么？是不是觉得前方会有大事，所以才要集结更多的人？”白早看着井九，轻声问道。

雪国确实应该是出了某件大事，前方可能有极大的凶险，但井九不是想团结一切能够团结的力量，来对抗未知的危险。

“再等半天。”他对白早说道。

通过这几天的行程，白早已经猜到了他的意图。

井九掌握了各个小队的路线以及行进速度，他的路线安排可以保证在最短的时间里遇到这些小队。

白早已经算出，如果在这片峡谷里再等半天，还会遇到另外两个小队。

与之前的情形完全相同，这两个小队里同样都分别有一名青山弟子。

太阳离开中天，寒风渐渐加疾，温度越来越低。

年轻弟子们的议论声渐渐平息，开始冥想调息，对抗严寒，恢复真元。

峡谷里的气氛却没有因为安静而平静下来，反而越来越压抑，越来越焦虑，便是寒风也无法驱散半分。

半个时辰后，一支小队来到峡谷，被留了下来。

斜阳离峡口还有一只手掌距离的时候，最后一支小队也来到了这里。

至此，峡谷里一共有十支小队，共计四十五人。

白早看了井九一眼。

“如果人齐了，就说吧。只凭你的辈分、战绩、名声，再加上我的名声，不可能让他们继续停留下去。”

果然，长时间的等待消耗尽了这些年轻人的耐心，峡谷里的气氛变得有些骚动不安。

不知道是哪个宗派的弟子高声喊道：“太阳就要落山了，为什么还不走？”

井九没有去看那数十张满是疑问或恼怒的年轻的脸。

他对白早说道：“传话给西山居，我要求停止道战，立刻召回所有弟子。”

西山居最高处，云雾还在缭绕，只是暮色将至，峰顶仿佛在燃烧。各宗派师长还在讨论为何井九要带着那数十名年轻弟子停下，要不要传话催促或是施以惩罚，忽然收到了雪原处传来的消息。

道战遭遇到了前所未有的挑战。

并非是参加道战的弟子遇到了突然的天地变故，而是因为这样的事情以前从来没有发生过，甚至想都没有人想过。

“井九要求立刻停止道战，召回所有的年轻弟子。”

和国公的脸色有些难看。

昆仑派掌门面若寒霜，怒斥道：“这个家伙是不是疯了？”

换作别的时候，南忘必然要反驳，但这时候她都有些震惊于井九提出的要求，没有说什么。

各宗派师长相视无语，都觉得此事好生荒唐。

就算井九是青山剑宗重点培养的剑道奇才，就算他是景阳真人的亲传弟子，但他只是一名参加道战的年轻弟子，有什么资格、又从哪里来的勇气提出如此荒诞的要求？

那位中州派长老觉得此事有些诡异，看了南忘一眼，问道：“他为何会提出这个要求？”

和国公微微挑眉，说道：“他说感觉不好。”

中州派长老神情微异，说道：“就这一句？”

和国公叹息着说道：“是的，再无别的任何理由。”

昆仑派掌门冷笑着说道：“感觉不好便要终止道战？他以为他是谁？”

两百年前的那次大兽潮，是道战唯一一次提前结束，而今年已经确定没有兽潮。

道战已经进行了一半，参赛弟子深入雪原，高空里到处都是罡风乱流，如果真要停止道战，立刻把他们接回来，必须动用各宗派的镇派法器。关键是，就算可以做到，修行界凭什么因为井九的一句话就做出这样的大动作？

因为这些天偶尔出现的寒雾，还是因为那只再没有出现过的铁线虫？

就算如白早推演的那样，真的是雪国有事，深藏雪原地底的冰雪怪物退回，那与道战又有什么关系？

“不管他因何而发疯，但他这样明目张胆地违背规则，必须要接受惩罚。”昆仑派掌门寒声说道，“我要求取消井九的参赛资格。”

南忘的脸色变得更加难看。

道战自然不会因为井九的一句话便停止。

就像昆仑派掌门说的那样，他没有这个身份，也没有这个资格。

现在的议题已经变成，对井九的擅自妄为应该进行怎样的惩罚。

如果今天提出这个要求的是别的宗派普通弟子，肯定会被直接取消资格，然后受到极严厉的事后追责。

问题在于，井九是青山小师叔，他的辈分在这里，而且他本来应该是今年的道战第一。

更重要的是，谁都知道禅子对他的照拂之意。

西山居里的各宗派的掌门与长老都去了净觉寺。

只有禅子才能决定，应该给井九怎样的处罚。

净觉寺深处的小院设着座位，桌上有茶。

但所有人都没有入座，看着那扇窗户，等着禅子发话。

不知道过了多长时间，一道声音从窗户里传了出来。

“井九有限制参赛者的行动吗？或者说他有出手吗？如果什么都没有，那我们以什么理由来治他的罪？”

听着这话，昆仑派掌门的脸色变得有些难看，说道：“难道就任由他这般胡言乱语？”

“既然知道是胡言乱语，又有什么好理会的。”说完这句话，窗后便再没有声音响起。

和国公明白了禅子的意思，苦笑一声，对众人说道：“算了，就当是年轻人胡闹吧，反正他也不可能让道战停止，那些年轻弟子谁会听他的？”

就像和国公说的那样，没有人会听井九的。

知道井九的意思后，那道寒冷的峡谷里瞬间吵闹起来。

数十道视线落在井九的身上，震惊而且复杂。

本来在众弟子眼里，拿到道战第一的井九是值得敬佩的剑道奇才，但现在他们看井九，却像是在看一个疯子。

“为什么要提前停止道战？”一位来自宝通禅院的稳重僧人问道。

井九说道：“我感觉有些不好，前方似有凶险。”

听着这话，人群更是一片哗然。

一道带着怒气的声音响了起来。

“你以为你是谁？你以为你是禅子还是神皇陛下，还是你们青山的掌门？你是不是疯了！”

说话的是一名昆仑派弟子。道战的前半阶段，他的战绩相当不错，结果前天遇到这群人后，被耽搁了两天，现在看来要进入前列非常困难，难免生气。

他说的话是很多人的心声，只不过没有谁像他这般直接说出来。

包括幺松杉在内的九名青山弟子向此人望去，眼神锋利至极，宛如真剑。

这名昆仑派弟子忽然想起青山剑宗的那句口头禅，身体陡然寒冷，他甚至感觉这些目光比峡谷里的风还要冷上数分，下意识里住了嘴。

“想要仗势凌人吗？”西海剑派的弟子从人群里走了出来，说道，“难道这位昆仑派的道兄说的不对？”

幺松杉微微眯眼，衣衫微振，剑意将出，其余青山弟子也做好了出剑的准备。这不是仗势凌人的问题，也不是争执道理的时刻，虽说他们也不赞同井九的意见，但别家宗派弟子言语辱及师长，怎能忍受？

这个时候，白早说话了。

她望向井九说道：“西山居回话，否决了你的要求，语气很严厉，可能事后会有问题。”

说得轻些，井九的行为算是乱来，说得重些，他就是刻意破坏正道修行界数年一次的盛会。就算他拿到道战第一，事后也应该会受到很严厉的惩处。

白早是真的没有想到，井九居然想要带着这么多人离开雪原。

面对未知的凶险，不是一起去面对，而是逃避吗？

他与师兄真是两种截然相反的类型。

按道理来说，白早应该会瞧不起这样的行为，但她总觉得井九不是这样的人，所以只是疑惑，继而茫然。

井九说道：“我知道他们不会同意，因为我没有证据，只有感觉，所以只是问问而已。”

那名西海剑派弟子沉声说道：“这种疯言疯语，难道我们还要继续听下去吗？”说完这句话，他收起剑囊，带着同门向峡谷里走去。

有很多年轻弟子也随之起身，想着被莫名其妙地耽搁了这么长时间，很多人离开的时候会忍不住看一眼井九。就算不敢骂你什么，看你一眼总可以吧？

井九就像是感受不到这些眼神里的意味，说道：“青山弟子听令。”

听着这话，峡谷里的年轻修行者们神情微凛，心想：西山居不同意你的看法，难道你还敢强行阻止我们？

青山弟子们也有些吃惊，但还是依言出列，站到他的身前。

井九根本没有理会别的年轻修行者，看着他们说道：“你们留下，随时准备离开。”

看着这幕画面，白早的情绪有些复杂，心想：难怪你不在乎西山居的回复，原来你只是想把青山宗的弟子带回去。

从开始到现在，井九设计的路线便是要把这十个小队聚在一起，因为这些小队里都有青山弟子，别的他根本没有想过。

青山弟子们有些吃惊与不解，心想：师长们已经否决，为何还要离开？

那名昆仑派弟子已经回过神来，想着先前心里生出的怯意，有些羞恼，嘲讽道："原来青山弟子也怕死啊？"

青山弟子们看着此人，眼神更冷。

那名昆仑派弟子心生惧意，但看着四周的修行同道，强自鼓起勇气，说道："怎么？敢做却不敢让人说？"

青山弟子们的脸色很难看，内心的情绪复杂至极。

如果他们真的留下，稍后离开，那算什么？

青山弟子什么时候成了避战而退的弱者？

那名叫作雷一惊的两忘峰弟子有些恼火，望向井九，说道："井……师叔，您是觉得前方的危险很大？"

井九说道："不错，那不是你们这些年轻弟子能够承受的危险。"

两忘峰弟子对井九的观感非常差。这次井九拿到道战第一让雷一惊的想法有所改变，可听着这话，他还是忍不住生出强烈的抵触心理。

"修行者或者老死，或者死在北方，这本就是万年以来最常见的两种归途。"雷一惊沉声说道，"弟子加入两忘峰，便是选择了后者，危险又有何惧？还请师叔成全！"

"不错，这本来就是一场试炼。"白早看着井九说道，"生死考验本是道战真意，唯如此，方能使道心真正宁静。"

井九说道："在我看来道战本来就没有意义。"

听着这话，本有些嘈杂的峡谷里顿时变得鸦雀无声。

白早有些不确信自己听到的话。

殷清陌等六名年轻修行者从开始便与井九在一处，对他最为信服，哪怕先前井九引起众怒，他们依然沉默地站在井九与白早的身后。但这时候听到这句话，他们的神情也变得有些不安。

井九的这句话直接否定了当年那些修行界传奇开创梅会的意图。

“修行的目的是长生，死生乃是唯一大事，需要被敬畏，随便用来考验，那便是不敬。”井九说道，“而且道心宁静与否，在于自省，与外物无关。”

那名昆仑派弟子觉得此人简直是个疯子，完全不可交流。

很多年轻修行者也无语摇头，纷纷准备离开。

雷一惊再也无法控制住情绪，对井九说道：“师叔，恕弟子不能遵命。”

说完这句话，他转身向峡谷里走去。

其余的青山弟子看着井九，神情有些犹豫，不知道应该如何做。

现在连青山弟子里都出现了不同的声音，井九会如何做？

白早有些担心地看了他一眼。

看着雷一惊的背影，井九沉默了一会儿，然后举起右手。

铁剑破布而出，化作一道黑光，向着雷一惊斩落。

峡谷里响起一阵惊呼。

雷一惊感受到身后的森然剑意，下意识里唤出飞剑，迎了上去。

他不愧是两忘峰的优秀弟子，无论是反应速度还是出剑速度，都极为及时。

当当当当当！两道剑光在崖壁之前高速穿行，不停碰撞，激发的气浪带起无数雪屑，强大的剑意直接侵入了崖体，山石簌簌而落。

瞬间，剑战便分出了胜负。

“轰”的一声闷响，雷一惊重重地撞到崖壁，然后滑落到地面。

飞剑回到他的身边，静悬于空中，发出“嗡嗡”的声音。

雷一惊的唇角溢出一道鲜血，眼神有些茫然。

直到这时候，他才知道发生了什么事情。

如果早知道是井九的剑，他根本不敢回剑。

青山弟子们很是吃惊，赶紧掠到崖畔，扶起雷一惊，确认他伤势不重，才放下心来。

有名同样来自两忘峰的年轻弟子，难以压制心里的不平，望向井九说道：“师叔！你为何要这样做？”

其余的青山弟子也有些愤怒。很明显，井九的用意就是不准雷一惊离开，为此不惜向雷一惊出剑。

井九看着青山弟子们，说道：“你们也一样，没有什么恕不能遵命，因为我不恕。”

不恕，你们就不能走。井九的做法非常强硬，可以说完全不讲理。

青山弟子们当然不服。他们辛苦修行多年，好不容易通过试剑大比拿到了资格，可以代表青山参加道战，然而还没来得及崭露锋芒，便要被强行赶走，谁能甘心？

而且这并不是最重要的事情，最重要的是青山宗的一世威名难道就要因为他们而受损？如果他们今天真的听从井九的意思退出道战，青山宗必将成为修行界的笑柄。

问题在于，他们不服又能怎么办？井九年纪小，进山门的时间比他们短，但终究是神末峰的师叔。难道他们还敢拔剑相对？

想着这种可能的画面，青山弟子们的手微颤起来。

幺松杉盯着他们，沉声喝道："难道你们敢以下犯上？想去上德峰受万剑穿心之刑吗！"

那些青山弟子低头无语，他们当然不敢向井九出剑，只是觉得好生委屈与失望。

"没想到居然能看到青山剑宗同门相残的好戏。"那名西海剑派弟子嘲笑道，"噢，不，我说错了，应该是怕死的师叔教训知耻的师侄们。"

井九看了此人一眼。

白早暗道不好，知道自己来不及出言阻止，毫不犹豫地祭出法宝。

衣袖破寒风而起，一个法宝出现在崖壁之前，约莫酒杯大小，形状有些像悬铃宗的清心铃。

那法宝遇风而长，瞬息之间变成一口小钟，通体青黑，色泽深沉，仿佛是由青铜所铸，表面却有无数道暗光流淌其间，自有一种难以形容的美感与威压。

"流光钟！"人群里响起数声惊呼。

第九章 白城金佛

CHAPTER 09

流光钟乃是中州派极著名的法宝，在元婴级别以下的战斗里可以说是至强的存在。这法宝来自远古的传承，天生一对，分别叫作“北辰钟”与“南屏钟”。

当今中州派掌门与夫人，年轻时凭着这对钟不知击败了多少同代天才，又杀死了多少冥界妖人与雪国怪物。

这些年北辰钟一直在洛淮南的手里，随其绽放光彩，威名不坠。

直到此时，众人才知道原来南屏钟竟是在白早手里。

白早是中州派掌门夫妇的独女，当然有资格拿着南屏钟。可这是不是说明，中州派掌门夫妇已经达成共识，决定选择洛淮南而不是童颜作为白早的道侣？

如果这是真的，那必将成为整个朝天大陆修行界最受关注的事情。

不过这是以后才需要思考的问题，现在的问题是，白早为何会忽然祭出流光钟？

年轻修行者们生出这些想法，只在极短的时间里。

南屏钟轰向了那名西海剑派弟子。

“嗡”的一声！

狂风骤起，一道难以形容的气浪与无形的音浪，向着峡谷四周传播。

雪花狂舞，崖壁粿碎，天地气息都因之生出变化。

那名西海剑派弟子乃是派中嫡传弟子，在最危险的时刻召唤出本命飞剑，强行挡了一记。

但他的飞剑哪里挡得住这等级别的法宝？

凌厉的破空声起，那道飞剑斜斜飞起，刺进坚硬的崖壁里，没入两尺有余，只剩下一个剑柄。

那名西海剑派弟子被震飞十余丈，落在雪地里，喷出一口鲜血，脸色变得异常苍白。

被同门扶起来后，他顾不得查看伤势、擦去鲜血，满脸震惊地看着那边喊道："白师妹！你这是什么意思！"

那位同门低声提醒了他一句。

他望向原先自己所在的位置，才明白是怎么回事，脸色变得更加苍白。

一道黑色飞剑悬停在那里。

刚才如果不是他强行出剑然后被震飞，只怕已经被那道黑剑悄无声息地斩中。换句话说，没有白早，或许他这时候已经死了。

那道黑剑有些宽，看着并不出奇，却没有任何气息波动，就像真正的幽灵。

那名西海剑派弟子余悸难消，再也说不出话来。

其余的那些年轻修行者看着那道黑色飞剑，也觉得身心俱寒。

众人都知道井九拿了道战第一，但还是没有人会把他与洛淮南、桐庐这样的人物相提并论。不过是无彰初境，再强能强到哪里去？

现在众人才知道，他的剑究竟有多可怕。

井九转头看了白早一眼。

在青山他曾经听过顾清的议论，最近这些年中州派与西海剑派的关系逐渐好转，甚至有了结盟的迹象。当初海州城外的四海宴上能够看到中州派弟子的身影，便是证明。

这大概便是白早出手的原因。

她很聪明，大概觉得这记南屏钟，既保住了那名西海剑派弟子的性命，同时也帮他出了口气。

只是你凭什么判断这样我就满足了呢？

井九没有说话，眼神里也没有太多情绪。

白早却准确地接收到他的意思。

寒风拂动白纱，她说了句话，声音很轻，只有井九能听到。

"给我个面子啦。"

井九没有说什么，把黑剑召了回来。

那名西海剑派弟子带着恨意看了他一眼，但再不敢出言挑衅，把自己的飞剑从崖壁上取了出来。

只有境界实力终究无法服众，更何况这是道战，并不是生死较量的地方，很多道声音响了起来。

“就算你拿到道战第一也没有人服你，因为你是个懦夫，而且霸道无理，凭这两点你永远不可能成为洛淮南！”

“不错！难道你还能堵住我们所有人的嘴？除非你把我们全部杀了！”

“像你这样的有什么资格继承景阳真人的衣钵！”

井九就像没有听到这些声音，问道：“悬铃宗有没有来人？”

一个小姑娘看了看四周的同道，怯生生地举起了手。

紧接着，又有两名悬铃宗弟子举起了手。

悬铃宗弟子在道战里扮演的角色一直都很重要，参加的人数向来很多。

井九接着问道：“大泽呢？”

有人举手，有两名大泽的修行者在场。

井九说道：“我们并非同宗，按理不应强行要求你们同行，但是你我三家之间关系太近，若不带你们走，事后难免会被你们家的长辈说见死不救，那样太麻烦。”

悬铃宗与大泽的弟子们怔了怔才明白他的意思，不由得好生无措。

有别派弟子看着这画面，生出同情，喊道：“凭什么？他们又不是青山宗的。”

井九没有理会此人，对悬铃宗与大泽的弟子说道：“或者，与我打过。”

悬铃宗与大泽的弟子们对视一眼，看出彼此心里的无奈。

井九再次向人群望去，确认没有果成寺的僧人，也没有依附青山宗的小宗派弟子。

最后，他的视线落在一位少女身上。

那少女的衣饰他有些眼熟，应该是多年前看过不少次。

“水月庵与青山的关系确实不错，但我可不会听你的，要打就打，就算打不过，你难道还能把我杀了？”那位少女说道，眼神里的轻蔑意味非常清楚。

井九心想：以往水月庵的师妹何等温柔可人，直至出了个连三月才养成这般看天地都不顺眼的性情。

他没有说什么，对峡谷里的众人说道：“其余人想留下的便留下，想走的便走。”

那两名西海剑派弟子与昆仑派弟子率先离开，很多年轻修行者也随后离去。

有些人恼火地想着自己居然因为如此荒唐的事情耽搁了这么长时间，那要少杀多少雪国怪物，道战上的成绩必然一落千丈，终是忍不住骂了几句脏话，还有人朝着井九所在的方向啐了一口。

中州派的弟子在请示了白早之后，也随各自的小队离开。

峡谷里便只剩下青山弟子与最开始便跟着井九、白早的六人，再就是悬铃宗与大泽的五名年轻弟子。

井九没有再说话，开始调息养神。

事实上，在峡谷四周的山道里，还有些参加道战的年轻弟子没有离开，比如最先离开的两名西海剑派弟子与那名昆仑派弟子所在的队伍。

有人不解地问道：“为何不走。”

一名西海剑派弟子沉声说道：“反正已经耽误了这么长时间，稍后便要入夜，不如就在这里扎营。”

那名被流光钟震伤的西海剑派弟子咳了两声，看着峡谷下方，恨恨地说道：“不错，顺便可以看看热闹。”

别的年轻修行者有些不解，心想：有何热闹可看？

那名西海剑派弟子又咳了两声，嘲讽道：“驭剑会被罡风吹死，青山宗肯定不会来接，我倒要看他们准备怎么离开，像丧家之犬般走回去吗？”

时光渐移，暮色渐浓。

峡谷下方的年轻弟子们感受到了山野间投来的那些眼光。

那名叫作雷一惊的两忘峰弟子再也受不了，走到井九身前，近乎哀求地说道：“半途中止道战，事后会被师门惩处，就算你是师叔，也不能无视门规吧？”

井九说道：“我不记得门规里有这条。”

雷一惊负气说道：“既然要回去，那就走啊。”

凭你们的速度，在变故发生之前，很难走出这片雪原。井九在心里想着，却懒得解释，直接说道：“等着。”

雷一惊无力地挥了挥手，不想再说话。

其余的那些年轻人，也不想再说话。

一直都在等。

现在众人已经明白，前些天的等待是他要凑齐青山宗参加道战的十名弟子。

那现在又是要等什么？

忽然，峡谷里出现一片极大的阴影。

本就因为井九的话有些不安的年轻弟子们顿时变得紧张起来，向天空望去，发现云层后的阳光已经消失，仿佛夜晚提前来临。

难道是那种奇特的寒雾再次出现？

青山弟子的反应最快，不待井九发令，九道飞剑呼啸而出，布成剑阵，守住四方。

有些人望向白早。

白早看着天空，神情微异。

薄云骤破，一艘巨大无比的飞舟带着无数道云丝与湍流，出现在众人的视野之中。

巨舟缓缓地向地面降落，带来难以想象的压迫感。

巨舟其形如剑，如山般大小，压迫着空气，发出刺耳的呼啸声。飞舟侧板上可以清楚地看到被罡风破坏的痕迹，好在折损不是太严重。

剑舟？

青山弟子们震惊无语，别家的年轻弟子同样如此。

剑舟忽然出现，意味着青山宗已经知晓了井九的想法，并表示了支持。

雷一惊有些茫然，他刚说半途退出道战会被师门惩处，结果便看到了这幕画面。

那些尚未离去的年轻修行者们愕然想着，这是怎么回事？

白早望向井九的手腕，明白剑镯消失的那段时间，应该便是他传书给青山。

这道飞剑能够离开主人自行穿过十余万里，绝非凡品。

青山剑宗居然会听从他的意见，想来井九也绝非普通弟子。

净觉寺小院里一片安静。

各宗派师长们很是震惊，不知该说什么。

昆仑派掌门愤怒至极，质问道：“这到底是怎么回事？为何青山宗的剑舟会在雪原出现？”

和国公皱眉不语，心想：难道今年道战真会出事？青山宗凭何做出这种判断？为何不提前与各宗派说一声？

他望向南忘，问道：“贵派这是什么说法？”

南忘漠然说道："我在朝歌城，如何知道山里发生了何事？"

剑舟是青山重宝，由适越峰管理。此时在雪原出现的剑舟是灵阶最高的泛海舟，只有青山掌门、元骑鲸以及适越峰峰主这三人才有资格调用。

清天司指挥使匆匆赶来，送上一封剑书。

和国公接过剑书，感知片刻，神情变得严肃起来，看着众人说道："青山那边的意思是，暂时不确定有没有问题，但既然井九已经拿了道战第一，道战再继续下去无甚意义，为了稳妥起见，强烈建议各宗派接回弟子。"

他没有说完的是，青山宗在剑书里写得很清楚，如果梅会主持方不听，他们也无所谓，只是……之后若出了事，不要怪青山没有示警。

一位掌门关切地问道："青山宗有没有说到底发生了什么事？"

和国公没好气地说道："我都说了，他们也不确定有没有问题，只是说感觉不对。"

听着"感觉不对"四个字，在场的掌门与长老们便觉得头疼。这次道战上的所有事情都是从这莫名其妙的四个字而来。

"井九的感觉还是青山掌门大人的感觉，那可不一样。"

那位掌门觉得此事好生荒唐，苦笑连连。

中州派长老问道："剑舟接走了多少人？"

和国公说道："三十。"

众掌门与长老有些吃惊。他们并不知道除了那十名青山弟子外，井九还强行带走了大泽与悬铃宗的弟子，还有别的年轻修行者愿意追随他。

剑舟的降临，让某些最开始根本没想过离开的年轻修行者们改变了主意。

青山宗在修行界里的影响力实在太大。

现在的问题是，参加道战的年轻弟子共有一百五十名，一下就少了五分之一，接下来怎么办？

青山剑舟出现引发的议论，必然会动摇很多人的态度。

难道今年的道战就这样草草收场？

昆仑派掌门看着南忘，恼火地说道："你们青山宗到底什么意思？如此荒唐的弟子不管，反而还支持他胡来！"

南忘面无表情地说道："我青山宗向来重视人才，不拘一格，师长心胸开阔，愿意接纳年轻人的意见，有问题？"

她本有些不喜欢井九，现在看法却变了很多。

道战第一不算什么，青山宗拿过很多次，但强行提前结束道战，井九是第一个。

很多掌门、长老都想到了这个问题，一个参赛的年轻弟子直接把道战弄结束了，这是什么概念？

连脾气最好的宝通禅院住持都有些生气，说道："待井九回来后，我得当面问问他道理。"

和国公说道："他没有回来。"

井九没有随剑舟回来？这是什么意思？

小院里很安静，窗后更是安静。

禅子跪在榻上，让自己的眼睛与那堆乱糟糟的木棍距离得更近些。

是的，他现在有些看不清楚。

小城传来的消息是今年没有兽潮，与释海僧的判断一致。

那位也去了小城，同样没有看出什么。

那位与他都看不出来，为何青山宗说感觉不对？

青山剑宗自然厉害，但说到"感觉"二字又如何比得上水月庵和果成寺？如果井九不是景阳的传人，他必然会不理此事，但现在他需要想得再清楚些。

不知过了多长时间，落入耳间的更鼓声让禅子醒来，窗外已是夜色深沉。

他清澈甚至可以说略有稚气的眼睛里，露出微惘的神色。他能够听出这更鼓声来自遥远的、数十里外的皇宫，却还是无法算清楚这件事情。

让各宗派先准备着吧，他在心里想着。

剑舟离去，云层被撕开的大洞却无法在短时间里补满。

最后的夕阳光辉照在雪山上，又反射进峡谷里，到处都是悦目的金色。

参加道战的年轻修行者们离开了，无论他们愿意还是不愿意，峡谷四周能够看到的身影也变得极少。

"你为何不走？"井九看着白早问道。

不管是坐剑舟离开雪原，还是离开峡谷向雪原深处进发、继续参加道战，都是走。

白早反问道："你为何不走？"

井九说道："我要过去看看。"

踏进雪原后，越往北走他的感觉便越不好。那夜遇到那场奇怪的寒雾后，这种感觉变得更加强烈。如果雪原深处的危险是师兄设的局，按照以前的做法，他送走青山弟子时便会随之离开。

这不是避战，是主客之道。

这场持续了数百年的战斗，他始终严谨地按照这个原则行事，所以从来没有输过。但现在看来，他也没有真正胜利过。

所以他才会答应赵腊月那件事情。

如果这是一个局，那就正面破局试试。

何时进入局中？

他还是要等。这一次他不是在等人，也不是在等船，而是在等事。

一夜无话，晨光再临，白早还在。

"你再不走，可能就真来不及了。"井九说道。

白早轻声说道："不用担心我，只要我想走，随时都能离开。"

景氏王朝占据着朝天大陆三分之一的区域，往北去是无比严寒的雪原。

雪原深处有道极大的山脉，山脉那头才是雪国。

人族疆域的最北方有座小城。小城长宽不过数里，墙由土砖垒成，因为常年风雪的缘故，绝大部分时间都是白色的，所以被叫作白城。

白城非常寒冷，最耐寒的松柏也很难生长，更不要说粮食与蔬菜，但城里还是生活着一些民众，他们穿着破烂的毛皮衣裳，跪在街道上，对着高处不停叩首祈祷，极其虔诚。

南方通往白城的道路上，同样有信徒在不停叩首祈祷，身后的车上载着粮食、蔬菜与肉。

白城依山而建，那片山崖是红岩，在白雪的衬托下显得无比醒目，如血一般。

山前有座不起眼的庙，庙里有尊金佛。

那尊金佛高十余丈，很胖，闭着眼睛，唇角微翘，带着笑意，如一座山。

佛前供着一把铁刀。

那把铁刀长约三丈，如房梁一般，承着刀架的地面已经沉陷了半尺，可以想见其沉重。真不知世间有谁能够提得起这样一把刀。

一位少女走到庙前，抬头望向两侧的那副对联。

“救苦救难救世人，求佛求道求自己。”

这副对联的内容看着很普通，细细品来，却又有些深意。

就像这位少女容颜很寻常，却自有一种难以形容的气质，仿佛当她看天地不顺眼时，天地都不敢看她一眼。

看完对联，少女把随风轻飘的青丝拢到耳后，走进庙里，站到佛前。

一道浑厚悠远的声音响起，却带着不尽缺憾的意味，就像果成寺那口著名的破钟。

“原来是你来了。”

少女是水月庵的过冬，据说她是连三月的关门弟子。不知为何，她没有参加今年的梅会道战，而是来白城见佛。

也不知道那道声音为何会说这样一句话。

原来是你来了？这里说的“原来”是何意？难道她本不是她？

过冬神情淡然，说道：“没想到，你居然能看出来是我。”

那人说道：“或许，是因为我在你身后看了很多年。”

在身后看了很多年，那是因为没有勇气、也没有资格站到你面前，但你的背影已经烙在我灵魂的最深处，那无论你容颜如何变化，又怎会认不出你？

站在佛前，过冬沉默了很长时间。

不知过了多久，那道声音再次响起，充满了感慨与伤感。

“没想到你最终会选择这条道路，为了追上他，付出如此大的牺牲，值得吗？”

“那你呢？在这里守了数百年，值得吗？”

“做自己想做的事情，便没有值不值得。”

“我也如此。稍有不同的是，直到死去的那一天，你都无法证明自己的成功，而我已经证明了自己的失败。”

“于是你来人间走走？”

“他当年经常说，来人间一趟，总要看看太阳，我的时间不多了，也想多看两眼。”

“原来如此，难怪我记得你不会弹琴，为何要去参加梅会，想来禅子也不敢说你不好。”

“是的，我没有参加过梅会。”

“不，你参加过。当年梅会，若不是你出手助我，就凭我当年的境界，又怎么可能杀死那只王阶的雪虫。”

过冬不习惯被对方用这种感激的口吻提起往事，转身离开佛前，来到门槛处，望向雪原。

“当年你没算到那只虫子，这次你有没有可能算错什么？”

“你为何会关心这些小事？”

道战是年轻一代天才们的舞台，对修行界来说当然是大事。但那人清楚，对过冬而言这些都是小事。

“景阳的徒弟在里面，虽然我不喜欢他，但也不想他死。”

“你为什么不喜欢他？”

“太漂亮。”

过冬走回佛前，从案下取出一张蒲团，盘膝坐了上去，闭目开始休息。

她似乎对这座庙很熟悉，以前来过很多次。

她没有再说话，庙里很安静。

夜色降临。

一声叹息响起，满是欣慰，依然伤感。

晨光来临。

过冬睁开眼睛，再次走到槛前，望向雪原深处，神情微凛，感觉到有事情要发生了。

那道浑厚而有缺的声音在她身后响起。

“她从来没有这样过。”

水月庵的天人通与果成寺的两心通，都是世间推演天机最强大的手段。但过冬知道，论起对雪原深处那个存在的了解，世间没有谁能比身后那人强。

“到底出什么事了？”

“不知道，我从她的意识里感觉到了暴躁、愤怒、痛苦……还有些紧张，我不理解这样伟大的存在为何也会紧张。”

清晨到来，又是一夜结束。

井九睁开眼睛，驭铁剑来到山峰的最高处，望向远方。

群山那边，便是雪国。

忽然，他道心微动。看着遥远的、远至他都看不到的远方，他的心里生出一抹紧张的情绪，却不知道来源。对他来说，紧张是极罕见的事情。

破空声响起，白早出现在他身边，南屏钟散发出淡淡的气息，挡住寒意的侵蚀。

“怎么了?”在她的眼里，寒冷的群山与昨日没有任何区别。

井九的回答很简洁:“出事了。”

话音方落，狂风骤起。

寒冷的空气以难以想象的速度在山野之间穿行,带出无数道刺耳的呼啸声。峰顶四周积蓄了无数万年的冰雪被狂风吹落，露出黑色的岩石，空气里的温度陡然降低。

在这样的酷寒里，普通人瞬间便会被冻僵，然后死去，修行者就算运转真元，也无法坚持太长时间。

白早感受到寒意已经进入了南屏钟的屏障，不敢怠慢，取出一件用火金雀羽织成的大氅披在身上，感受到其间自然生出的暖意，面色稍微好了些。

井九看了她一眼，确认应该没什么问题，便没有再理会。

白早看着他身上那件单薄的白衣，不禁有些不解，心想：难道青山宗的功法如此神奇?

峰顶的冰雪继续剥落，忽然从深处传来一道震动。

白早低头望去，看到了一幕很难忘记的画面。

一只雪虫正从绝壁间探出头来。

雪虫的肌肤是半透明的，成年后也不会改变，但极其坚韧，即便是修行者的飞剑也很难斩开。

这只雪虫的身体极粗，完全可以装进一幢小屋，随着它的爬行，阳光落在半透明的皮肤上，隐约能够看到里面的事物——石头、树枝、雪足兽的残肢，还有些白骨，不知道是什么动物的。

作为雪国最著名的怪物，雪虫在用自己的汁液腐蚀出来的洞里行动极其迅疾，在别的地方行动速度则比较缓慢，但危险性却极大，尤其是模样与进食方式，很容易让人类感到恶心。

白早这时候就觉得很恶心，但不敢发出任何声音。

那只雪虫钻出绝壁，没有找到受力点，在寒风里四处摇摆，看着就像是腐肉上面生出的蛆虫，只是要大无数倍。

白早微微蹙眉。

忽然，雪虫的身体定在了寒风里。

她感受到有道意识落在自己身上，知道是这只雪虫发现了自己的存在，真元默运，准备用南屏钟迎敌。

不知为何，那只雪虫没有理会她，继续向绝壁前的空中伸展身体，直至最后它的身躯触到了对面的山崖，又钻了进去。

直到雪虫的尾部也消失在对面的崖壁里，白早才松了口气。

这是一只高阶的雪虫，就算她拿着南屏钟也不是对手。

除了兽潮的时候，人类很少会看到如此高阶的雪虫，为何它会出现在这里？

紧接着，山间响起很多细碎的声音，即便是呼啸的寒风也无法掩埋。

白早运起清水鉴法向四周望去，只见风雪里有很多黑影，正在向北方高速奔掠，仿佛受到了什么感召。

她隐约能够分辨出来，那些黑影里有雪足兽，有雪甲虫，甚至还看到了两种只在书上见过的怪物。

她的判断是对的。

前几次兽潮的时候，有很多雪国怪物藏在雪原与群山的地底深处，只待下一次兽潮时向人族军队发起突袭。问题是，为何现在雪国就把这些怪物召唤了出来，放弃了原先的安排？那边究竟发生了什么事情？

如果是人族国度，可能是皇帝暴毙，诸方势力为了争夺皇位，紧急调集所有的兵力回京厮杀。但雪国不存在这种问题，因为雪国没有什么势力划分，只有一位女王。

忽然，极遥远的前方生出一道亮光。

难道是风停云散，朝阳出现？

白早望向那边，但因为隔得太远，就算加了清水鉴法依然无法看清。

“是雾。”井九说道。

那边的天地忽然变得明亮，不是因为朝阳出现，而是雾气反射了光线，可以想象那片雾是何等样的浓密。

那种寒雾能够隔绝神识，会带来极端低温，道战的参赛者遇着了怎么办？

更可怕的是，此时出现的寒雾并不是一片，而是铺天盖地而来，如无数浪花，肯定不会在短时间里散去。

白早说道："赶紧示警，应该还来得及退出去。"

她说的不是自己和井九，而是参加道战的那些修行者。

说这句话的时候，她想起已经深入群山的师兄，有些担心。

井九接下来的话，直接让她的担心变成了现实。

"来不及，地底的雾气来得更快。"

白早顺着他的视线望去，发现原先被白雪覆盖的山崖，被寒风吹出了数十个遮掩了无数年的洞口，就像刚才那只高阶雪虫钻进去的洞口。有淡淡的雾气从那些洞口里冒出来，隔着数十丈的距离，她也感受到了扑面的寒意。

她紧了紧火金雀羽大氅，脸色有些苍白，因为寒冷，也因为心情。

井九看着她的脸色，想起来她不是自己，无法长时间承受峰顶的低温与寒风，便驭剑向峰下而去。

白早的御空法器是片极薄的青色琉璃，看着非常脆弱，速度却很快。

二人没有对话，向着雾气起处飞行。

寒雾比想象中来临得更快，没有多长时间，视野便受到了影响。好在从地底与山缝里出来的寒雾数量有限，比较稀薄，不会影响真元运转与神识，只是让四周变得更加寒冷。

井九问道："能撑住？"

白早点了点头，结霜的睫毛微颤，看着极为柔弱。

井九直接伸手把她抓了过来，说道："坐下。"

白早有些吃惊，很快便恢复冷静，收回青色琉璃，依言坐到了剑上。

井九也坐了下来，挡住了迎面而来的寒风。

白早看着他的背影，没有说话。

井九身量普通，此时在她眼里却有些高大。

"真大。"

"什么？"

"我说你的飞剑，居然能坐下两个人。"

"嗯，专门挑的。"

"你一开始就想着要用飞剑多带几个人？"

“不，我是想着可以坐着，可以躺着，比较方便。”

“这真是……很好的理由。”

没有人知道井九当年为何会挑选这把承自莫仙师的铁剑，只有柳十岁与赵腊月隐约猜到了些。

井九驭剑继续向前，因为罡风的缘故无法发挥出完全的速度，但因为有寒雾，他们也不需要担心被雪国怪物偷袭。

雾气渐重，寒意更重。

白早闭着眼睛，运转真元护体，不再说话。

不知过了多少里，寒雾里某处忽然响起飞剑破空的声音，然后是斩中硬物的声音，紧接着是数声惨叫。

最后，所有声音都消失了。

寒雾里，死寂一片。

井九没有理会，就像是没有听到。

白早看了他一眼。

井九说道:“我说过前方很危险。”

按照距离与时间推算，刚才那些声音应该来自前天要求继续进行道战的那些参赛者。

白早“嗯”了一声，没有再说什么。

井九看了她一眼。

铁剑轻动，稍微改变了方向，很快便来到了刚才声音响起的地方。

寒雾被剑风驱散些许，隐约可以看到下方的画面，雪地上倒卧着几具尸体。

白早认出来是前天在峡谷里离开的几名修行者，其中便有当时闹得最凶的那两名西海剑派弟子。

井九把几名悬铃宗弟子全部逐走，间接导致这些小队缺少防护，不然他们应该能够再撑得久些。

白早清楚这当然不能怪井九，只是想着其间的因果，不免有些感慨。

铁剑继续向前，雾越来越浓。

最可怕的是，这雾竟是比那夜他们遇到的更加寒冷，对神识的阻碍更强。白早很担心，在这种情况下连她都无法动用法宝，便是想再次踏青琉而飞都很难做到，别的参赛者怎么退走？遇到那些雪国怪物了怎么办？

“你的判断没有错，那些虫子急着撤回雪国，只要不主动出手，它们便不会发起攻击。”井九知道她在想什么。

白早问道：“如果撞到了呢？”

井九说道：“那就是运气不好。”

白早说道：“就算没有遇到怪物，在寒雾里也支撑不了太长时间，他们可没有你这么强的真元与剑识。”

井九说道：“修行界有很多白痴，也有些聪明人，就算不相信我，应该也有所准备。”

就在这时，二人感知到了一道强大的气息，回首向西南方向望去。

哪怕隔着这么远，如此多的寒雾，他们依然能够看清楚，那里的天空被撕开了一个洞，无数道光毫洒落下来。那处距离他们有数十里远，这等声势绝非普通法宝能够做到。

井九目力极好，看清楚破天而落、驱散寒雾的是一朵青莲，想来应该便是昆仑派的青莲舟。

紧接着，在群山上方的天空里陆续有数道极为强大的气息出现，发出无数道光毫。中州派的云船、禅子的莲驾、大泽的水天一线……就连青山的剑舟也再次出现。正道宗派的镇派宝物尽数来到了这里，天地气息大乱，寒雾到处奔流，视野变得清晰了些。

很多小黑点离开群山，被那些光毫吸向天空，应该都是参加道战的年轻修行者。

寒雾涌出的速度忽然变得快了起来，群山更加寒冷。

各宗派接引弟子的速度也变得更快，要与寒雾争抢时间。

看着这幕画面，白早的精神放松了些，忽然发现腕上的竹牌亮了，那是同门求援的信号。

她微惊之下，心神失守，顿时被寒意侵袭入体，脸色变得苍白起来。

她取出一颗丹药服下，有些痛苦地咳了几声。

井九问道：“你确定不走？”

“我不能走，你赶紧离开吧，我真的可以随时离开。”她担心井九不相信自己，说道，“我带着万里玺。”

听着这个名字，井九有些意外。远古时期最高神皇有一尊由天外精玉制成的国玺，后来国玺失落，机缘巧合下被中州派祖师得到，以无上玄功一解为二，历经云梦山里无数岁月，炼成两件法宝，名为“万里玺”。中州派祖师飞升之后，万里玺就留在了云梦山，据说有穿越空间的无上神通，乃是中州派灵阶最高的法宝，珍贵程度远在还天珠之上。

就算白早是中州派掌门夫妇最宠爱的独女，带着这样的重宝依然令人吃惊。若让别的修行者知晓这个事情，又处于现在这样的环境，很有可能动心思杀人夺宝。但她就这样告诉了井九。

井九问道：“你为什么不走？”

“最开始我想如你一样，若中州派同门遇着危险能够帮帮，最后再离开。”她说道，“没想到情况忽然有变。”

她没有离开的原因其实还有一个。

如果遇到危险，她可以帮助井九离开。

但就在刚才那一刻，她的随身竹符亮了起来，那是大师兄发出的信号。

洛淮南是何等骄傲的人物，居然会主动求援，想来这时候必然面临着极危险的局面。在这种情况下，她又怎能离开？

“原来如此，坐好。”

话音方落，井九驭剑向寒雾深处而去。

白早没有想到他的决定如此突然，有些意外，下意识里伸手抓住他的腰带。

铁剑的速度变得更快，瞬间化作一道黑线，天空里的那些宝光很快被重重寒雾遮掩，再也无法看见。

第十章 令人厌倦的故事

CHAPTER 10

朝阳已经升起，红暖的光线照耀着栏外缭绕的云雾。西山居最高处的殿宇却再也不可能像前些天那般平静，被紧张压抑的气氛笼罩着。

无论是宝通禅院的住持还是昆仑派的掌门，脸色都很难看。摆在诸位掌门长老身前的千里图已经失去了作用，笼罩群山的寒雾隔绝了他们的视线。

栏外有飞辇降落，清天司指挥使神情凝重地走了进来，说道:“初步清点完毕。”

和国公霍然抬头，问道:“多少?”

清天司指挥使说道:“四十三个，数字可能还会上升。”

听到这句话，房间里变得死寂一片，气氛更加压抑。

梅会道战确实凶险，但何时出现过这样的局面?

只是一个早晨，四十余名参赛者就这样死了!

那些参赛者虽然还很年轻，境界也不高，但都是各宗派重点培养的天才弟子，可以说是正道修行界的将来。这样的损失怎么看都可以称得上惨烈。

和国公深吸了一口气，说道:“幸亏禅子提醒得及时，不然只怕这场大雾里死的人会更多。”

宝通禅院住持声音微沉说道:“这雾究竟是何物?为何如此诡异?据说今天的雾比前些天更冷。”

“不错，而且今天这场雾非常大，没有散开的迹象，想要找到所有人，非常困难。”清天司指挥使说道。

和国公望向昆仑派掌门与南忘等人，问道:“能不能再往里面去?”

不等昆仑派掌门与南忘等人回话，指挥使摇了摇头，说道:“雪原上方的罡风也受到怪雾的影响，比平时更加狂暴，各派的法舟已经无法坚持更长时间，更不要说往里面去。”

红暖的光线穿过栏杆、透过窗户，洒落在各位掌门、长老身上，他们却感受不到任何暖意，只觉得寒冷。

数万里之外的那片群山，想来要更加寒冷无数倍。

如果不能继续向前，那些已经深入群山的年轻弟子怎么办？

尤其是洛淮南与桐庐所在的小队，他们走得太远了……

清天司指挥使低头看了眼法器，对众人说道：“渡海大师已经进去了。”

听到这句话，中州派长老的脸色稍微好了些，果成寺的律堂首席亲自出手，应该能救回几个人来。

和国公说道：“风刀教教主与镇北神军指挥使收到旨意，这时候也在往里面去。”

“要快，不然我担心他们也可能陷落在里面。”昆仑派掌门寒声说道，“不要以为我是在危言耸听，雾里的寒意便是我派的寒号鸟都承受不住，他们又能撑多久？”

群山深处，寒雾极浓，浓雾极寒。两道强大的气息出现，狂风呼啸而起，带起满地积雪与石砾，把浓雾驱散出数十丈方圆的空间。

镇北神军指挥使与风刀教教主联袂而至，对视一眼。

这二位北方强者彼此看不顺眼已经多年，但今天他们对视的时候却没有什么嘲讽意味，眼中只有惊异。

这片寒雾实在是太过诡异，连他们都觉得体内的真元运转有些凝滞，那些年轻弟子又如何能承受得住？

对于洛淮南与桐庐那两个小队还有生还者，他们已经不抱任何希望。

前方的寒雾忽然有些变形，渡海僧提着两个人从雾里走了出来，是桐庐和他的某个同伴。那位同伴已经昏迷不醒，桐庐却还醒着，他不停地挣扎，喊着：“放我下来！放我下来！”

渡海僧松开手，桐庐摔到雪地上，艰难爬起，踉踉跄跄地向雾里冲去。

“啪”的一声脆响！风刀教教主一记耳光把他抽到了地上，沉声喝道：“那边寒意极盛，我们都无法停留太久，你想找死吗！”

“洛淮南还在里面！”桐庐挣扎着还想站起，颤声说道，“我要去救他，我要去救他。”

风刀教教主与镇北神军指挥使对视一眼，有些不解。

中州派与西海剑派的关系正在缓和，但绝对谈不上亲密，更何况此次道战，洛淮南与桐庐之间的竞争无比激烈，正是因为此，他们的小队才会深入群山北方。为何桐庐此时表现得像是与洛淮南是生死之交一般？

“他为了救我，才会出事，我怎么能丢下他不管！”桐庐像疯了一般拍打着自己的脸，“我要脸！”

风刀教教主微微皱眉，一掌把他打昏，望向渡海僧，问道：“大师，那边情形如何？”

渡海僧的眉上满是冰霜，愁苦地说道：“极寒只是一端，另有别的古怪，我每走一步，便觉禅心不安。”

风刀教教主与镇北神军指挥使再次对视一眼，震惊地想：居然连果成寺律堂首席都抱持不住禅心？

“看来洛淮南是救不了了，走吧。”风刀教教主神情凝重地说道。

镇北神军指挥使说道：“且慢，还有白早。”

渡海僧叹息一声，说道：“还有井九。”

进入寒雾之前，他们各自都收到了无法推托的请求。镇北神军指挥使乃是朝廷官员，自然与中州派亲厚。渡海僧更是被禅子亲口吩咐，要他照顾井九。

风刀教教主望向镇北神军指挥使，说道：“中州派说白早带着定位法器？”

镇北神军指挥使说道：“没有找到，应该是隔得太远。”

风刀教教主觉得好生麻烦，说道：“明明是那个叫井九的青山弟子最先发现问题，为何他们反而跑进去了？”

无人知晓这个问题的答案。

寒雾渐渐重新聚拢，雾深处有道气息若隐若现。

风刀教教主神情骤变，说道：“不能再在此地停留。”

渡海僧望着寒雾那边，再次叹了口气，手里的念珠散发光毫，照亮前路。

风刀教教主与镇北神军指挥使分别提起桐庐与另外那名昏迷的年轻弟子，祭出法宝破开寒雾，踏空而去，回到了中州派的云船。

中州派长老发现洛淮南与白早并没有随他们回来，脸色变得极其难看，但他知道现在局势紧张，没有说什么，命令云船破开罡风向南方飞去。

渡海僧与这位中州派长老低声说了几句，走回云船舷畔，望向下方的雪原群山。没有声音，什么都没有，群山也已经消失，只有无边无际的寒雾。

白茫茫一片真干净。

桐庐醒了过来，他望向上方的云层。

云层被狂暴的罡风吹得极乱，变幻出无数种形状，却没能让他的眼神有任何变化。被严重冻伤的手指此刻应该痛痒异常，同样也没能让他的眼神有任何变化。他眼里全无神采，木然想着那一刻的数幕画面。

恐怖的雪虫，同伴的惨死，自己的绝望，洛淮南高大的身影出现。最后，那个高大的身影消失在仿佛黑洞般的虫嘴里。

“你一定要活下来。”桐庐脸色苍白，自言自语道，“不然我这么赢了你，又有什么意思呢？”

不知道他是专心道战，没有理会外界情形，还是受惊过度，精神有些恍惚，竟不知道今年的道战第一是井九。

渡海僧看了他一眼，心里生出与风刀教教主相同的疑惑。

井九最先感知到危险，为何却要往雾里去，搞到现在生死不知？

群山之外还是雪原，但并不是南方的那片。

这里的雾淡了很多，不是散了，而是因为大部分被吹进了群山里。

这里的温度比群山里还要低，仿佛连声音都能冻结，死寂一片。

死寂的雪原上空，有一道黑色的铁剑无声地飞行，像一条船，准备横渡没有生机的寒冷世界。

铁剑很宽，井九坐在前方，白早坐在他的身后。不管是中州派的云舟还是人族强者，都已经被远远地甩在了后方，早已看不到。

在这样的环境里，普通修行者真元运转凝滞，神识受阻，连驭剑都难，在很短的时间里便会被冻死。不知道为什么，井九似乎不受严寒的影响，盘膝坐在剑首，闭着眼睛，右手的食指指着前方。

一道淡却无比凝纯的剑息从他的指尖生出，被寒风拂动，形成了一个无形的罩子，把他与白早笼在其间。

白早紧紧裹着火金雀羽大氅，只把眼睛露在外面。她看着前方的身影，睫毛微眨，上面结着的霜花没有落下来，眼里的困惑越来越浓。

如此严寒的世界，就算是门内的那些长老过来，也不见得能撑多久。

井九只是无彰初境，为何却能带着自己来到这里？

他的那根手指是在做什么？是某种剑诀吗？为何能够挡得住寒意的侵袭？如果不是那根手指散发出来的热度，她这时候早就不行了，只能用万里玺离开。

白早没有猜错，井九的那根手指确实就是剑法。

如果让青山的那些长老们看到这幕画面，一定会惊叹出声。

他居然能够把适越峰的六龙剑法施展到如此程度。和这根手指比起来，当年在洗剑溪畔顾清与薛咏歌先后施展出来的火龙算得了什么？

铁剑缓缓停止。四周没有任何声音，连风声都没有，十余里外的前方隐隐又有寒雾生起，或者是云？

地面上没有生物，准确来说是没有活物，可以清楚地看到一些雪足兽冻僵后的尸体。那些雪足兽或六足，或五足，比较低阶，但雪国怪物居然会被冻死，这真是难以想象的事情，可以想见寒雾何其可怕。

白早望着那边，担心地想：师兄还能撑住吗？

“他还活着吗？”井九问道。

白早看向还在发光的竹牌，声音微颤说道：“还活着。”

井九问道：“你们感情很好？”

“是的。”白早顿了顿，接着说道，“我与师兄情同兄妹。”

井九想起了果成寺里那位，沉默片刻后说道：“那就有来的道理。”

白早认真地说道：“这是我中州派自己的事情，与青山无关，你何必随我冒险？这里太过危险，你还是快折回吧。”

“无事，反正顺路。”井九对天机的变化非常敏感，不需要推演计算，也知道此行对自己没有太多凶险，对身后的少女则不然。

他说道：“我建议你现在就用万里玺离开。”

白早自然不会相信他说的话，有谁会顺路把自己顺到如此危险的境地里？

她伸手握住那两块微硬的物事，心想：如果真遇着危险，无论如何也要给他一个，保住他的性命。

“还有多远？”井九问道。

白早说道：“就在前方，大概……十三里处。”

井九望向前方那片不知是云还是雾的所在。

白早有些不解，她不知道井九是如何做到的，但知道他能在雾里轻松驭剑，速度很快，一路行来，平静从容，没有任何惧意。为何眼看着便要找到师兄，他却显得有些犹豫？

井九说道：“那里便是雪国真正的边界，就算是通天境大物，也不会轻易去那边。”

白早微惊，才知道他们已经来到这么远的地方。

雪国，当然是人类修行者最畏惧的地方，远在冥界之上。

更何况现在的局面如此诡异，那道极寒的雾气究竟是什么，都还没有答案。

而且师兄原来的位置并不在这里，他怎么会来到这么远的地方？

井九只是给出解释，并没有打算就此停下。铁剑继续向前飞行，很快便越过了十三里的距离，来到了那片云雾之前。

雪原在这里陡然下沉，形成一道近乎笔直的绝壁，云雾在其间缭绕，看不清楚有多深。如果不是这般寒冷，当前的景色很美。

被云雾遮掩的石壁间，隐约有些动静。

白早伸手指向某个方向。井九站起身来，踏剑而下。

云雾向着两边散开，石壁上的画面变得更清楚了些。

到处都是光秃秃的石头，一片残雪都没有，偶尔可以看到雪虫蜕掉的皮以及没有被雪虫消化干净的雪足兽肢骨。

铁剑向着石壁上的其中一个洞口飞去。

那块竹牌越来越亮，看来中州派的法宝没有出错，洛淮南应该就在里面，只是不知道他是怎么活下来的。

石壁下方忽然卷起一道狂风，无数寒雾带着碎雪，从石壁上的无数洞里喷了出来。原先安静如画的云雾，以难以想象的速度运转，瞬间撕裂成无数碎缕，遮住天光，让环境变得阴暗起来。

那些喷出寒雾的洞里，隐隐可以看到白光，应该是雪虫的眼睛。

这真是令人恐惧的画面。

铁剑在狂暴的风雪里起伏。

白早脸色苍白，紧紧地抓住井九的腰带，才没有从剑上跌落。

井九就像是没有看到这些画面，平静而专注地驭剑，突破风雪的袭扰，慢慢靠近那个洞口。

忽然，他闷哼一声，右手的剑诀散开。

寒意骤然侵入，白早的身体瞬间僵硬，无法抓紧他的腰带。

井九霍然回头，望向风雪深处的某个遥远所在，眼眸里闪过一道极为明亮的剑光。

前一刻，有道强大无比的意念，隔着十余万里的距离扫过这片石壁，刚好拂过了他的身体。

那瞬间，就连他的道心都有些微散，他感受到了前所未有的威胁。

那道意念的主人，是他前世都未曾遇过的最强对手。他毫不犹豫地振动剑丸，释放出自己的本源剑意。但立刻他便知道自己的应对有问题。

他的意识与剑心一如前世，境界修为却还很低，与十余万里外的那位存在相比如同蝼蚁一般。他应该不抵抗，相信对方对一只蝼蚁不会太感兴趣。

但他既然释出了那道剑意，对方必然会对他生出极大的重视。这不是自恋，而是因为他相信对方必然能够认出自己。

果不其然，一道难以想象的威压，从极遥远的北方而来。

那道威压隔着十余万里，却无比准确、没有任何偏差地落在了他的身上！

井九左手剑镯一抖，卷住白早的身体一道掷进石壁上的那个洞里，然后从剑上跌落。风雪骤疾，如一道漩涡，瞬间将他吞噬。

白早摔落在洞口的雪地上。

那道剑索随后落下，自行变回本体剑形，如血一般艳红。

她顾不得寒意侵袭，爬至崖边，向下方望去，只见风雪如怒，井九已经消失在幽暗的漩涡中。她的眼里现出一抹决然，服下一颗丹药，用神识唤出南屏钟，转身向洞里走去，顺手拾起了雪里的那把剑。

南屏钟照亮前路，带起的风拂落洞壁上的冰霜。

没有走多深，她看到了一只雪虫。那只雪虫粗约五丈，是极可怕的高阶存在，但这时候已经死去，没有任何生机。

白早走到雪虫身前，视线穿过半透明的虫皮，看到了洛淮南。

洛淮南竟是在雪虫的腹中。他脸色苍白，上身赤裸，紧闭双眼，泡在雪虫体内的黏稠汁液里，右手尾指上系着的翠竹牌发着光亮，只是有些暗淡，似乎随时可能熄灭。

应该是在前次激烈的战斗里，他被这只高阶雪虫吞噬，同时通过反击重创了对方。雪虫穿过光滑的石洞来到这里，也把他带到了这片严寒的世界里。来到这里后，雪虫难以支撑，就这样悄无声息地死了。

洛淮南身受重伤，也无法出来，只能凭着一身极强悍的修为在虫腹里苦苦支撑。也幸亏他在雪虫腹中被那些黏稠的汁液泡着，不然只怕早就被冻死了。

白早又服下一颗丹药，南屏钟向那只雪虫轰去。

“轰”的一声巨响，石洞里沙砾乱飞，如利箭一般，地面震动了很久才平静。

但雪虫的表皮只是微微陷落，出现数道白色的絮流，并没有破开的迹象。

如果白早继续用南屏钟轰击，相信这只死去的雪虫也无法支撑太长时间，但她不知道洛淮南还能撑多久。更重要的是，她不知道自己还能抵抗多长时间严寒。

她的视线落在手里的剑上。

这把剑如血一般殷红。如果她猜测的没有错，这便应该是弗思剑。

白早没有犹豫，举起手里的剑，向着雪虫刺了过去。

一声轻响，剑锋破开雪虫无比坚硬的表皮，没入小半。

寒风从洞外呼啸而入。南屏钟逆风而起，轰击到洞壁上，石土簌簌而落，堵住大半个洞口，让寒意入侵的速度变慢了些。

白早默运还没有完全掌握的伏藏卷，不顾道心崩溃的危险，抵抗着寒意，将真元尽数灌注到手里的剑上。

“哧啦”一声，雪虫坚硬的表皮被剑锋割出了一道大口，体液如瀑布一般涌了出来。

雪虫的体液异常黏稠，如蜂蜜一般，带着速度落到她的身上，力量极大。

白早再也无法站立，被黏稠的汁液冲倒。

洛淮南的身体随着那些黏液落到地上，脸色苍白，已经没有呼吸。

白早将他扶起坐下，双手抵住他的后背，开始向他的体内灌注真元。

时间缓缓流逝。

幸亏她与洛淮南的身体大部分都被雪虫汁液包裹，随风而入的寒意没能凝滞真元运转。不知道过了多长时间，洛淮南喷出一口鲜血与虫液的混合物，疲惫地睁开了眼睛。

感受到掌心传来的震动，白早的脸上露出微笑，但有些淡然，就像她的声音那样。

“没事吧？”

洛淮南显得极为虚弱，声音很低地说道：“需要调息一阵才能离开。”

白早说道：“这里已经是极北，进了雪国，我们很难离开。”

她不知道洛淮南在听到这句话的时候，眼里出现了一抹痛苦与挣扎的神情。

“师妹，师父应该把万里玺给了你吧？”

白早沉默不语，在心里想着，应该如何说服师兄用万里玺离开，并同意自己留下来。她要留下来等井九。

因为她的沉默，洛淮南眼里的痛苦神情越来越浓。

“师兄，我们多了一个人……”白早的话没有说完。

洛淮南声音虚弱地说道：“是啊，我们有两个人，万里玺却只有一个，自然不够。”

白早微怔，心想：这并不是自己想要表达的意思。

忽然，寒冷的洞里生出一道极为温暖的气息。

这道气息来自洛淮南的身躯。

他被雪虫吞入腹内已经有很长时间。这段时间里，他一直默默运转中州派的朝元功，虽然重伤之后身体虚弱，但已经积蓄了足够的力量。

足够他发起一场偷袭的力量。

“啪”的一声闷响，洛淮南的身体闪电般退后，坚实而宽阔的后背撞上白早。

白早毫无预料，直接被这道力量撞到冰冷的石壁上，喷出一口鲜血。

南屏钟发出一声清鸣，自行护主！

一只色泽暗沉的小钟破开雪虫的汁液，向着南屏钟轰去！

“轰”的一声巨响，石洞的山壁再次坍塌，把寒风挡得更加严实，洞里一片昏暗，只有些许微光。

两只小钟倒在残雪里，散发着淡淡的光亮。

那只色泽暗沉的小钟自然便是北辰钟。

白早靠着石壁，白衣襟前尽是喷出的血点，如梅花一般。她有些恍惚，心想：师兄难道伤了心智，不然为何要向自己出手？

接下来洛淮南的话让她感觉到了极度的寒冷，比她此时靠着的洞壁更冷，比洞外的风雪更冷。

“我是师兄，既然万里玺只有一个，那就让我先用吧。”在微光的照耀下，洛淮南苍白的脸庞就像是鬼一般，眼里的歉意显得那般虚伪。

“师妹你留在这里，我出去之后立刻把你的位置告诉师父师娘，让他们来救你。”

白早脸色苍白，怔怔地看着他。

洛淮南是她的师兄，看着她长大，二人无比熟悉，此时这张脸却是陌生得难以想象。她闭上眼睛，然后再次睁开。还是那张可亲的面容，还是那般诚恳的眼神，却为何这般丑陋呢？

要说亲近，洛淮南应该是她在世间最亲近的人，被她视为家人，在某种程度上，甚至比她的父母还要更亲。这是整座云梦山都知道的事情，很多人相信，如果没有意外，他们一定会成为被整个修行界祝福的道侣。

事实上，如果不是白早自己不愿意，也许她现在已经嫁给了对方。

遇到如此险恶的背叛，精神受到如此强烈的冲击，有的人可能会痛哭出声，有的人可能会痛骂一通。

白早却笑了，她的笑容有些淡，有些苦涩，觉得这一次的道战之行好生荒唐。

洛淮南偷袭她，自然是想得到她身上的万里玺，活着离开。他被雪虫吞噬，发出求援信号的时候，便是这样想的吧？

白早当然不会相信洛淮南这时候说的话。如果他活着出去，应该会编一个特别美好的故事，令闻者动容，泪如雨下，但他绝对不会告诉别人自己在哪里……他会希望自己死在这里，无法把这个秘密告诉别人。不，也许稍后待他恢复了些功力，在离开之前便会亲自动手杀死自己。

想完这些，她平静下来，只是对陪自己来到这里的井九生出了很多歉意。

洛淮南看着白早的眼神，知道她在想什么，说道：“不管你怎么想，你都是我最疼爱的小师妹，我不会杀你。”

白早微笑着说道：“是吗？”

也许是被她笑容里的嘲弄意味刺激到了，洛淮南神情微凛，说道：“我也许算不上纯粹的好人，但我确实坚守仙侠之道，桐庐遇险便是我出手所救，不然我又何至于落入险境？师妹，你真的要相信我……”

白早静静地看着他。

洛淮南渐渐沉默，取出一粒丹药服下，开始调息化解药力。

白早说道："在今后漫长的修道生涯里，你能说服自己吗？"

对中州派这样的正道修行门派而言，道心不移是非常重要的事情。

"也许我说的一切都是真的，我有为正道牺牲的勇气与意志，并且已经证明了这一点，只是……"洛淮南看着那具雪虫的尸体，沉默片刻后说道，"我没有想到被这只雪虫吞进腹内后，我并没有立刻死去，竟然被它带到了这里。死亡就在眼前，却又始终不肯显现真容，过程是那样的漫长，那种滋味我再也不想尝试。漫长的修道生涯？不，在这段经历之后，我再也不会觉得有什么比这更加漫长。"

白早说道："所以你的勇气与意志都被消磨光了。"

洛淮南望向她，认真地说道："是的，我不想死了，我还有很多事情没有做，我还有很多风景没有看，在雪虫腹内我已经暗自发誓，如果我能活下来，我今后必将不惜一切代价活着。"

白早说道："我相信你的说法，因为收到你求援信号的时间有些晚。"

对洛淮南来说，得到她的认同似乎是件非常重要的事情，他的神情变得轻松了些。

"师妹你来救我，我非常感激，但我知道如果最后只有一种选择，你一定不会牺牲自己而让我活下来。"

"于是你决定从我手里抢走万里玺。"白早看着他说道，"不说你我，你觉得自己对得起我的父母吗？"

洛淮南沉默了一会儿，说道："师父师娘对我恩重如山……吗？那为何你参加道战，随身带着万里玺这样的法宝，而我参加了这么多次道战，却一次也没有拿过？如果说道战是以生死考验人，为何你能置身事外？凭什么死的人就是我？亲疏终究有别，他们待我凉薄，也莫要怪我心狠。"

白早很是生气，说道："说出这样的话来，难道你不亏心？"

洛淮南神情漠然，说道："师父师娘争了一辈子，争到我们这一辈，师父想让我娶你，师娘想让童颜娶你。能够迎娶你这样的女子，无论怎么看都是最好的事情，那你可知为何我与童颜都没有立刻答应？因为我们都清楚，师父师娘只是想给你这个病秧子寻个双修道侣，助你弥补先天亏欠，我与童颜修行得再如何辛苦，也不过是为你作嫁衣罢了。"

白早闻言微怔，她是真的不知道这件事情。

“童颜是世间最聪明的家伙，怎么会看不出来，于是他想了一个特别聪明的方法，那就是拿我当借口。”洛淮南微涩一笑，说道，“他退得如此之快，那我又能往哪里退？我只好发下宏愿，境界大成之后便来雪原为人族守夜，成为第二个刀圣。谁愿意像那个白痴一样枯守雪原数百载？不过是为了避掉这门婚事不得已的选择。我本想看看童颜还能往哪里退，却没想到这件事情反而为我带来了不少名声。”

白早沉默着，没有说话。

“不过现在很好，我以后应该不用来北边了……”洛淮南的这句话没有说完，如果白早死在这里，他自然不用再为了避开这门婚事，来雪原效仿刀圣。

“那你曾经发下的宏愿呢？整个修行界都知道此事，难道你不怕被人笑话？”白早看着他的眼睛说道。

洛淮南说道：“时间可以让人们忘记所有承诺，而且说给别人听的东西本来就不重要，就像你曾经对我与童颜，还有南山他们说过的那些事情一样。人族的前途、雪国的威胁、冥部的安静、长辈们的保守，这些只不过是小女孩的臆想。难道你真以为我相信你说的话，愿意帮助你带领年轻一代的修行者，完成所有前人都无法完成的伟大事业？”

“难道你以前说的话都是假的？”

“当然是假的，不过是看在你喜欢我、尊敬我的份上，陪你玩会儿。”

“就像我们小时候玩的扮家家酒？”

洛淮南沉默了一会儿，说道：“我比你大很多岁，那时候大部分时间都是童颜在陪你玩。”

白早如公主般骄傲地抬起头，说道：“我以前确实很尊敬你，但你说错了一件事情，我从来没有喜欢过你。”

洛淮南笑了笑，没有说什么。就像云梦山里的那个大师兄，神情宠溺地看着因为生气而撒谎的小师妹。

白早接着说道：“我喜欢的是井九，就算是童颜师兄，也要比你强太多。”

“我知道你这时候不高兴，但何至于委屈自己。”洛淮南微微挑眉，说道，“那个叫井九的青山弟子算什么东西，有什么资格被你拿来做借口？”

白早微笑着说道：“我说的是真的，因为你长得实在是不好看。”

洛淮南是正道修行界年轻一代的最强者，身形高大，威风凛凛，气度非凡，但他的长相着实谈不上好看，只是普通。

童颜天生稚颜，眼神如雪，远胜于他。更不用说井九。

“师妹你真的很了不起。”洛淮南强行压制住心里的怒意，淡然说道，“在这样的情况下，还是能轻易地激怒我。”

“我没有撒谎，我与井九确实两情相悦，不然你以为凭我自己，怎么可能来到这般严寒的北方？都是他不惜耗损真元，还废掉数件青山法宝，才把我送到这里。”说话的时候，白早的脸上满是柔情，极为真实，绝非虚假。因为，她心里就是这样想的。

洛淮南怔了怔，神情微寒，说道：“是吗？那他的人呢？”

白早说道：“我们遇到一只雪虫，他带着我战斗不便，先把我送进洞里，再去与那只雪虫杀过，想来片刻便到。”

如果她不说这番话，洛淮南也许还真会相信几分，此时却判断她在撒谎，说道：“如此说来，我要抓紧时间了。”

说完这句话，他闭上眼睛开始调息。

白早也闭上了眼睛。她本就没想用井九来吓他，只是想在他的道心里种上一丝怀疑，同时让他不要太过注意自己。

洛淮南在雪虫的腹内必然受到了极大的伤害，积蓄多时的真元又用在偷袭里，想要恢复到能够使用万里玺的境界，需要一段时间，而且他不知道她已经练成了伏藏卷，如此一来，她或许真有可能更快恢复过来。

寒意渗过倒塌的石堆，来到洞里。南屏钟与北辰钟静静地躺在地面。

时间缓缓流逝。

睫毛微眨，冰霜落下，洛淮南睁开眼睛，站起身来，走到白早的身前。

“没想到，你居然学会了伏藏卷。”白早睁开眼睛，神情有些疲惫，似乎已经放弃。中州派十七玄功里，伏藏卷是比朝元功层级更高的金丹法门，修行极为困难，难度甚至还在天地遁法之上。

洛淮南说道：“师妹，我不想羞辱你，你自己交出来吧。”

同为中州派弟子，就算白早宁死也不肯交出万里玺，他依然有办法破开她的随身法器，那手段会非常残忍。

白早取出万里玺，扔给了他。她没有想到洛淮南也练成了伏藏卷，但依然没有放弃希望，先前说话的时候也没有露出口风。

果然，洛淮南没有立刻离开，他拂袖震飞雪石，走到洞口，向崖外看去。

他认为白早在撒谎，但万一她说的是真的呢？那个叫井九的青山弟子如果真的在，万一他能活着离开，自己怎么办？

看着洛淮南的背影，白早眼神微冷，准备调动用伏藏卷积蓄起来的那点真元，发起最后的攻击。她没想过能战胜洛淮南，只希望用玉石俱焚的手段，把对方带入石壁外那片恐怖的暴风雪里。

忽然，洛淮南发出了一声轻呼，显得很是意外。

白早想到某种可能，神情变得紧张起来，再也无法出手。

一个人影出现在崖壁上，在风雪里缓缓向上攀爬。

风雪如刀，温度低得难以想象，崖上的石壁被二者磨得比冰面还要光滑。但那人的手始终紧紧贴在石壁上，没有被风雪里巨大的力量带走。

他感应到了些什么，抬头向上方望去，与洛淮南静静地对视。

"抱歉。"洛淮南说道。

北辰钟如一道流光，破开风雪而去。

井九静静地看着洛淮南。如此突然的攻击，如此阴险的手段，没能让他的神情有任何变化。他的眼神很平静，没有愤怒也没有绝望，只是有些厌倦。

流光混在风雪里落下。"轰"的一声，石壁崩裂。

看着北辰钟完全击中目标，井九落入暴风雪里，再无幸理，洛淮南转身走进洞里。只在洞外停留了极短的时间，他的眉便结了冰，真元的运转也变得有些凝滞，他知道自己不能再停留。

"师妹，此番道战，我又有奇遇，所以我真的很不想死。谢谢你来救我，我一定会有很好的未来。"对白早说完这句话，洛淮南启动万里玺离开了这里。

第十一章

雪国女王

CHAPTER 11

一口鲜血喷出，白衣上的血刚刚凝结，又多出了很多血点，就像西山居里的那些梅图，被画师画出了很多新梅。

白早道心大乱，用伏藏卷艰难调集的那些真元尽数散去。她艰难地走到洞口，望着崖下的风雪，默默流下两行清泪，瞬间成冰。

“你这时候需要做的事情是静养，而不是哭。”一道声音从崖下传来，声音里没有什么情绪波动，仿佛比风雪还冷。

在白早听来，这声音却是那样的温暖。

井九伸手将她当孩子一样拎起，走进洞中，动作有些粗鲁地塞进雪虫的尸体里。

雪虫尸体里还残留着很多黏稠的汁液，包裹住白早的身体，可以阻止寒意入侵。

他的右手拂过坚硬的石壁，无数石块如雨般落下、弹起，再次堵住洞口，极其严密，没有一丝寒风能渗进来。

与赵腊月不同，白早很在乎干净，若是平时浸泡在雪虫的尸液里，哪怕知道理由，她也会觉得很恶心。但这时候她完全没有这种感觉，因为她的眼里只有井九。她的视线随井九而动，一刻都不愿意移开，如呆了一般。

井九取出一颗丹药，递到她身前。

这颗丹药色泽暗红，外形普通，有一种艾草特有的辛味。

这是玄草丹，当初在南河州宝树居的时候，井九曾经拿出来过一颗。

这种灵丹内蕴极烈的火性，便是冥界的阴寒也能驱除，在炼养金丹方面更有极强的功效，很是珍贵。最关键的是，玄草丹乃是中州宣化山出产，白早是中州派弟子，所修玄功与之完美相合。

如果是以前，白早会怀疑，井九这名青山弟子为何会有自家的灵丹，至少会生出好奇。但这时候，她什么都没有问，直接张嘴把玄草丹吞了进去。

唇瓣触着指尖，白早确信他是活的，而不是自己的想象，终于放下心来，神识一松，就这样昏睡了过去。

她的面纱已经在战斗里脱落，露出清丽的容颜。在睡梦里，她的神情显得更加柔弱。

井九以剑识望去，只见一道明亮的线出现在少女的颈间。

玄草丹已化，正在融进她的身体。

他有些倦意，盘膝坐下，开始调息。

这里太冷，寒意入骨，便是他的真元运转都有些凝滞。好在他身体很特殊，不用担心会被直接冻死。

主要是那道十余万里外的意识，让他的真元与精神耗损太严重。

被风雪漩涡吞噬后，他担心再次惊动那位遥远的存在，不敢驭剑，只好从崖下徒手攀爬而上。因为同样的理由，洛淮南用北辰钟袭击他的时候，他没有反击，硬受了一记，松开双手，再次落入风雪漩涡里。

这当然很危险，换成别的修行者会必死无疑。

掉下去两次，爬两次，很容易让他觉得厌倦。

他活过两次，同样的修行之路要走两遍，真的有些烦。

厌倦还来自这件事情本身。

他不知道洛淮南为何会出手袭击自己，也没有问白早，但稍微推演计算，便能猜到大概的故事。

人心险恶而且自私。在世间这样的故事太多，只要你活的时间足够长，那么早晚都会遇到。

任何事情，重复多了便自然无趣，令人生倦，令人生厌。

所以那些年，他只在神末峰里静修，从来不见外人。

不知道过了多长时间，他结束调息，睁开眼睛。

他用剑识自观，确认剑丸无损，道树如前，只是真元运行的速度较平时慢了七成。

白早也睁开眼睛，醒了过来。玄草丹的药力尽数化入身体，让她的精神好了些，但这终究只能保证她暂时的安全，无法长时间帮助她抵御苦寒。

那只雪虫尸体里的黏液也终有用完的那一天。

更麻烦的是，她的金丹上出现了两道极深的裂口，随时可能碎开。

洛淮南下手真的很绝。

白早沉默不语。

结金丹本就是中州派修行里最难的关口，类似青山剑宗的剑丸生。

历经千辛万苦才结成的金丹，一旦碎裂，想要通过重新修行再次结成是非常困难的事情。

就算她是中州掌门的独女，有无数仙草丹药筑基，或许可以二次结成金丹，但想拥有与以前相同的品级几乎不可能。换句话说，她的修行道路似乎已经能够看到尽头在哪里。

洞里没有风，寒意还是透过了石块，落在白早的身上。

她先天不足，此时又受了重伤，被寒意入侵，脸色变得更加苍白。

“抱歉连累了你。”白早轻声说道，“但我想，你既然能带我来到这里，应该也有办法离开。”

“我不确定，天地寒意较先前更盛，真元运行有些不畅。”井九说道，“我与飞剑之间的联系随时可能断绝。”

不知何时，那把铁剑回到了他的身边，被他抱在怀里。

他注意到白早的脸色有些不好，心念微动。

一道剑火从铁剑上生出，照亮了石洞，看着就像是一根火把。

铁剑在他的怀里燃烧，画面看着有些神奇。

火光看着有些温暖，与外界侵入的寒意比较起来，却还是太过微弱，洞壁上的残雪表面刚刚融化，又迅速结成坚冰。

看着冰面上映出来的自己苍白的脸，白早下定决心。

“我能让你离开，洛淮南以为我只有一个万里玺，其实我还有一个。”

说完这句话，她取出一个东西扔给了井九。

井九接住，看着手掌里那个形似玉玦的物事，感受到里面传来一道古老而悠远的气息，神情微怔。

洛淮南离开的时候，他在风雪下方的崖壁上便感知到了那道气息，知道应该是某种灵阶极高的法宝。

原来是万里玺。这般灵阶的法宝在青山里也很罕见，没想到中州掌门居然给了自己的女儿，而且竟是全部都给了她。

井九看着她说道：“如果洛淮南知道，便不会向你出手。”

“是的，他会还是那个宅心仁厚、心胸开阔、对我疼爱有加的大师兄。”白早平静地说道，“只不过他没有想到，父亲给了我一个，母亲也给了我一个。”

两个万里玺里的一个，本来就是她父亲为洛淮南准备的。所以哪怕明知道前方很危险，她还是来了。

她想起来与洛淮南的对话。

当时她说多了一个人的意思，指的是井九。两个万里玺无法带走三个人，她当时已经做好准备，留下来陪井九。

洛淮南却以为她的意思是：我们有两个人，万里玺却只有一个。

如果他发动得晚些，哪怕再晚片刻，便能听全白早的话，知道她的意思，那么便不会有后面的这些事情。就像白早说的那样，他应该还是那个受人爱戴敬慕的中州派大师兄。

想着这些事情，白早露出一抹苦涩的笑容，直至此时，依然觉得好生荒唐。

井九不知道她在想什么，只是有些好奇她为什么要把万里玺拿出来，难道她不怕自己抢走？

“你用这个离开吧。”白早说道，“反正我金丹已裂，无法用它。”

井九这才明白她的意思。

修行者对生死的态度，要比凡人更重。

活得越久越怕死，这是俗语，也是真理。

万里玺代表着生的机会，她却如此平静地送给了他。

他沉默了一会儿，说道：“我不会死，你先疗伤。”

白早像是没有听到他的话，轻声说道：“你出去后，告诉我父母这里发生的事情，让他们处死洛淮南。”

井九心想：这不需要交代，反正自己要做这件事情。

白早忽然说道：“为何我父母不来救我？”

中州派掌门夫妇是修行界数一数二的大人物，一身修为惊天动地，即使此地严寒异常，又如何能够阻挡他们？

井九知道她在想什么，说道：“他们自然有无法出现的原因。”

不是安慰她，更不是为中州派那对夫妇找理由，而是他已经隐约猜到当前的局面因何而来。

白早有些感伤，说道：“修行者真的必须无情？”

“你也不会死，所以不用想这些。”

说完这句话，井九把燃烧的铁剑插在雪虫尸体的前面，起身挥散堵住洞口的石块，走到崖边。

他望向风雪深处，十余万里外。

对方无比强大，应该是朝天大陆甚至是所有大陆最高阶的生命，如果用青山宗的境界划分，对方早已突破通天境，真正做到了藏天下。

不要说中州派掌门夫妇，就算是他异大陆的那位朋友也不可能战胜这样的存在。

换作前世的自己，飞升的那一刻应该也只能与对方打成平手。至于现在的他，在对方的眼里就是一只蝼蚁。

他驭剑离开，会惊动对方。

对方不理他便罢，如果对方真的被激怒，那怎么办？

如果这就是师兄的局，他必须承认真的很妙。

赵腊月被暗杀，说服他参加道战，这些都是他的算计。

只要井九参加道战，便一定会与风雪深处的那个存在相遇，或者是真身，或者是精神。

因为他现在虽然只是蝼蚁，但世间也只有他这只蝼蚁曾经比那个存在飞得更高。

师兄不只把握住了他再世修行求变的意愿，还利用了赵腊月的性情，甚至把风雪深处那个存在都带进了这个局里。

如此格局，值得欣赏。

如何才能破局？

井九向风雪深处送去一道剑意。

这是极为冒险的事情，但除了谈判，他不知道还能做什么。没有几个人类有资格与风雪深处的那个存在谈判，哪怕是白城里的刀圣都不行。

井九却相信对方一定会给出回应。还是那句话，他现在只是蝼蚁，但毕竟曾经飞过，而且飞得比所有生命都要高。

下一刻，一道难以形容的威压从遥远的北方传来。

风雪骤乱。

没有雷鸣，天地间却仿佛有无数轰隆声响起。

井九的脸色变得异常苍白。

白城外是雪原。雪原深处的天空里到处都是铅云，可以清楚地看到雪花落下，落入棉花一般的浓雾里，就此消失不见。

两道极为强大的气息分别在东方与南方的天空里出现。

云层变形，变换成各种模样，狂风大作，那些正在降落的飞辇摇晃不安，崎岖山道上正在跪拜的信徒不敢抬头，脸色惊恐，颤声念祷经文。

无数道乳白色的光线从东方的云层里透出，带着温暖与高妙的意味。

南方的云层里却是落起雨来，寒雨沾地成冰，画面极为怪异。

中州派掌门与元骑鲸来了。

两位通天真人出行，天地变色，雪原深处仿佛都生出感应，回以雷鸣般的轰隆声。

忽然，一道极为霸道的刀气从白城里冲天而起，横贯数百里的天空，极为强横地挡住了所有去路。刀圣的意思很清楚，这时候谁都不能进入雪原，哪怕是中州派掌门和元骑鲸！

过冬坐在庙的门槛上，看着天空里的异象。

她现在境界很普通，眼力却不差，知道除了中州派掌门与元骑鲸外，还有别的人来了。

山后吹来带着微咸味道的风。

剑神西来应该在某个地方，只是不知隔着多远。

禅子的莲驾也应该在不远处。

数十年都难得现身世间的通天境大物们，竟然来了这么多。

雪国异动是真正的大事。

中州派掌门与元骑鲸想进入雪原，除了查看情况，自然也有白早与井九的原因。

两个时辰前，洛淮南使用万里玺，成功地穿越雪原，回到了云梦山里。但他身受重伤，什么话都来不及说，便昏死了过去。

那道浑厚却有缺的声音在过冬身后响起。

“她现在很敏感，但不会主动出击，可如果像你们这样的人物进去，她会视作极大的威胁，不惜一切代价也要杀了你们。正道修行界，承受不起这样的损失。”

不知道那人是解释给她听，还是给天空里的那两位通天境大物听的。

天空里那两道强大的气息平静下来，因为相信了那人的判断。

数百年来，唯一与雪国那位至高存在交过手的人就是那人。

过冬微嘲一笑。她不喜欢这些人，一点都不干脆。哪像景阳当年，说做就做，哪怕是把自己自幼教大的师兄，也敢从背后一剑刺过去；说不做就不做，哪怕是同伴、朋友死在眼前，也面不改色。

她看着东面的天空，心想：你明明不愿进去，何必来这里摆出一副怜女情深的模样？

然后她望向南方的天空，心想：最想神末峰断掉传承的人只怕就是你，何必来这里故作姿态，忧心井九下落？

白城南方九百里，是居叶城。

风刀教的总坛便在这里，比白城不知繁华了多少倍，街上到处都是羊贩与药商，吆喝声不绝于耳。

如此繁华的城市，自然有火锅店。

一位矮瘦的老者与一位面容清秀的年轻人正在吃火锅——鸳鸯锅。

红汤早已沸腾，白汤还很安静，看着就像雪原深处的雾。

年轻人拿着长筷子，在红汤里涮着毛肚，眼睛明亮，显得极为开心。

那位矮瘦老者便是玄阴宗的三代祖师。

这等时候，他哪里有心情吃火锅，用古怪的眼神看了年轻人一眼，说道：“有这么好吃吗？”

年轻人没有理他，拿着筷子的右手稳定至极，不时起落，然后夹起直接送进嘴里，似乎根本不觉得烫。

“中州派掌门与元骑鲸倒也罢了，一者大乘，一者通天，当年我也曾走到这一步。”矮瘦老者眯着眼睛，看着遥远的北方，说道，“为何这道刀气却能让我生出退避之意？”

年轻人从红汤里夹起块肥肠节扔进嘴里“扑哧扑哧”地嚼着，含混不清地说道：“你躲进地底的时候，他只怕还没出生。”

矮瘦老者说道："我自然知道他就是世人口中的刀圣。"

年轻人端起土碗喝了口酸梅汤，满足地叹了口气。

"他是从满天风雪里杀养出来的一尊佛，与你所持之道先天犯冲。"

矮瘦老者摇了摇头，指着北方说道："雪国究竟发生了何事，便是我都有些心惊。"

年轻人放下碗，拿起桌上的热毛巾擦了擦脸，随意地说道："没什么大事，只不过那位要生孩子了。"

矮瘦老者闻言大惊，说道："雪国女王？这位可是非人的存在，怎么会生孩子？"

年轻人看了他一眼，说道："真是老糊涂了你，谁说只有人才会生孩子？没看宫里那位贵妃也怀上了？"

矮瘦老者用了很长时间才消解掉心里的震惊，看着他问道："你是如何知道这件事的？"

年轻人笑着说道："我学究天人……好吧，活的时间长些，知道的事情自然多些。"

矮瘦老者没好气地说道："我活的时间也很长。"

年轻人说道："在地底躲着，终年不见天日，不历世事，那不叫活，叫熬。"

"好吧，算你有理。"矮瘦老者看着年轻人，佩服地说道，"连这样的存在都能算进自己局里，你真是厉害。"

年轻人微笑着说道："只是恰逢其事，哪有什么厉害可言。"

矮瘦老者话锋一转，问道："你就这么想让那个井九死？就算他是你师弟的传人，何至于让你如此警惕？还是说……他有别的什么来历？"

年轻人知道这位邪派老祖前面说了那么多废话，就是想问出这个问题，笑了笑没有解释。

矮瘦老者眯着眼睛，追问道："还是说，就算景阳死了，你还是怕他？"

"是啊，我怕他，因为我看不透他。除了得道飞升，我从来不知道他想要什么、喜欢什么。"年轻人夹起几根青菜准备放进红汤里，想了想，放进了还没有开始沸腾的白汤，继续说道，"他小的时候我问过他很多次，喜欢什么颜色，喜欢什么功法，却永远没有答案。"

很多年前，上德峰最开始吃火锅的时候就是鸳鸯锅。

他与那两个孽徒吃红汤，景阳吃白汤，后来更是变成了清水。

无滋无味，无欲无求，无趣至极，但也没有任何弱点。

要说在这世间他最警惕谁，不是那两个孽徒，也不是别的任何人，只能是景阳。

年轻人心想：他若不死，自己还真的有点不放心。

同时，他也想确认井九到底是不是景阳。

对此他本来非常确定，但现在因为某些事情又生出了很多怀疑。

白城往北，十余万里外，是一片真正的白色世界。

到处都是冰雪，甚至就连天空都是灰白的。

一座雪峰从雪原里崛起，高得难以想象，仿佛要刺破天穹。

峰顶距离天空极近，阳光极烈，白炽一片，却没有任何热度，寒冷到了极点。

就算是地底喷涌出来的红色岩浆，接触到这里的空气，也会瞬间被冻碎成砂石。事实上，这座雪峰前的万里平原便是如此形成的。

这里没有雪足兽，没有雪虫，没有任何雪国生物，一片死寂。

然而如果仔细感受，便会发现这片绝寒的天地里隐藏着一抹极淡的生机。

那抹生机正在变得越来越浓郁，给人一种盎然的感觉。这道如新春嫩芽一般清新，并以难以想象的速度蓬勃起来的生机源自何处?

那道生机来自这座雪峰深处，朝天大陆最古老、最强大、最高阶的生命，便在那里。

那道带着无上威压的意识，缓缓扫过无垠的雪原。

如果愿意，她的意识可以覆盖半个朝天大陆。

忽然，她在十余万里外遇到了另外一道意识。

那道意识很微弱，但仿佛在哪里见过一般。

轰隆如雷的声音响起，无数厚雪从峰间滑落，雪原震动不安，画面令人恐惧不安。

雪浪向着南方狂奔而去，代表着她的意志与情绪——强大而愤怒。

居然敢威胁我？蝼蚁一般的人类!

井九身体微震，脸色苍白，如果不是双脚陷在崖石里，他可能已经再次跌落悬崖。

以他现在的境界，与这种层级的存在直接对话，是非常危险的事情，意识随时可能会崩溃。

他的真元数量与精纯程度远超同境界的修行者，但在如此短的时间里便消耗一空。

他的心神也是疲惫到了极点，远远超过当初与童颜下那盘棋的时候。

最麻烦的是，他的剑丸表面出现了一道浅浅的裂痕。

不过他接收到了足够多的信息，也传去了自己的信息。

一来一回之间，没有文字，只是意识交流。

这次谈判的结果，表面信息有些模糊，实际却非常明确。

如果他有任何举动被对方视为威胁，战争便会开始。

从某种意义上来说，那位存在是在表达对井九的警惕。

说明在她看来，井九是真实的威胁。

这个大陆，能够威胁到她的人非常少，甚至可以说没有。

井九并不骄傲，他知道那只是对方认出了自己。

当年青山峰顶那道斩碎天雷的剑光，整个朝天大陆都看到了。而且对方现在的情形有些诡异，所以过于谨慎小心。

井九还是想试试，如果自己离开，或只让剑离开，会不会被对方判为威胁。

因为白早的情况不是很好。

弗思剑破空而起，向着南方疾飞。

忽然，那道意志再次落下。

风雪骤疾，一道无形的雷霆在空中炸响。

弗思剑发出一声低鸣，折转飞回，落在他的手里，血光微淡。

井九确认弗思剑没有问题，望向风雪深处，皱了皱眉。自己只是想要离开，为何对方这般敏感？还是说所有生命在这种时刻都会如此？如此不讲道理？

井九回到洞里，对白早说道："短时间里我们无法离开，做好心理准备。"

白早问道："要等到何时？"

井九说道："等到你重结金丹，可以动用万里玺。"

白早轻声说道："那至少需要数年时间，甚至再也不可能。"

井九说道:“那就等她把孩子生出来再说，只是我不确定要多久,《道藏》上没记载这种事情。”

白早微微一怔，问道:“你说谁？谁要生孩子?”

井九说道:“雪国女王。”

白早惊呆了，半晌都说不出话来。她这时候才明白，今年道战遇到的种种诡异情况全是由此而来。

准备下次兽潮、藏在雪原地底深处的怪物为何会提前苏醒？天地为何变得如此严寒？原来是因为雪国女王要生孩子了，所以她召集所有的子民，封锁住一切可能的通道，不要被外界侵扰，同时确保自己的安全。

“那种奇怪的寒雾是什么?”

“应该是她自己的血气。”

白早还没有完全从震撼里醒来，喃喃道:“不愧是雪国女王，居然生个孩子便能引发如此巨变。”她找不到任何词语来形容自己此时的心情。

听着白早的感慨，井九的心情有些怪。

当初感觉到有事情即将发生,他以为是自己来到这片雪原引发的天地感应。事实上，那些天地感应与他没有任何关系，只是因为雪国女王要生孩子。

师兄算到这点，才会布局让他来雪原看看。

当时他认为自己的推论基于自信，现在看来确实有些过于自恋。

白早问道:“她不让人类修行者靠近，可以理解，但为何不让我们离开?”

井九说道:“她可能是第一次生孩子，非常紧张，过于焦虑敏感，不愿意用理智去思考问题，只凭本能判断。”

所谓本能判断，就是在她看来井九很危险，便会盯着他，哪怕隔着十余万的遥远距离也不允许他有任何举动。

这时候井九已经想明白，所有被雪国女王视为威胁的举动，其实就是他的所有举动。因为雪国女王的警惕针对的并不是那些举动里的细节所代表的意思，而是他这个人。

如果失落在这片寒境里的修行者不是他，或许离开反而要容易很多。

他沉默地想着这些事情。

洞里很安静。

“雪国女王什么样子？听说她很丑陋，她的孩子刚生下来，会不会可爱些?”

白早好奇地问道。

井九不知道该怎样回答这个问题。

白早忽然咳了起来，苍白的脸上出现两抹不正常的红晕。

如此严寒的环境，不要说疗伤、重结金丹，便是想要活下来都是问题。

那道来自风雪深处的神识依然注视着这里，虽然只是分出来的一缕，却让洞里的一切无所遁形。

井九知道自己不能以手破石，从地底离开。

他和她如何熬过这段可能极为漫长的寒冷岁月？

“《丹珠古经》对你的伤势可能有所帮助，修行这种功法需要入定三年。”

井九没有问她是否愿意学，直接开始念经。

他只说出经首的“如是我闻”四字，便停了下来。

因为白早说了一句话。

“原来你真的是果成寺的蹈红尘传人。”她看着他的眼睛，轻声问道，“果成寺的僧人可以还俗吗？能不能成亲？”

不待井九回答，她想起了刀圣的传奇故事，脸上露出微笑。

井九沉默了一会儿，伸手点向她的眉心，指尖带着一道极为宁静的气息。

看着那根越来越近的手指，白早有些吃惊。

灌顶这等绝学只有禅宗大德才能施展，就算你是果成寺的蹈红尘传人，但如此年轻怎么也会？

悄无声息，井九的指尖触到了她的眉心，无数文字与画面随着剑识，慢慢进入她的识海。

白早闭目静心，默默体会感悟学习。

不知道过了多长时间，井九收回手指。

“有不懂的，这几天里赶紧问我。”

白早睁开眼睛，有些不舍地看着他。

她知道如果自己掌握了这段丹珠经文，数日之后便会进入长时间的入定。能够在如此严寒的环境里生存下去，而且可能重结金丹，她很喜悦，但想着如此漫长的时间，井九就在眼前却无法看到，不免又有些遗憾。

井九不知道她在想什么，坐下调息，铁剑在怀里再次燃烧起来，照亮幽冷的石洞。

感受着剑火带来的热度，白早轻声说道:“你能维持多久?”

“如果不继续变冷，应该能一直维持。”井九说的是真元恢复的速度。

白早有些吃惊地说道:“难道你不准备休息?”

井九说道:“刚好用来修行。”

回到青山重新开始修行，他没有遇到任何问题，只需要等待那些关键时间点的到来，现在短时间内无法离开，那么便继续修行好了，正好无人打扰。

白早担心地说道:“那样会太苦。”

井九说道:“青山弟子最习惯的便是苦修。赵腊月当初在剑峰上一坐便是三年，日夜与剑意对抗，非常难熬，与之相较，这里只是稍冷些，算不得什么。”

白早想到梅会上的那次照面，看来自己的观感应该是错的，问道:“她的修道天赋很好?”

井九说道:“还可以。”这评价并不算太高。

白早好奇地问道:“在你看来比我如何?”

井九说道:“她现在境界不够，是因为年纪还小，如果不出意外，她十年内就会超过洛淮南。”

他没有正面回答白早的问题，但白早明白了他的意思。

洛淮南是年轻一代修行者里的最强者，卓如岁在天光峰顶闭关不出，世间再无人能与他并肩。如果连洛淮南的天赋都不如赵腊月，她自然也不行。

如此天赋在井九看来只是……还可以?

但白早不相信井九的说法。

发生了这么多事情后，她对洛淮南的观感已经差到了极点，但她还是认为洛淮南的修道天赋无人能及。就算赵腊月是天生道种，也没可能在短短十年内便超过他。

提到洛淮南，白早有些难过，然后她想起井九那天说的话。

“修行的目的是长生，死生乃是唯一大事，需要被敬畏，随便用来考验，那便是不敬。”

现在她懂了这句话。

洛淮南没能通过这场考验，付出惨痛代价的却是她。

她不想再去想这些事情，问道:“赵腊月把洛淮南视作目标，所以才会修行得如此刻苦?”

井九摇了摇头，没有说话，心想：她修行的目标是我。

“刚才在洞外，你想让弗思剑飞出雪原求援?”

“不是。能救我们的人，只要进来便会引发那位的警惕与愤怒，然后被杀死，不能救我们的人，进来就是送死。”

“那你准备做什么?”

“我想传讯给赵腊月。”

“传讯？什么内容?”

“如果十年后我还没有出去，那就把洛淮南杀了。”

“为何不在剑书传讯里揭露洛淮南的真面目?”

“因为除非我们活着说出这个故事，没有人会相信。”

“那你为什么不肯用万里玺离开？那位应该阻止不了。”

“我一个人说这个故事，还是没有人信。”

“但你至少能活着。”

“我本来就不会死。”

“可是你不用在这般严寒的地方受煎熬。”

“我如果离开，就不会再回来，那太麻烦，你会死。”

“你担心我，所以才会留在这里陪我?”

“如果你再不专心修行疗伤，很快就会死，那我就可以离开了。”

第十二章 巳放梨花满

CHAPTER 12

盛夏时分，云集镇里的云还是那样多，甚至比往年更多。

从群山里流出来的云雾，在镇上的天空汇集，不肯散去。

阳光最烈时，云里有只剑舟若隐若现，在地面落下阴影。

镇上的居民与闻讯而来的游客、信徒便跪在那片阴影里，向着天空里的剑舟不停叩首，希望得到仙师赐下的福气。

剑舟没有回青山，是赵腊月的要求。因为她受伤的缘故，剑舟不敢飞快，从朝歌城到这里用了些时间，她的精神稍好了些，脸色还是有些苍白。

剑舟停下的时候，道战开始没几天时间，也就是井九感觉不好的时候，她也感觉不对，然后不断有消息从雪原传来。

井九动了。

井九拿了道战第一。

井九要求道战立刻停止，强行带走所有参加道战的青山弟子。

无论是在朝歌城还是在青山里，这件事情都引发了极大的议论。

九名青山弟子被完好无损地送到了白城，井九却不见了。

赵腊月站在舟首，看着云层远方，面无表情地说道：“去白城。”

驭舟的适越峰弟子们相视无语，不知该怎么办。

他们的任务是去朝歌城把受伤的赵腊月接回来，眼看着青山便在眼前，剑舟多留了数日已是违背了师门命令，更何况还要去遥远的北方？

顾清看着那些弟子，认真地说道：“快去准备吧，你们知道的，我师父、师叔的脾气都不大好。”

伴着微微的震动，剑舟周围的云层被扰动，化作道道絮丝，渐渐被抛到身后。

顾清走回舟首，视线从破开的云雾回到赵腊月的背影上，眼里满是担心。

剑舟的速度依然不快，赵腊月没有催促，数日后才抵达了白城。

往年安静的白城，现在变得热闹了很多，却也更加寒冷。

暮色浓郁，没有一丝暖意，明明是盛夏，却仿佛隆冬。

青山剑舟降落的时候，远处云里隐隐可以看到多家宗派的法船。

满是残雪的原野上，有很多庭院散落其间，明显是最近几天新出现的。

“这种时候，居然还没有忘记住得舒服些，真是仙家做派。”顾清说这句话的时候神情很平静，根本察觉不到他的嘲讽意味。

赵腊月像是没有听到他的话，视线落在晚霞里。

她境界尚浅，但后天剑体的感知能力极为敏锐，能够察觉到有好几道极为强大的气息在云层上方。想来是各宗派的超级强者，正在那里远眺北方。

只是就这么看着吗？

木剑舟落在一片庭院外。

南忘站在院外，几天前，她与和国公等人一道离开了朝歌城，来到此间。

如果是平时，她绝对不会亲自出来迎接赵腊月。双方辈分与地位相同，但资历与境界相差太远。

今日情况不同。

井九为青山宗乃至整个修行界立下了大功，却陷落雪原，生死不知。神末峰前来关心此事是理所当然的事情，也是需要被郑重对待的一件事。

赵腊月走进庭院，青山弟子们纷纷行礼。

顾清跟在她的身后，视线一扫，发现不多不少，刚好是九个。

南忘没有跟着进来，就是为了方便神末峰问话，或者是发飙。

“怎么回事？”赵腊月面无表情地问道。

幺松杉上前，把道战里发生的事情详细地说了一遍。

赵腊月沉默了一会儿，视线在这些青山弟子的脸上扫过。

这些青山弟子都低下了头。

雷一惊更是满脸通红，羞愧难当。

井九要求他们离开的时候，他们是那样的不服气，甚至想过不顾辈分尊卑，强行抗命。然而道战后来发生的事情，证明了井九的预判是对的。如果不是井九，他们都有可能像那两名西海剑派弟子一样，死在那场诡异的寒雾里。

赵腊月没有像南忘以为的那样做，她问清楚当时发生的事情后没有再说什么，直接让他们散了。

稍后，大泽令与悬铃宗的一位太上长老专程前来致谢，请赵腊月节哀。

接着，和国公与渡海僧等人又前来探望。

终于，再没有人来，庭院里恢复了安静。

“节哀是什么意思？真是太过分了！”元姓少年眼眶微红，说道。

顾清依然冷静，说道：“接着怎么处理？只能在这里等着？”

“没有人知道雪原里究竟发生了什么事情，掌门法旨里说得清楚，青山弟子严禁踏入雪原一步，尤其是我。”赵腊月神情淡漠地说道。

顾清想了想，说道：“我去那边打听一下，洛淮南就算伤势再重，也不可能在云梦山里昏迷太久。”

赵腊月望向南方那片正在落雨的阴云，说道：“我去见剑律。”

元姓少年欲言又止。

顾清去了中州派的地方。

同为正道修行界的领袖，中州派与青山宗向来彼此看不顺眼。若在往日，他绝对不会得到任何好脸色，只会收到警惕而敌视的目光。

今天顾清居然得到了一杯热茶，知道他是井九的徒弟后，身前的桌上甚至添了一个果盘。接待他的人也从一名普通弟子变成了一位元婴长老。

中州派庭院里的气氛有些紧张而压抑。

白早是掌门独女，比井九在青山里的地位不知要重要多少倍。

顾清问道：“请问前辈，洛仙师可曾醒了？”

那位长老说道：“还没有，白真人正在替他治伤。”

修行界都知道白早随母姓，白真人便是中州派掌门夫人。

在朝歌城外的鸣翠谷，赵腊月被中州派元婴长老魏成子暗杀，为了此事，白真人专程去青山见青山掌门与元骑鲸解释此事，以顾清的辈分与身份，自然无缘得见。

中州派掌门夫妇都是大乘境界的世外高人，等同是青山掌门与元骑鲸这样的通天境大物，神通天地，便是与传说里的仙人也差不了太多。这样的人物亲自出手，只要洛淮南还有一口气，便应该会很快醒来。

顾清说道：“我方不方便在这里等？”

中州派长老看了他一眼，心想：天都要黑了，你一个青山弟子在我派停留当然不方便。但长老明白他着急何事，没有出言送客，说道："那你就在此间等着。"

这句话的意思就是说，莫要到处走动，惹来误会便不好。

顾清连声道谢。

中州派长老自然不会一直陪着，先行离开。

看着新换的热茶与果盘，顾清心里的那种感觉越来越真切。

青山宗与中州派的关系真的要变好了。师父与白早一道失踪，原来会促成正道修行界的大团结啊。

想着这些有的没的，顾清静静地等着。

夜色渐深，脚步声响起，他抬起头来。

那位中州派长老走了进来，说道："淮南醒了。"

顾清神情微凛，调整坐姿，摆出洗耳恭听的样子。

中州派长老开始讲述洛淮南所说的那个故事。

顾清听得非常认真，神情专注，不时"嗯嗯"，偶尔轻呼，脸上满是担心的神情，又有感动，最后尽数化作感伤。

在那个故事里，井九与白早是好人，洛淮南当然也是好人。

只不过在那之前，他为了救桐庐与雪虫大战一场，被吞入雪虫腹中，已经受了重伤，意识有些模糊。

他能记住的是有一把血剑刺破雪虫的表皮。

有白早师妹把真元灌进他的体内。

有井九站在风雪里，神情漠然地与雪虫战斗。寒雾对他似乎没有什么危害。

风雪越来越大，雾气越来越冷，局面越来越危险，井九浑身是血，依然英勇无惧。

眼看着再也无法支撑，白早师妹启动万里玺，把他送回了云梦山。

他最后看到的画面是白早师妹向井九疾掠而去，然后天地变白。

一场雪崩，从崖上落下的不是真的雪，而是无数条雪虫。

洛淮南说完这个故事，再次昏迷。

顾清听完这个故事，就此告辞。

复述完故事之后，中州派长老看顾清的眼神更加温和，对他说了声节哀，让向晚书亲自将他送了出去。

向晚书很难过，对他说了些话。

顾清没有记住那些话的具体内容，大概就是感谢，如果没有井九……请转达，若有时间，想去探望……

之所以无法记住那些话，可能是因为他这时候有些冷。

入夜后的白城原野比白天更加寒冷。

他望向北方夜空下那些隐隐可见的灰白色，心想：那就是传闻里进去必死的寒雾？师父还能活着吗？

他下意识里紧了紧衣领。在两忘峰的时候，他便学会了适越峰的六龙剑诀，剑势成如火龙，剑意亦如此，最不惧寒，但他这时候却感受到一道刺骨的寒意。

长夜将尽，晨光将临。

顾清回到青山宗的庭院时，赵腊月也刚刚回来。

不知道她在那片落雨的阴云下停留了多长时间，依然没能改变青山宗真正的大人物们的态度。

元骑鲸不同意她进雪原。

元姓少年面露犹豫之色，说道："要不然我……"

顾清拍了拍他的肩，说道："不用。"

然后，他把洛淮南的故事说了一遍。

这个故事很简单，因为洛淮南受了重伤，神志不清，缺少很多细节。元姓少年听得很是认真，自行在脑海里补上那些画面，觉得师叔好生了不起，热血上涌，恨不得这时候就冲进雪原，与那些怪物大战一场。

赵腊月忽然看着顾清问道："你怎么看？"

顾清沉默了一会儿，说道："这是一个很好的故事，没有细节，就没有漏洞，但我……还是不信。"

正因为不信，所以刚才离开中州派的时候，他才会觉得夜风是那样的寒冷。

赵腊月面无表情地说道："我也不信。"

元姓少年有些吃惊，问道："我没觉得哪里不对啊？"

顾清说道："那是因为你与师父接触得太少。"

元姓少年不解地问道:“师叔又怎么了?”

顾清声音微涩地说道:“因为他不可能是洛淮南描述的那个英勇无畏、浴血战斗，直至最后也不肯离开的人。”

元姓少年没能理解，心想：那洛淮南为什么要替井九师叔说这么多好话，把他描述得如此了不起?

顾清说道:“我无法解释清楚，总之就是，他说的那个人与师父的气质对不上。”

赵腊月睫毛微垂，说道:“是啊，他这么懒，这么怕死……”

朝阳露出来了一会儿，很快便被云层吞噬。不知道是不是太过寒冷的缘故，朝霞的颜色有些淡，显得很没精神。

赵腊月走到白城前，回首望向北方。

雪原就在眼前，井九就在里面，她却无法进去。

以她的境界实力，就算去也没有用，她甚至无法穿过那片寒雾，便会死去。

在这种时候，她需要帮助，但青山宗不允许她进去，自然也不会帮助她，所以她只能去找那个人。

昨夜元骑鲸本不想理她，但她直接点破了那件事情，所以元骑鲸还是给她指了一条路。

那条路通往一座庙。

白城里只有一座庙，很容易找到。

赵腊月走到庙前，以为就能看到那个人，没想到却先看到了过冬，有些意外。

过冬坐在门槛上，不知道在想什么。

庙门两边挂着一副对联——救苦救难救世人，求佛求道求自己。

这副对联或许有什么深意，赵腊月没有去想，向庙里走去。

擦肩而过的时候，过冬问道:“伤好了?”

赵腊月“嗯”了一声，走到那尊金佛前，眯了眯眼睛。

朝阳的光线虽然暗淡，但被金漆反射，还是有些刺眼。

那尊金佛很富态，袒着肚子，笑眼微眯。

她的视线落在佛前那把刀上。

那把铁刀如房梁般长，不知多么沉重。

想着这把刀的那些传闻，赵腊月的眼睛渐渐明亮，生出些希望。

只是，这把刀的主人在哪里？

她转身走到庙门处，问道："这到底是怎么回事？"

过冬说道："她在生孩子。"

赵腊月怔了怔，问道："谁？"

过冬说道："雪国女王。"

赵腊月沉默了一会儿，问道："雾是？"

"那些雾都是她的血气。"过冬看着北方的雾气，说道，"这是她生命里最重要的时刻，所以不惜耗损血气，召回所有族人，就是不想被人打扰，当然，她也不会主动挑衅。"

赵腊月说道："我在书上看过，女人生孩子很痛苦，会变得很虚弱。"

过冬说道："我也在书上看过，因为好奇去看过一次，确实很痛苦，而且产妇确实会变虚弱，我甚至在想，这会不会是她漫长生命里最虚弱的时刻。"

赵腊月说道："既然如此，为何不召集修行界所有强者进入雪原杀了她？"

"首先，她现在还没有生，还没有到最虚弱的时候，谁也不知道还要等几年。"过冬说道，"就算她真的生了，你以为有几个家伙敢进去杀她？"

赵腊月不明白，心想：这难道不是人族最好的机会？

"如果集结人族所有强者，就算不要那些邪派的老家伙，当然可能杀死她，就算她没生孩子也一样。"过冬抬头看着她，平静地说道，"问题在于可能九成的参与者会死去，那么谁愿意放弃长生大道来拼命呢？"

赵腊月说道："但总要有人来做这件事。"

听着这话，过冬微笑起来，显得有些欣慰。很多很多年前，她就像现在的赵腊月一样，并且真的联络了各家宗派的最强者，说出了自己的计划。

她甚至还去了云梦后山与青山隐峰。

然而，除了那个白痴，没有谁对她做出回应。

景阳给出的回答最绝，绝到那天之后，她再也没有见过他。

"这么多年来，只有那个白痴在这里不停拼命，你可曾见他们来过这里？"过冬坐在门槛上，指着云层后那些没有现身的修行界大物们，面带轻蔑之色，说道。

赵腊月看着她问道："你究竟是谁？"

对中州派掌门、西海剑神、元骑鲸这样的大人物这般态度，用“白痴”来形容刀圣，她自然不可能是水月庵的年轻弟子。

过冬没有回答。

一声叹息在庙里响起。

过冬没有理会。

赵腊月转身望去，依然没有看到任何人，也判断不出声音是从何处响起的。

“我明白你的来意，但是我无法助你。”

那道声音浑厚而明亮，在庙里回荡，仿佛起于所有地方，又像是缺了些什么，令闻者生出怅然之意。

没有看到人，但赵腊月知道对方是谁，她对着庙里认真地行礼，说道：“青山赵腊月，见过刀圣大人。”

庙里那道声音的主人，便是刀圣。

他是果成寺三代前的蹈红尘传人，奉命来到北方，加入风刀教。

他以风刀教普通弟子的身份拿到梅会道战第一，却不肯回到果成寺继承住持的衣钵真传。

随后的那些年里，弱小的风刀教生生把昆仑派压了下去，成为朝天大陆北方最强大的宗派。他自己也成了修行界的最强者之一。

更令人敬畏的是，他来到了白城，然后便再也没有离开过。

无数年来，他带领教徒与信徒，与镇北神军配合，对抗雪国怪物的侵袭。

放眼世间，他是唯一敢与雪国女王战斗的人，而且一战便无停歇。

这些年里，他与那位存在不知战了多少次，重伤近死多少次，从未言弃。

孤刀镇风雪，自然成圣。

西海剑神的剑道修为无比高妙，堪比神明，所以才有“剑神”这个称呼，青山宗与无恩门这些剑派从来都不服。

但朝天大陆里，没有人敢不服“刀圣”的称号。

不然，你来。

除了景阳真人，很少有人能让赵腊月服气。说句不敬的话，就连青山掌门与西海剑神这样的人物，她也不觉得如何，不就是多活了些年吗？

——如果我也能活这么多年，指不定谁更强。

刀圣她服，因为她做不到这样的事情，所以她行礼的时候很认真，姿态摆得很低。

刀圣说道："峰主既然是景阳真人的弟子，与我平辈相见便可。"

赵腊月站直身体，问道："那便恕我直接问了，为何无法助我？"

如果说有人敢在这种时候深入雪原，把井九带出来，那必然是刀圣。

他有这种勇气，也有这种能力。

"我与她相处这么多年，从未感知到她这样的精神状态，无比敏感、易怒，而且暴躁……我有一种感觉，不要说试探或挑衅，哪怕是最微小的动作，让她产生了误会，她都会掀起最狂暴的反击，准确地说，她有可能会发疯。

"在那样的情况下，就算天上的那些人愿意相助，我们真的杀死了她，整个人族世界至少会有一半的人陪葬。如果现在我们不动，北地应该会迎来一段最太平的岁月。她要养育孩子，应该会比较忙吧？那么这段岁月可能会比较长。"

听完这段话，赵腊月沉默了很长时间。

与北方大陆可能长达数十年甚至更长时间的和平比较起来，不要说井九与白早，再重要的人物也不值一提。

"那就这样等下去？等她生完孩子怎么办？到时候人族可能需要面对两位女王。"

"雪国的世界比我们这边简单，只可能有一位女王，等她把孩子养大，相信她们会自己先打上一场，分出胜负，如果胜者到时候还想南下，我再与那位打过。"

"你现在都不敢进去，难道以后就打得过她？"

一切都是有道理的，但还是不舒服，哪怕是刀圣，她还是想要嘲讽对方一句。

刀圣的声音很平静，甚至显得有些憨拙。

"打是打不过的，这辈子都是打不过的……但还是要打啊。"

赵腊月无话可说。

刀圣的声音也没有再响起。

她走回庙门，坐到门槛上，望向北方的雪原，轻声说道："难道就这样等下去？"

前面她提出过相同的问题，那次说的是雪国女王，这次说的是井九。

"那道雾气太寒冷，没有人能活着，所以根本不需要等，只不过大家总要摆出担心以及想要做些什么的姿态。"过冬说道，"你看着吧，过些天，所有人都会离开，白城的热闹便会消停。"

赵腊月说道："但井九还没有死。"

过冬说道："他或许已经死了，或许正在死去，总之都是一死。"

赵腊月说道："不，你们都死了，他也不会死。"

说完这句话，庙里变得非常安静。

两个少女坐在门槛上，金佛看着她们。

寒雾锁雪原。

各宗派的法舟陆续飞离。

赵腊月让顾清与元姓少年随青山剑舟离开，自己留了下来。

白城变得越来越冷。秋天刚到，便落下了好几场大雪，城里的井被冻透，火炕都很难烧热，哪怕是最虔诚的信徒也被迫离去。

过冬也走了。

赵腊月还在门槛上坐着。

过完冬天，便是春天，依然寒冷。

直到盛夏来临，雪原上的雾气没有变少，白城里终于多了些暖意。

井水渐化，满城梨花开，井九还是没回来。

赵腊月站起身来，黑辫垂落，比去年长了很多。

她拉起黑辫，轻轻一割，扔在地上，然后离开。

风起，短发凌乱。

第十三章
童颜拜山
CHAPTER 13

雾渐渐散了，夕阳照亮群山。

洗剑溪缓缓流淌，就像过去无数年里一样，变成了一条金鞭。

今年是青山的小年，在溪畔修行多时、准备承剑的弟子们没有太出色的天赋。相比之下，反而是各宗派前来观礼的宾客更引人注目。

如以往那样，果成寺、悬铃宗、大泽都派来了代表，风刀教也连续第三次派出了使者。令人吃惊的是，中州派居然也来了人，这是数百年来的第一次，要知道当年就连景阳真人飞升的时候，云梦山都保持着沉默。

中州派前来观礼的宾客是位二代弟子，青山弟子并不觉得这是不尊重，因为那人在修行界有很有名气。

年轻弟子们站在溪畔，紧张地向崖间望去，不知道稍后自己能不能通过考核，会被哪座峰里的师长看中。

崖间的山道与晚霞里的高台间，散落坐着前来观礼的宾客与青山诸峰的师长弟子。

很多视线落在那位中州派弟子的身上，隐隐有些敌意，更多的却是好奇。

“我记得他十年前就参加过道战，年龄应该不小，为何看着还这般脸嫩，一副稚气未脱的样子。”

“这就是所谓的人如其名?”

“都说他以棋入道，天赋卓异，棋道水平冠绝古今，也不知道是不是真的。”

“琴棋书画乃是小道,何必关心,再说他输给了小师叔,还说什么冠绝古今?”

崖间变得安静起来。

不知是谁叹息了一声，一种名为感伤与遗憾的情绪笼罩了人群。

青山弟子们提到的小师叔，便是井九。

很多年前，那位来自小山村的贵公子，从南松亭进入洗剑阁后，便成了青山九峰间的名人。因为他与两忘峰之间的那些故事，因为他与那两位天生道种之间的关系，因为他的懒散，更因为他的那张脸。

某年承剑大会，井九终于在这条溪畔展现出极其罕见的剑道天赋，又在某年的青山试剑里，因为某个原因站了出来，连续击败数名两忘峰弟子，最后甚至折断了青山首徒过南山的剑。

九峰师长认为他是绝世的剑道天才，希望他能代表青山给修行界一个惊喜。他没有辜负这种期待，在前次梅会里先是战胜童颜拿到棋战第一，接着超越强大的洛淮南与桐庐拿到了道战第一，真可谓是锋芒毕露，大放光彩。

最后便是那个全朝天大陆都知道的故事。雪国巨变的前夜，他站出来挽救了很多修行同道的生命，包括洛淮南，自己却消失在了那片寒雾里。

朝天大陆的修行者们每每想到此事，便觉遗憾。

漫漫修道路，除了天赋与勤奋，最重要的果然还是命数啊。

青山弟子们想到此事，更是伤感难过，很是想念那位最小的师叔。

井九不与同门打交道，加上与两忘峰的那些往事，在青山里的人缘并不好。

但现在就不一样了。

首先是他在梅会上的惊艳表现为青山争得了极大的荣耀，其次便是道战里的事情。事后回想，青山弟子们自然知道井九为了这件事情付出了怎样的心力。

被他救回的那九名弟子更是成了井九名望最忠实的守护者。有一次幺松杉、雷一惊等四名两忘峰弟子听到简若山私下嘲笑井九不自量力，直接暴怒失控，四道剑光齐落，杀得他浑身流血，便是四师兄简如云为亲弟出面也没有用。如果不是过南山与顾寒劝说，又令简若山对着神末峰叩头谢罪，只怕他们真会弄出一场不死不休的血腥剧情来。

中州派与青山宗修好关系，派人前来观礼承剑大会，也与井九有关。

在那个故事里，他与白早失踪，是为了救洛淮南。更重要的是，他已经不在了，那么与他有关的一切自然都是好的。

两忘峰弟子所在的崖间响起一道叹息声。

“一切都是命，有的人命就是好些。”

过南山微微皱眉，他知道说话的人是雷一惊，说的对象则是洛淮南。

这名当初最仰慕他的师弟，现在已经成为井九最狂热的信徒，每每提起此事，语气便很不爽。

洛淮南的运气确实太好，虽然受了重伤，却没有伤及修行根本，而且据说在雪原里有奇遇，金丹不灭而明，境界提升奇快，实力变得更加强大。

如果说以前，过南山进入游野境后，还能与他争一时之长短，现在已经被拉开了一段明显的距离。

过南山皱眉不是因为嫉妒或是不服，而是不喜欢雷一惊这样说。在他看来，如果这真的就是命数，那说明洛淮南就应该是天生做大事的人，理当担起正道重任。

顾寒看了眼他的神情，对师弟们说道："洛道友这些年四处杀妖除魔，不顾修行被影响，甚至不顾生死，如此心志，实在是令人佩服，值得我辈弟子学习，莫要随意议论。"

两忘峰弟子齐声应是。

顾寒望向崖上某处石台，有些遗憾，神末峰的人还是没有出现。

溪边那些年轻弟子也很遗憾，他们都很想成为神末峰的弟子。

"一次都没有下过神末峰，咱们这位师姑和当年那位师叔祖真像。"

"都说她道心已寂，所以在峰里专心修行，当然不会再收徒。"

"为何如此？难道真是因为井九师叔之死太过伤心？"

"这是哪里的混账话，她当初在剑峰上一停便是数年，难道也是受了情伤？"

"就算你喜欢井师叔，也别想否认，当年梅会上井师叔替师姑插花的画面，可是无数人都看到了。"

"他们可没承认过是道侣，再说了，井师叔与白早仙子的关系也极好，如果没出事，谁知道现在会如何。"

"井师叔在梅会上才与白早道友第一次见面，哪有可能。"

"两忘峰幺师兄说过，在道战里她与井师叔同进同退，要知道当时师叔承受多大的压力？她为何如此支持他？"

"不错，最明显的证据就是，中州派两个万里玺，洛淮南用了一个，白早还有一个，但她为何没有出来？"

"这就是同生共死啊，若非情比金坚，何至于此？"

清容峰的少女们说着闲话，却不知道都落在了那位中州派弟子的耳朵里。

暮色落在那张依然稚嫩的脸庞上，照不出任何情绪，只是比当年梅会的时候瘦了些。

童颜望向没有人的石台。

梅会棋战之后，他便开始闭关，即便知晓了道战的事情，依然没有出关离开云梦山。

前不久他才出关，得知中州派要派人观礼青山承剑，主动请求走这一趟。

青山九峰，神末峰最孤，崖畔有道身影，也很孤。

就连风都是一道道的，轻轻拂动她的短发，更加凌乱。

已经三年，她没有梳过头，因为不知道那把很好用的阴木梳被井九放到哪里去了。她也没有再扎过小辫，因为不会。

无论在白城还是神末峰顶，这三年她只做了一件事情，那就是修行，就像当年在剑峰里一样。没有人知道她修行得多苦，境界提升有多快。

修行不过十余年，她便已经看到了进入游野境的希望。

如果这个消息传出去，肯定会震动整个修行界。

“最新的消息。”顾清的声音在她身后响起。

赵腊月神情淡然说道：“说。”

“和前几次差不多，他在豫州斩了一只凶妖，受了伤，众人赞美被他阻止，说若井九还在……”顾清说道，“然后他没有再说什么，一声叹息，便离开。”

赵腊月问道：“情绪？”

顾清说道：“我没有直接问，从描述来看，应该是感怀七分，怅然三分，伤心与难过已经没有了。”

赵腊月说道：“你怎么看？”

顾清说道：“这是他表现出来的第七种情绪，一次比一次淡，但这很正常，因为时间总会冲淡一切。”

赵腊月说道：“但是？”

洛淮南本来就是年轻一代的最强者，现在他的声望更高，无人能及。很多人不理解，为何他不抓紧时间修行，而是每隔一段时间便会行走世间斩妖除魔。

他的回答是：自己的命是井九与师妹给的，那么就不能全部用在自己的身上，应该回馈于这方天地。

顾清说道：“但是我觉得太正常，正常到有一种很刻意的感觉，像是他故意想让人记得这件事。”

赵腊月说道：“也许是歉疚。”

顾清沉默了一会儿，说道：“也许。”

赵腊月问道：“对于三年前那个故事，你怎么看？”

顾清说道：“我还是不相信。”

那个故事里的井九太完美，就像只存在于故事里的大英雄。

赵腊月说道：“我也不信，因为那不是井九，而是洛淮南想成为的人。”

如果故事里的井九是洛淮南想象出来的一个人，那么这个故事自然便是编造的。洛淮南为何要编造这个故事，便是所有问题的根源。

赵腊月望向遥远的北方，说道：“三年了。”

顾清说道：“是的。”

赵腊月说道：“该杀了。”

峰顶的风有些凉，但没有呼啸的声音。崖下树林里的猿猴们也沉默了。

安静无声。

顾清沉默了很长时间，说道：“不好杀，或许应该再等几年。”

赵腊月说道：“我们在进步，他也在进步，如果要等到能杀他时再杀他，那要多少年？”

顾清说道：“我算过，前面一百年我没有任何希望，但如果我能进入破海境，一百年后应该有机会。”

他的语气很平淡，却有着令人动容的坚定感。哪怕是寿数远超凡人的修行者，又有谁以百年的时间段来计算、筹备一件事情？

赵腊月说道：“我也算过，最快要等到五年后，我才有可能超过他。”

三年加五年便是八年。她不知道三年前井九在寒洞里对自己的评价，不然肯定会骄傲——当时井九对白早说，赵腊月只需要再过十年便能超过洛淮南，所以他准备用弗思剑传讯给她，让她十年之后杀了洛淮南。

顾清说道：“仙家报仇，百年不晚。”

赵腊月说道：“我是女人。”

顾清苦笑无语。

“而且他不死，我眼里的天地就不干净，道心蒙垢，根本没有办法破境入游野，那就更没有办法杀死他。”

“明白。”

赵腊月沉默了一会儿，说道：“我不明白的是，中州派修的是正道玄功，如果这件事真是他做的，那他在修行功法的时候以何抱持道心？他非但没有走火入魔，反而进阶极快。”

顾清说道：“我也不明白。”

赵腊月说道：“你家里可起疑心？”

三年来她与顾清在神末峰里修行，一步未曾离开，想要知道世间的消息并不容易，更何况是洛淮南的事情。所有的这些事情，都是顾清族里帮着打听的。

现在顾清在家族里的地位愈发稳固，甚至快要追上顾寒。哪怕顾寒受到败于井九之手的刺激，已经于年前修到了无彰上境。

因为井九死了，赵腊月还在，加上他留下的名望，神末峰前景极被看好。

顾清现在管着神末峰的一应事务，包括那些猴子，家族当然会全力支持他。

顾清平静地说道：“我打听的事情很多，族里应该猜不到我们真正关心的是洛淮南一人。”

林子里的猿猴忽然叫了起来。

顾清说道：“小元来了。”

赵腊月不再说这件事情。三年前那夜之后，她与顾清便再没有在元姓少年面前谈论与洛淮南有关的话题。不是怀疑他，而是他们已经猜到他的来历，不想牵连到他。同时也是为了保密，毕竟他们想做的事情太惊人。

三年前那个夜晚，赵腊月与顾清便说过，他们不相信洛淮南讲的故事。

上德峰应该很快便知道了这个消息，却没有任何反应。这说明，上德峰不相信他们的判断，更坏的可能是，上德峰相信他们的判断，却什么都不愿意做。

脚步声响起，元姓少年来到崖畔，脸上带着意外的神情。

“师父，童颜想拜见您，要见吗？”

两忘峰很少出现别家宗派的客人。

今天有位客人登上了两忘峰，崖坪间的剑光早已敛没。即便是客人，让他看到青山九峰的不传真剑也是不妥，更何况今天这位客人来自中州派。

这是青山宗与中州派关系缓和的明证，但两忘峰弟子们还是有些警惕。

崖洞里的气氛并不像弟子们想象的那般紧张。

童颜与过南山、顾寒、简如云、马华见礼，然后坐下。双方神情都很平静，但不是陌生人之间的那种平静，而是带着信任感的平静。

“当年梅会的时候我们便说过，何时你们来青山做客，那才有意思。”过南山微笑着说道，“今天虽然只来了你一个人，但也是良好开端，只可惜尤师弟与如岁都还在闭关，不然我们这边的人便齐了。”

童颜看了他一眼。

过南山作为青山首徒，与洛淮南在中州派的地位相仿，修道天赋自然不凡，却很少闭关修行，不然境界提升应该会更快。难道他就不怕卓如岁出关之后，抢走所有的光芒？

当然，童颜明白过南山有很多事务需要处理，除了两忘峰和天光峰的一些事务，关键的是还有他们的事。他看着过南山，认真地说道：“辛苦了。”

过南山知道他的意思，说道：“白师妹虽然不在，但她描绘的那些画面在我的脑海里依然清晰无比，你我两派有无数个理由交好，没有任何理由交恶，这件事情必须继续向前推动。根据白城传回的消息，雪国应该会安静一百年以上，冥部也暂时没有动静，我们有足够的时间把人族内部的事情先整理好，以便应对将来的巨变。”

童颜说道：“邪派势衰多年，短期内很难复苏。”

过南山说道：“所以重点还是不老林。”

童颜说道：“现在他走到了哪里？”

过南山说道：“他离海边还有些远。”

童颜说道：“四年了吧？”

“是有些慢。”顾寒说道，“那个孩子的性情太执拗，又善良，很多事情都不肯做，很难得到信任。”

童颜摇头，说道：“我不这样认为，发自本心方为真。”

刚才一直没有说话的马华笑眯眯地说道：“我的想法一样，他表现得越执拗、越怪异，不老林越不会怀疑他。”

童颜说道：“不错，但确实有些慢，或许我们应该做些事情帮帮他。”

顾寒说道：“应该如何做？难道要我们帮他出名？不老林最不需要的就是名气。”

童颜说道：“刺客的名声不在自身，在于目标。”

听到这句话，马华眼睛微亮。

童颜起身告辞。

过南山说道："请替我转告洛道友，莫要太过系怀那事，修道之人承载太多，会走得太辛苦。"

童颜点了点头。

顾寒说道："童道兄准备去何处？"

童颜说道："我要去神末峰。"

崖洞里安静了片刻，顾寒的神情有些古怪。

过南山苦笑着说道："神末峰不见外客，你有何事？"

童颜说道："我去祭拜一下井九。"

顾寒说道："居然想去神末峰祭拜，童颜的性情还是那样怪，不过没那么冷了，不知道是不是输给井九的关系。"

过南山看着他，认真地说道："他可以这样称呼，但你应该称井师叔。"

顾寒神情微凛，不敢争辩，说道："记住了。"

"我心里一直有个隐隐约约的念头，但一直没有抓住。"马华忽然说道，"他先前无意间说的那句话刚好点醒了我。"

过南山看着他，问道："何事？"

马华笑眯眯地说出了自己的想法。

过南山沉默了很长时间，说道："似乎可行，而且没有任何风险。"

顾寒也觉得这个想法很妙，不解地问道："既然你想到了，为何先前不对童颜说？他与洛淮南是师兄弟，直接传达不是更方便？而且也更安全。"

马华摇头，说道："正因为他们是师兄弟，所以才不能让童颜转达。"

顾寒立刻便想明白了。

童颜与洛淮南是中州派年轻弟子里的代表人物，无论感情再如何好，天然有竞争关系，更何况他们并不是同一个师父。这种情形下他们需要避嫌，任何可能引发对方疑心的事情都不能做。

这种关系，就像他与神末峰上的那个庶弟一样。现在族里对顾清的支持力度很大，但他同样什么都不会做。那些不是根本，修行境界与师门地位才是真正的关系。

"这件事情就不要告诉童颜了。"过南山说道，"水月庵与果成寺那边也不要通知，我会直接询问洛道友的意见，如果他同意，那就着手进行，然后通知那个孩子。”

童颜去了神末峰。

青山弟子们很吃惊，很好奇他是怎么做到的。

井九死后，神末峰仿佛再次变成禁地，赵腊月从来不下山，也不见客。

悬铃宗少主德瑟瑟这次来观礼，昨夜在峰下等了很长时间也只等到元姓少年送来一把剑，只能失望地离开。

然后他们知道了童颜上神末峰的名义是祭拜井九，想着当年梅会上的惊天棋局，以为自己懂了什么。

与他们的想象不同，此时的神末峰顶没有两位天才隔着生死对话，也没有追忆，一切很平淡。顾清带着童颜在峰顶的殿宇与崖洞里走了一圈。

童颜说道：“我能不能看看井九的房间？”

顾清说道：“师父很少睡觉，累了就在竹椅上躺躺。”

童颜沉默了一会儿，说道：“修行如此刻苦，难怪他能在道战上一鸣惊人。”

顾清心想：这该怎么和你解释呢？

童颜走到崖畔，站在了赵腊月身后。

“他平时真的不下棋？”

“是的。”

童颜没有再说什么，一片安静，微风轻拂。

十余日后，赵腊月与顾清一道离开了神末峰。

据天光峰传来的消息，她为了冲击游野境，下山寻找一种极珍贵的药材。

知道此事后，包括过南山、顾寒在内的所有青山弟子都受到了极大的精神冲击——这么快？

青山宗历史悠久，底蕴深厚，按道理来说应该不缺乏相关的丹药与灵材。但适越峰上真的没有赵腊月需要的东西，因为她修的是剑意淬体。加上九死剑诀除了景阳真人之外无人练过，根本没有相应的准备。

当然，像这样的大事，青山宗肯定也会集全派之力帮赵腊月寻找，只是没有人教赵腊月九死剑诀，她只能靠自行参悟，在这种关键时刻继续苦修没有太大意义，借着寻药一事在世间游历一番，对她破境应该有所帮助。

赵腊月与顾清离开神末峰后，在云集镇吃了顿火锅，去商州城稍事停留，当天夜里便赶到了南河州。和当年她与井九出行相比，这次的速度要快上无数倍，驭剑终究还是来得轻松很多。

暮光照在宝树居的灰墙上，映成有些奇怪的颜色，四周的街道上没有任何普通行人，安静得有些怪异。几名修行者站在墙外，脸色阴沉地看着宝树居的管事，说道："明明已经说好今夜拍卖，为何忽然停止？"

宝树居管事连声道歉，说道："稍后会有礼物送上，还请几位仙师见谅，过些日子再来看过。"

若是平时，想着宝树居的背景，这几名修行者必然会接过礼物离开，不会再纠缠，只是这次他们对拍卖会上的一匣仙莲丹志在必得，而且要得很急，实在无法就此离开。

"我派姜长老冲击无彰境，正在关键时刻，你要我们等到何时？"一名修行者看着那位管事厉声喝道。

那位管事神情平静，说道："抱歉，本店今夜清账，实在无法接待贵客。"

那几名修行者很是生气，心想：清账这等小事，怎么会让事先约好的拍卖会取消？

忽然，他们觉得有些怪异，宝树居虽然背景深厚，但极少做出这等不讲理的事情，而且这位管事的神情实在是太过平静，仿佛是确定即使借口再荒唐，也不担心被客人们指责。

一位修行者想到某种可能性，微惊问道："难道是山里来了大人物？"

那位管事微微一笑，没有回答。修行者们下意识里抬头望向晚霞里的宝树居顶楼，又担心对方感知到自己的目光觉得不敬，赶紧低头。

"那还等什么？赶紧散吧。"

"何时有仙莲丹拍卖，还请管事通知一声。"

宝树居的供奉、管事、护卫都留在下面两层楼，顶楼安静无声。

这里是南河州的最高建筑，站在栏畔可以俯瞰夕阳下的整座朝南城，景物美不胜收。

宝树居东家今天没有这样的心情，也不敢回头望去，弓着身子站在门前等着，不敢发出任何声音。在南河州甚至是整个朝天大陆的世间，他都是有名有姓的人物，但这时候他就像个仆人。

房门被推开，顾清从里面走了出来，递过去一张画像，说道：“看看有没有谁见过。”

宝树居东家神态恭谨两手接过，不敢耽搁，小跑下楼，走进二楼最深处的那个房间。

房间很宽敞，二十余名穿着青衣的老者站在里面等着，神情显得有些紧张。

这些老者是宝树居里最资深的鉴宝供奉，还有几名眼力好的管事，甚至就连朝歌城的分店供奉也赶了回来。

宝树居东家把那幅画像搁到桌上铺开，让开位置，说道：“谁先查到线索，赏一幢楼。”

供奉们都知道东家说的一幢楼自然不是朝南城里的普通民居，而是一家宝树居的分店，那得值多少钱？当然，就算没有钱他们也肯定会用尽毕生所学把线索找出来，因为画里这东西可是宝树居的将来。

老供奉们围到桌前，开始认真观看那幅画。

宝树居东家退到窗边，觉得好生闷热，却不敢开窗透气，他从袖子里取出真丝手帕，一边擦着额头上的汗，一边想着这件事情若办得不好，得想些什么方法弥补——这几年已经往朝歌城赵府里送了太多金山银山，继续送只怕效果不会太好，往顾家族里送吗？但大先生前些年在族里的待遇很糟糕，也不知道他会不会领情。

数年前，碧湖峰峰主走火入魔，被元骑鲸镇压，宝树居失去了最大的靠山，眼看着便要垮台。

谁也没想到，井九与赵腊月第一次入世游历便在宝树居停留了一阵，还做了件事情。借着这个连由头都算不上的关系，宝树居的东家死缠烂打走进了朝歌城的赵府。

其后数年，宝树居对赵府用心供奉，不懈努力终于得到了神末峰的认可。从那之后，宝树居便负责提供神末峰的一应需要，付出的代价自然极大，但也保住了更重要的某些份额，算是摆脱了灭顶之灾。

这些年，神末峰再次封禁，有何需要都是顾清通过族里发出要求。

前些天，宝树居收到了顾家的一封信，竟说峰主会亲自来此觅一件物事。

东家震惊之余，自然极为重视，这次的事情要是办得不妥，宝树居还开得下去吗？

“应该是三叶草，仙师可能记错了一个字。”一位白发苍苍的老供奉翻着手里发黄的书籍，语气肯定地说道，“《天南药藏》里有记载。”

“那种毫无价值的野药经里记载的东西如何能信？”另外一位供奉说道，“这些年经我们手过了多少宝贝？你看看楼里这么多人有谁见过？便是听都没有听说过！”

听着这些争吵声，宝树居东家的脸色有些难看，走到桌前望向那幅画，说道：“看着并不出奇，为何没印象？”

那幅画上画的是一株草，分作三道叶子，青嫩欲滴似翡翠一般。

那位供奉苦着脸说道：“正是因为看着太普通，才不好分辨，总不能真的就是一株三叶草。”

宝树居东家神情严肃地说道：“我不管是什么东西，死活都要找到，不然就算还能活，我也想死。”

听着这话，争论声立刻消失，供奉们再次开始翻阅古书，或皱眉苦思，想要找到线索。房间里变得异常安静，只能听到翻书的声音。

时间缓缓流逝，不知道过了多久，一道惊喜的声音忽然响了起来。

一名执事拿着本书，挤开人群来到桌边，直接摊开其中一页，说道：“《西阳杂考》里有记载！”

听着这本书的名字，众人神情微异，没有什么信心。《西阳杂考》里的灵异神怪事太多，难以分辨真假，而且文字粗疏，描写无趣，很少人会仔细阅读。

数十道视线落在那页纸上。

书上记载得很清楚，数百年前，大泽畔曾经出现过一株异草，分作三叶，别无殊异，唯青色直入眼底，便是寒风烈火亦不能改。这株野草被果成寺医僧判为极其罕见的仙级灵草，命名为“三清草”，引来了无数宗派与散修强者的争夺。

之所以修行界现在已经没人记得这件事情，是因为随后没有发生什么夺宝惨剧，也是因为在场的人被要求不得泄露此事，谁曾想到被好事的凡间文人记录了下来。

“挺像的啊。”宝树居东家若有所思地说道。其余的供奉们也纷纷点头。

《酉阳杂考》不可信，文字很粗陋，偏偏对此事的描述很真实。

谁能让如此珍贵的仙草就此消失，没有任何宗派敢提一句？放眼天南大陆，就只有青山宗能够做到。谁能让青山宗为了区区一株药草就摆出这么大的阵势？放眼九峰，只有曾经的那位景阳真人能够做到。

景阳真人修的当然也是九死剑诀，他破境入游野的时候当然需要这个。

有位供奉想到一事，不解地问道："景阳真人未入游野之时，在青山九峰里也有这般的威严？"

宝树居东家知道不少青山秘辛，说道："当然。"

"那就好。"一名供奉心有余悸地说道，"只要确定是真的存在的东西，便有可能找到。"

宝树居东家说道："把所有事情都停下来，全力寻找这株三清草。"

像这样规模的拍卖行，加上整座大陆数十家分店，停一天会是多大的损失？但无论是东家自己还是那些供奉、管事都很平静，觉得这是理所当然的事情。

只是有个问题。

有人担心地说道："三清草如果真的这般珍贵，就算找到了，只凭我们楼子可没法抢过那些宗派。"

宝树居东家训斥道："白痴！查到东西在哪里，山里自然会去要，哪里轮得到我们出面。青山九峰现在欠着井祖大人情，赵祖想要什么，谁敢不给？关键是……我们得找到线索，钱财什么的都好说，听到没有？"

顶楼阁间，暮色已尽，夜明珠散发着淡淡的光毫。

赵腊月身前的桌上搁着一个匣子，同样散发着淡淡的光毫，应该是某种阵法，封住了里面的气息。

匣子里有一株草，分作三叶，看着很普通，唯独青翠之色十分浓郁鲜嫩，仿佛随时会化作实质滴落下来。

九死剑诀入游野境，如果有三清草的帮助会更加安全顺利，井九当然很清楚这件事情，又怎么会不准备好？

便是赵腊月现在都不知道，神末峰顶到底还藏着多少好东西。

只是既然她已经有了三清草，为何还要寻找？难道说是为顾清备着？

清晨时分，宝树居东家进了房里，他眼睛有些红，明显一夜未睡，身上却很干净，鬓角微湿，没有任何异味。

传闻里青山仙师性喜洁净，他担心自己的俗人味道冒犯，认真地洗了几遍澡，一点香粉都没敢用。事实上，面对赵腊月，这种担心当然是多余的。

她看都没看跪在地上的人一眼，说道："应该有很多人知道了这件事吧？"

宝树居东家身体微僵，惧意骤生。楼里的供奉、管事虽然忠诚听话，但青山峰主的一举一动谁不关心？谁敢保证没有半点消息泄露出去？

赵腊月把匣子递给他，说道："这里面是一株三清草。"

宝树居东家更是震惊茫然，心想：这是什么意思？

赵腊月说道："我需要在哪里找到它，你就让它在哪里出现，能不能做到？"

宝树居东家盯着身前的地板，眼珠不敢乱动，心思却是转得极快。

他不明白这个奇怪要求的意图，仍然是毫不犹豫地说道："能。"

顾清把他送出房间，他弓着身子，连道不敢。

"我看宝树居墙外与窗户外都有阵法镇守。"顾清说道，"这有什么讲究？"

宝树居东家说道："主要是用来隔绝声音与气息。"

顾清说道："如果碰触到会不会示警？"

宝树居东家不敢猜测他问这些话的用意，说道："会。"

顾清又问道："珍器阁与外斋那些地方，是不是用相同的手法？"

宝树居东家说道："主要用来遮掩宝物气息，没有别的要求，所以我们用的都是相同的阵法，大泽提供的。"

顾清沉默了一会儿，说道："我想，如何在不示警的情况下，破掉这道阵法，你应该很懂。"

宝树居东家依然猜不到他想做什么，但汗水瞬间打湿了后背，他声音微紧地说道："必须懂。"

第十四章 借剑杀人

CHAPTER 14

赵腊月与顾清继续驭剑北上，远远看到天地间那座大城便落了下来。

那是朝歌城。

他们落到地面，不是对朝廷表示尊重，也不是怕清天司误会，而是因为他们没有打算去西山居。

朝歌城外有座庄园，不知用多少金银修出了堪比仙境的清美之意，正是赵家的别园。

赵园里有湖，湖里只有一只船。

赵腊月坐在船首，看着碧蓝的天空里那几朵可怜的云，沉默不语。

三年前，她与井九曾经在这只船上有过一番对话。

随后井九有事离开，据她推算应该是去了骊山。

接着水月庵的莫惜出现，替过冬约她在鸣翠谷见面，才有了那一场暗杀。

因为那场暗杀，她无法参加道战。因为船上的那番对话，井九代替她去参加道战，然后再也没有回来。

这船儿啊，当初就应该沉了。

顾清在湖边的草地上闭目修行。

赵园里没有人，连个下人都没有，安静至极。

等到暮色来临，赵腊月与顾清才起身离开，在夜色到来之前，进入了朝歌城。

城门外还是晴天，走过长而幽深的城门洞后，有雨点落下，湿了脸颊，赵腊月才想起，现在是春天。

淅淅沥沥的春雨里，他们走到某个巷口停下。

这里可以远远看到太常寺的黑檐，在夜色与雨水的双重作用下，越发像苍龙的角。

赵腊月走上石阶，将墙上某块青砖推进一寸。

她知道在自己看不到的地方，一颗光滑的石球开始滚动，然后会砸烂一只很珍贵的瓷碗，或者是盘。

当初听井九说此事的时候，她并不理解，为何不用阵法？如果只是听声音，为何要用那么名贵的官窑旧器？

后来她才明白，越简单的机关设计越可靠，而越珍贵的事物被毁掉越会被重视。

院门开启，她与顾清走了进去。

隔着小园，她向花厅里的那家人点头致意，顺着雨廊走到了那个房间里。

房间里没有竹椅，博古架上放着几样砚墨，桌上摆着一局棋。

顾清看了两眼，确认就是当初棋盘山里的那局棋。

鹿国公从角落里走了出来，感慨道："我与令尊相识多年，何曾想过会以这样的身份与他女儿相见。"

顾清有些吃惊，没有说什么。

赵腊月微微颔首，轻声说道："他说有事情可以寻你帮手。"

鹿国公说道："请讲。"

赵腊月说道："我想进宫。"

"要见陛下？"

鹿国公心想：以你现在的身份，已有资格约见陛下，但既然要通过自己安排，想来是要私下行事？

赵腊月说道："是贵妃，烦请安排一下。"

鹿国公带着深意看了她一眼，说道："好。"

现在说到皇宫里的贵妃，指的便是胡贵妃，谁都知道这一点。

鹿国公世子想着这三年里宫里的情形，尤其是胡贵妃的景况，有些出神。

"她为何要见胡贵妃，并不重要。"鹿国公伸出手指轻轻敲击桌面，让儿子醒过神来，说道，"今天她的出现，最重要的信息是什么？"

世子怔了怔，说道："我们国公府世代侍奉的就是神末峰？"

鹿国公说道："不错。"

世子很是吃惊，说道："难道说当初与祖父定约的便是……景阳真人？"

鹿国公说道："除此之外，不能有别的解释，你有什么想法？"

世子大笑，说道："还能有什么想法？儿子现在感觉特别好，甚至想要出去喊一嗓子——还有谁!”

鹿国公笑着摇了摇头，提醒道:“景阳真人已经飞升了。”

世子才想起来这事，不禁有些遗憾，又想着某事，说道:“怎么安排？就算陛下再信任您，也很难悄无声息地安排一个人进宫。当初井九进宫见的是陛下，情形可不相同。”

“不难。陛下知道她离开青山，有可能来朝歌城后，让我……”鹿国公想着昨日御书房里的谈话，脸色有些奇怪，说道,“安排她进宫。”

深春时节，渐有些闷热，气氛便有些压抑。

胡贵妃半倚在软榻上，左臂的广袖自然垂在身前，遮掩住已经隆起极高的腹部。

按理说,现在的皇宫里没有妃子能威胁到她的地位以及她腹中孩子的安全，又有太医与中州派的女仙师日常看护，她的身体应该保养得极好。

但不知为何，她的脸色有些苍白，神情有些憔悴，看着不怎么健康，便是连脾气也比往年暴躁了很多，今日因为一件小事，她便直接把贴身的嬷嬷与宫女全部都赶到了前殿。

通传的声音在殿外响起。

胡贵妃有些意外，扶着榻沿起身，向前迎了两步，动作有些不便，却是她刻意做出来的，想让来人看到。她比谁都清楚鹿国公在陛下面前的地位。

鹿国公看着这画面，赶紧说道:“娘娘请安坐，请安坐。”

胡贵妃微笑坐下，神情温和地问道:“国公今日有事？可是陛下要见我?”

问出这句话的时候，她的心情有些紧张，有些期盼，也有些不安。

陛下已经有很多天没有来殿里看过她了。

“娘娘，有两位客人想见你。”说完这句话，鹿国公便退出殿去，没有任何犹豫。

赵腊月与顾清从廊柱后面走了出来。

也不知道他们是如何来到这里的。

胡贵妃没有喊刺客，也没有喊人，只是静静地看着赵腊月。

三年前她们在旧梅园里见过，而且彼此之间有旧怨。

赵腊月说道:“这种情形下还如此冷静，你比三年前强多了。”

胡贵妃斜了她一眼，说道："就算你是青山峰主，深夜时分私自入宫，被人发现后也难逃干系。"

赵腊月面无表情地说道："我以为你现在更应该担心的是你自己。"

听着这话，胡贵妃的眼睛慢慢眯了起来。

她现在是孕妇，有些憔悴，眉眼间的气息依然天真憨喜，一眯眼，更有种难以形容的妩媚感。

顾清转过身去，不再看她。

赵腊月看了眼她的腹部，说道："三年了？"

胡贵妃闻言大怒，咬牙说道："关你什么事？"

赵腊月面无表情地说道："这件事情瞒不过任何人，民间已经有很多议论，更不要说朝中诸公，如果知道你是狐狸精，会让你把这孩子生下来吗？"

胡贵妃向榻前啐了一口："呸！现在还有谁不知道这件事情，我还怕什么！"

赵腊月说道："猜到与知道是两回事，陛下宠爱你，那只要没有证据，朝中诸公便什么也不敢说。"

这句话的意思很清楚，没有人敢指证胡贵妃是狐妖，因为神皇喜欢她，而且没有证据。难道谁还敢掀起贵妃娘娘的裙摆，看她身后有没有尾巴？

但现在她腹中这个怀了三年还没有生出来的孩子，似乎随时可以变成最好的证据。

赵腊月说道："就算你与中州派关系不错，与果成寺也有渊源，但关键时刻这件事情会带来什么影响？"

关键时刻指的是什么，也很清楚。

胡贵妃的脸色变得有些苍白，说道："那怎么办？我也不想这样，可是……就是生不出来啊……"

"有可能是妖胎难产，也有可能是天生灵胎，就是需要怀上十年。"赵腊月说道，"陛下不在乎这个，他只在乎议论。"

怎样才能左右议论？或者说谁有资格与能力改变她腹中胎儿的身份？

胡贵妃眼睛一亮，抬头望向赵腊月。

赵腊月说道："皇族的事情向来是中州派与果成寺理会，我们青山宗不会插手。"

胡贵妃满脸失望地说道："那你与我说这些做甚？"

赵腊月说道："禅子说你是好的，你就是好的。"

胡贵妃当然知道这是最好的方法。

在这方面，不管是青山掌门还是中州掌门，都不如禅子在民间的声望。

只要禅子开金口，别说天生灵胎，就算说她怀的是佛胎，谁敢不信？

"可……禅子说与我因果已尽，别说出面帮我说话，便是连见我都不肯见。"这时候的胡贵妃，显得无比柔弱。

赵腊月想起某个女子，微微挑眉。

"你与禅子的情分已尽，但他还欠神末峰人情。"

因为三年前梅会道战里发生的事情，也可能是因为更久远的某些故事。

胡贵妃懂了，沉默了片刻，说道："你们要什么？"

她清楚，青山宗给自己如此大的好处，所求必然也极大。只是她完全想不到，赵腊月想从自己这里得到些什么。

赵腊月是青山宗的神末峰峰主，这是何等样的身份地位，可以说是予取予求。难道如传闻里说的那样，她需要什么草来着？

赵腊月说道："那年在旧梅园，景辛与洛淮南见面的时候，装作素不相识，你自然不会信。"

胡贵妃微微眯眼，问道："你想说什么？"

赵腊月说道："你与中州派交好没有意义，只要洛淮南在，中州派便一定会支持景辛。"

胡贵妃神情微冷，说道："我只想好好地把这个孩子生下来，可不敢争什么。"

沉默不语的顾清忽然说话了，他没有转身，看着殿外的夜色，说道："我是庶子，我知道那是怎样的日子，我相信你不会希望自己的孩子过那样的日子。"

胡贵妃沉默了一会儿，说道："但你修行天赋好，所以在族里的地位越来越高，我相信我的孩子也不差。"

顾清说道："你确认这个孩子有机会展现天赋？陛下要你生，就是要你争，如果你不争，那你何必生？"

胡贵妃沉默了。

一片安静。

这是很冷酷，却难以否认的事实。

这个道理真的很简单。

正因如此，胡贵妃原本以为陛下肯定会偏向自己腹中的胎儿。但她没想到，最近两年陛下的意志似乎有些改变，这让她更加不安。

其实无论是她还是赵腊月、顾清都误会了神皇的意图。在神皇原先的安排里，只要胡贵妃能生下孩子，再看数年确认没有问题，他便会直接废掉景辛的皇子之位，逐去果成寺削发为僧，根本不给他任何机会争。

不让景辛继位，是井九的意思。

只是现在井九不在了。

神皇不相信井九会死，但数年时间毫无音讯，任谁都要考虑一下那种可能。如果没有青山宗坚定而无保留的支持，神皇便必须重视中州派的意见。

在很短的时间里，胡贵妃便做出了决断，问道："具体要我做什么？"

顾清转过身来，说道："我要知道洛淮南的行踪。"

胡贵妃在云梦山经营多年，就算洛淮南与很多人支持景辛，应该也有很多人支持她，她眯着眼睛说道："事后太容易被发现，太危险。"

顾清说道："我们要的行踪很简单，首先他不在云梦山，其次不是突发情况。"

胡贵妃微怔，心想：这确实简单很多。

同时满足这两个条件，那洛淮南的行踪本来就是可以被知道的消息。

她盯着赵腊月的眼睛，问道："难道你不怀疑我是暗杀你的幕后黑手？"

"因为你给施丰臣的义子送了一笔金银？"赵腊月面无表情地说道，"虽然这件事情你做得很白痴，但我又不是白痴。"

夜色里忽然出现一抹极淡的金光。

赵腊月与顾清停下脚步。

"看来峰主的伤已经好了。"

来人裹紧身上的黑色大氅，显得更加矮胖，殿前的灯光照亮他的脸——皇家供奉金明城。

顾清很紧张，双唇有些发干。

赵腊月没有说话。

金明城从大氅下取出一把剑，递到她的身前，说道："剑名初子。"

赵腊月说道："我有剑。"

金明城说道："弗思剑不是失落在雪原？"

赵腊月说道："我还有自己的。"

金明城说道："那剑一般，而且能被人认出来，不像初子剑，在皇宫里藏了几百年，早就无人记得。"

顾清警惕地想：难道这就是借剑杀人?

"陛下如果想杀谁，难道还需要借他人之手?"赵腊月问道。

金明城缓声说道："陛下乃是天下共主，因为担着一个'共'字，所以很多事情都不便做。"

赵腊月没有再说什么，接过那把名为初子的剑。

顾清看了她一眼，有些意外。

今夜入宫他本来就很反对，这片看似普通的殿宇之间，隐藏着太多凶险与真正的修道强者。这些修道强者想要灭掉他与赵腊月是轻而易举的事情，他甚至认为根本无法掩去自己的行踪。

但赵腊月很平静，根本不担心，似乎知道什么事情。

顾清不知道的是，赵腊月已经猜到，那天井九离开赵园是去骊山见神皇。

豫郡之北有片深山，此间有个修行宗派叫作北溪门，乃是中州派的外围小派，以擅于制器与阵法出名。

盛夏某日，北溪门十余名师徒出山，向着桂云城而去。北溪门前年炼制出来三件地阶法宝，其中两件进献给了云梦山，剩下一件与门内功法不合，准备送到桂云城的珍器阁拍卖。

珍器阁与青山宗的宝树居、一茅斋的外斋齐名，当然也同样有着深厚的背景，乃是云梦山寒食谷的产业。

北溪门没想到的是，这次珍器阁拍卖会上最重要的法宝居然不是自家的出产，而是一株药草。

"那究竟是什么草，难道还比地阶法宝更重要?"

"反正与你我无关，听说已经确定了买家。"

"谁敢在珍器阁里做定标?难道是祖庭哪位师祖要的东西?"

"刘师叔，你知道这件事情吗?"

那株药草引发了北溪门弟子很多猜测与议论，有弟子望向领头那位干瘦的中年人，好奇地问道。

那位姓刘的师叔听着这些议论，微笑不语。

他知道的事情更多。

那株药草应该便是传闻里的三清草，当然有资格放在拍卖会最重要的位置上。青山剑宗已经放出风来，自然没有人敢与他们争这株药草，只是依照珍器阁的规矩把流程走一遍。

山谷外是平原，桂云城一路坦途。

蝉鸣阵阵，似在送行。

忽然，蝉声骤然消失。

刘师叔挑眉说道："小心些，布阵。"

有个词叫"噤若寒蝉"，此时乃是盛夏，天气酷热，为何蝉声忽然消失？

一道极淡的黑色雾气从山谷里飘了进去，树间新结出来的果子遇之即溃。

北溪门弟子们神情骤凛，以最快的速度取出法器，结好了防御阵法。

黑色淡雾渐散，数道身影渐渐显现出来，从衣饰与阴冷的气息来看，绝非善辈。

"没想到你境界低微，却颇为警醒，竟能提前发现我们的行踪。"一位神情漠然的老者说道，"少主想要你们带着的那件宝贝，赶紧交出来吧。"

刘师叔说道："原来是玄阴宗的妖人，这里是豫郡，离云梦山不到三千里，你们胆子何时变得如此之大了？"

"中州是中州，你们是你们，就算把你们全部杀光，又能如何？难道云梦山里的道士们还能赶过来？"

那位老者乃是玄阴宗长老，一身邪功极其厉害，眼里哪有这些小派师徒，只是稍微有些忌惮北溪门的阵法。

不知为何，玄阴宗夺得那件地阶法宝的意愿非常强烈而且直接，竟没有通过散修在珍器阁竞买，而是选择了直接抢夺。

战斗就这样开始了，空气被撕裂，无数道气流互相冲撞。

黑雾越来越浓，北溪门阵法散发出来的清光越来越暗。

北溪门弟子站在阵中，催动各自的法器，维持着阵法。在玄阴宗众人的冲击下，他们支撑得非常辛苦，脸色越来越苍白，心想：求援的信号已经发出去了，不知道同门何时才能过来支援，是否还来得及。

那位玄阴宗长老冷眼看着眼前的画面，看似平静，实则有些焦虑。此间离北溪门不远，如果对方来了援手怎么办，更关键的是，如果惊动了云梦山，那就麻烦了。

忽见阵法里出现一道空隙，玄阴宗长老眼神骤冷，化作一道黑雾破开清光，来到北溪门弟子之间。

黑雾重凝，他现出身形，手持阴幡向着刘师叔打了下去。

刘师叔哪里敢正面抵抗这等魔器，借着法器帮助向后疾避，全然顾不得维持阵法的弟子暴露出来。

玄阴宗长老要的便是这般效果，冷笑一声，阴幡带着重重煞气，把最近处的那名北溪门弟子裹了进去。

他的阴幡上带着地煞阴气与血煞之气，普通修行者若无法宝护体，沾之则死，绝无幸理。

那名北溪门弟子容貌寻常，气息普通，眼看着便要化作血水，竟似被吓傻了，站在原地动都没动。

玄阴宗长老忽然觉得有些不对。

一只青铜小钟忽然出现在他眼前。

玄阴宗长老厉啸一声，掌心里吐出一只黑色骷髅头，向那只青铜小钟迎了过去。

“轰”的一声巨响！狂暴的气浪如波涛般向四野推去！

山谷里的黑雾瞬间被吹走，阳光重临地面。

那只黑色骷髅头碎成了无数片，如雨般洒落，触着的青草顿时枯萎。

青铜小钟飞回那名北溪门弟子身前。

“洛淮南！”玄阴宗长老惊怒地喊道。

谁能想到，中州派首徒洛淮南居然藏在队伍里，扮作了北溪门的一个普通弟子！

今天居然是个陷阱！

玄阴宗长老本命骷髅被毁，不敢再作停留，双袖一振，化作一道黑雾向山谷外疾掠而去。

在他想来，洛淮南修道天赋再高，境界与自己也不过是伯仲之间，自己受伤极重，洛淮南的伤势也不会轻，以对方的身份地位，怎会冒险来追？

谁能想到，那只青铜小钟化作一道流光，向那道黑雾追杀而去。

洛淮南竟是完全不顾自己的伤势，也要把他留下来！

轰鸣声在山谷外响起，无数崖壁被气浪掀翻，沙尘大作。

忽然传来一道极其凄厉的惨叫，那道黑雾被阳光蒸发。

流光敛回，变成青铜小钟静悬在空中，微微震动，发出嗡鸣，边缘处被煞气侵蚀出来的锈迹非常明显。

洛淮南落回地面，脸色苍白至极，身前到处都是鲜血，明显伤势不轻。

玄阴宗弟子们看着这画面，惊恐异常，哪里还敢停留，纷纷作鸟兽散。

洛淮南阻止准备上前看他伤势的北溪门师徒，沉声说道："除恶务尽！"

北溪门师徒齐声应是，驭起法器展开追杀。

半个时辰后，所有人都回到了山谷里。

此役玄阴宗共有七名弟子被诛杀，尤其是那名长老被杀死，更是正道修行界极重要的收获。

北溪门师徒望向洛淮南的身影，觉得好生高大，心生敬仰。

洛淮南看着山谷外的原野，说道："可惜苏子叶没有亲自出手，情报还是有些不准确。"

听着这话，北溪门师徒觉得更加震惊，才知道原来洛淮南的目标并不是那位玄阴宗长老，而是玄阴宗少主！

玄阴宗少主叫作苏子叶，在修行界名气极大，天赋极高，据说甚至还在洛淮南之上。

北溪门师徒心想：看来那个传闻是真的。那个传闻里，三年前洛淮南在雪原道战里再有奇遇。不然为何他提到苏子叶时会如此平静，如此自信？

刘师叔看着洛淮南苍白的脸色，又想起另外那个传闻，不安地说道："洛师兄，由此回云梦山有些远，前方便是桂云城，要不去暂歇一夜？今晚珍器阁有一场拍卖会，很多正道修行宗派会参与，您就算不想理会他们，但是……"

他的话没有说完，洛淮南明白他的意思，说道："如此也好，不过那些外人就不见了。"

北溪门师徒闻言松了口气，心想：这是最好不过，不然万一出了事情，自己这些人怎么承担得起？

桂云城里有个小院子，院门紧闭。

北溪门弟子散在小院四周，警惕地注视着暮色里的动静，低声议论着什么。

“听说不老林发出悬赏令要洛师叔的命，出价是一件天阶法宝，也不知道这传闻是不是真的。”

“现在看来只怕是真的，不然以洛师叔的性情，怎会同意刘师叔的请求，来这里养伤？”

“被邪派妖人视为大敌，誓要杀之，洛师叔却毫无畏惧，四处斩妖除魔，真是了不起。”

小院里很安静，微风拂过花树，落在树间的霞彩更加生动。

墙下有口井，隐有水声。

洛淮南缓缓睁开眼睛，结束了调息。

他的脸色还有些苍白，那位玄阴宗长老的阴幡确实有些棘手，伤势短时间里很难完全恢复。

按道理来说，那位玄阴宗长老不是苏子叶，即便杀死了意义也不大，他可以不用冒险追击，也就不会受如此重的伤。但他还是这样做了，因为就像他对北溪门师徒说的那样，除恶务尽，既然要行仙侠之道，哪里管得了那么多。

他起身走到窗前，望向那口井，暮光落在脸上。

与三年前相比，他的眉眼间多了些沧桑的意味，眼神里也多了些疲倦。

通过万里玺离开雪原，回到云梦山，随后这段岁月里，他刻苦地修行，不停地奔波，真的很累，身心皆如此。

这般忙碌辛苦的修行岁月也有好处，可以让他很少想起那些事情。他在雪虫腹内得到的好处也在这些辛苦里尽数与道法合为一体，境界再有提升。

他现在自信能够战胜那位玄阴宗少主，虽然今天这个局，他的目标并不是对方，当然也不是那位玄阴宗长老。

夕阳越来越低，渐被院墙挡住，花树变成了水墨画，井里的水声也渐消失。

他离开窗边，来到桌前，桌上有面铜镜。

他静静地看着铜镜里自己的脸，这张脸有些苍白，有些陌生。

他的眼里出现痛苦的神情与一抹悔意。

如果早知道师妹把两个万里玺都带在身边，自己何必要那么做？

原来师父是怕师娘不同意，才会私下把那个万里玺交给了师妹，让她在关键时刻给自己。

那场寒雾如此可怕，师妹收到自己的求援信号，历尽千辛万苦才找到自己。

这叫恩重如山。

而自己是怎么做的？自己为何会变成如此无耻而卑鄙的一个人？

如果早就知道这一切……可是世间哪里有如果呢？

洛淮南想着这些事情，自责的情绪与痛苦的悔意不停来回，脸色变得更加苍白。

窗外隐有风声，风里飘来对话声。

他醒过神来，知道是北溪门弟子在议论自己，有些感动，微微一笑。

那个传闻他当然知道——不老林要杀他。

这是真的，也是假的。

而且如果真是不老林刺客来杀他，来的必然是极厉害的高手，就凭这些北溪门的弟子如何能拦得住？

还是那句话，没有如果。

他在这里出现，并不是偶然，而是刻意所为。

他必须离开云梦山，而且不能是突发情况，那么就需要一个局为前因，也就是北溪门的那个局。只有在这种情形下，不老林才能找到刺杀他的机会。

房门悄无声息地开启，一个黑衣人站在那里，身上湿漉漉的，看着就像一个从井里爬出来的水鬼。

洛淮南看了黑衣人一眼，神情平静，应该是早就知道对方会出现。

“你身上的水要处理一下，不然稍后留下痕迹，谁都知道你一直藏在井里。”他看着黑衣人说道，“在外界印象里，我性情疏阔，但是行事稳妥、谨慎小心，肯定不会忘记检查井里。”

黑衣人说道：“我应该藏在哪里？”

洛淮南说道：“柜子里，距离越近，魔功的威力越大，这也是你们不老林的风格，尽可能与修道者拉近距离。至于气息如何遮掩，可以推到某些法宝上。”

黑衣人低头看了眼自己湿了的衣服，眼里生出朵极微渺的火焰，却又极为艳丽，看着有些诡异。很短的时间里，他身上的那些水都被蒸发成了青烟，消失无踪。

洛淮南看着这画面，微微挑眉，说道：“这就是妖火？”

黑衣人没有回答这个问题，望向地上的那些水痕，伸手准备除掉。

洛淮南摇头，说道："可能会惊动外面的道友，让它自己干吧。"

从井里到屋里，庭院的地面上留着湿漉漉的脚印，被风吹干自然要比妖火蒸干来得慢很多，需要一段时间。

洛淮南并不担心惊动外面的人，因为院子里已经设置好了隔绝气息的阵法，他只是想与对方说说话。

他已经很长时间没有与人随意说说话了，而且黑衣人的身份让他很感兴趣。

"这是我们第一次见面，没想到便是在这样的情形下。"洛淮南对黑衣人说道，"这些年辛苦你了。"

黑衣人说道："不辛苦，只是被误会的感觉不太好。"

洛淮南说道："井九是个好人，我觉得可能是你误会他误会了你，总之都是误会，你不要怪他。"

黑衣人沉默了一会儿，说道："开始吧。"

地上那些湿漉漉的脚印已经变淡，等他们把事情做完，应该便会全部消失。

洛淮南的手指落在桌上，说道："你的第一次出手不能用妖丹之力，因为我中州派对邪派功法的感知很敏锐。"

黑衣人说道："我会用剑。"

洛淮南抬起手。

黑衣人唤出飞剑，在他手指刚才落下的位置，悄无声息割落。

"这种程度很合适，刚好可以怀疑到你的身上。"

洛淮南感受着桌面上那道光滑裂口里淡淡的青山剑意，心情微异。已经数年时间，对方的剑道修为非但没有落下，反而更加纯熟，如果当初他留在青山继续学剑，不知现在已经到了哪一步。

他说道："我避开了你的这一剑，便要用北辰钟反击，你会怎么应对？"

黑衣人说道："既然要杀你，我不会躲。"

"很好，这样接下来比较好发展。"洛淮南走到房间的另外一角，说道，"我不会选择与你两败俱伤，会用天地遁法来到这里，你能不能预判到？"

黑衣人走了过去，说道："不能，但是血魔功里也有相应的遁法，在小范围内应该能跟住你。"

"你的血魔功练到几重了？"

"四重。"

洛淮南心想：不愧是天生道种，即便半途弃道入魔，境界提升也是如此之快，那么只要自己不动用隐藏手段，被对方重伤便是可以理解的事情。

“我需要把你伤到什么程度？”

“断臂。”

二人继续讨论、比画、设计。

确定完所有细节，黑衣人向着衣柜走去，忽然停下脚步，问道：“你为何愿意做这样的事情？”

“正道修行界，现在我最风光。”洛淮南自嘲一笑，说道，“我被不老林刺客暗杀，也会是最引人注目的事情，这样对你的帮助才足够。”

黑衣人说道：“我说的是，你为何要做这样的事？”

洛淮南沉默了一会儿，平静地说道：“总要有人做出牺牲，而且我又不会真的死。”

黑衣人没有再说什么，走进衣柜，从里面合上柜门。

夜色渐深。

洛淮南走到桌前坐下，看了眼镜子里的自己，闭上眼睛，开始等待。

第十五章 谁是局中人

CHAPTER 15

珍器阁的拍卖会即将开始。

很多人已经知道了最重要的那件宝物是什么。

无数道视线落在中间那个匣子上，众人都清楚，就算匣子里的宝物再如何珍贵，稍后也不会有人参加竞拍。

因为那是一株三清草。

很多人也猜到了顶楼那个房间里的人是谁，却只能装作不知道。

那个房间很安静。

顾清没有坐,已经确认珍器阁的阵法可以确保屋里的情形不会被外界察知,但他还是有些紧张。

桌上搁着两杯雀舌茶，房间里只有他一个人。

桂云城某处民居，这里也只有一个人。

一身黑衣的赵腊月盘膝坐在地上，眼前是一扇窗户。

窗外是条街，数十丈外有个小院，小院外有北溪门的弟子。

她确认洛淮南就在那个小院子里。

时隔三年，她重新梳了头发，扎起小辫，戴着笠帽。

剑在鞘里，散发出淡淡的清冷气息，正是金明城给她的那把初子剑。

她在等待着那个时刻的到来。具体何时，她不知道。

洛淮南也不知道，因为既然是演戏，便要演到极真，便要突然。

不知何时，衣柜的门上出现了一个浑圆的小洞。

一道剑光亮起，然后熄灭，擦过洛淮南的身体，切下一片袖角，然后斩落桌角。

洛淮南起身，北辰钟无声而出，轰向像鬼般从衣柜里冒出来的黑衣人。

黑衣人没有避，右手一抓，数十道魔火喷薄而出，把洛淮南罩了进去。

洛淮南运起天地遁法，极其神奇地在原地消失，下一刻出现在房间另外的角落。

黑衣人眼里的两抹野火变得狂野起来。

一道黑色的火焰从他的身体里散开，像厚重的雾般，卷过地面。

他的身体也瞬间消失，下一刻出现在洛淮南身前。

洛淮南没有说话，黑衣人也没有，都很平静，如果有人看到这画面，一定会觉得无比诡异。

房间里到处是魔火的痕迹，桌腿开始燃烧，散发出焦煳的味道，很快院外的北溪门弟子便会被惊动。

抓紧时间——洛淮南用眼神示意。

黑衣人举起手掌，带起数十道魔火，向着他轰去。

洛淮南侧身让开要害，没有避让，等着他的手掌落下。

黑衣人的眼里出现犹豫的神情。

洛淮南误会了他的意思，微笑着点头。

黑衣人的手掌落下，落在洛淮南的胸口。

“啪”的一声闷响，洛淮南唇角溢出一道血水。按照原先的计划，他这时候应该反击，震断对方左臂，然后对方不敌离开，这场戏便在此结束。

洛淮南忽然觉得有些不对劲，望向黑衣人的眼睛。

黑衣人的眼睛血红一片，有些疯癫的感觉。他没有收手，右手抵着洛淮南的胸膛。带着恐怖杀伤力的魔火源源不绝地灌进洛淮南的体内。

难道是走火入魔？洛淮南想着。

黑衣人的魔火骤然强了数倍之多！

他的血魔功至少已经修到了第五重！

原来你想杀我，洛淮南心想。

他的眼里出现一抹复杂的情绪，不知道是失望还是什么。

带着无尽杀意的魔火已经侵入了他的经脉，带来了难以挽回的伤害。

洛淮南脸色苍白，喷出一口鲜血。

蕴含中州派玄功真威的血水如箭般落在黑衣人的脸上，把那张黑布击打得千疮百孔。

黑布如蝴蝶般飞舞散开，露出了那张脸。

那张脸有些黑，但很干净，有种亲切的感觉。

他是柳十岁。

很久没有出现的柳十岁，已经不再少年。

他的神情还是那样沉稳，眼里的野火却有些疯狂。

被洛淮南的血箭击退，他借着满地魔火再次缀上，飞剑斩落！

同时，他的右拳带着燃烧的黑烟轰向洛淮南的脸。

洛淮南经脉受损，但借着那口血已经逼出体内的魔火，道心通畅，唤回北辰钟！

一道艳丽的流光照亮夜色笼罩的小院。

“轰”的一声巨响，院墙尽碎，狂暴的气浪卷起砾石向四周喷射，守在院外的北溪门弟子倒地昏迷。

洛淮南的境界实力比柳十岁高太多，哪怕此时伤势极重，也绝非柳十岁能够正面对抗。

柳十岁的飞剑是离开青山之后重新修炼的，品阶本就普通，顿时被毁，变成无数碎片。

北辰钟破开满天魔火，重重击中他的胸口。

柳十岁喷血而退。

洛淮南今天连续两次受伤，尤其是后一次被柳十岁偷袭，伤势更重，为安全计，不愿再作停留，用天地遁法避开满院魔火，来到高空便要踏空离去。

一道剑光忽然出现，直接穿透他的身体！

那道剑光极其清冷而淡渺，很难被发现。

洛淮南闷哼一声，看着地面那间不起眼的民居，挥袖而起。

一道流光袭向那间民居。

还有强敌隐藏，他便是连北辰钟也顾不得了，也要忍着剧痛离开。

两道黑火自柳十岁脚下生出，他跳到高空，抱住了洛淮南的腿。

洛淮南一掌击中他的后背。若是平时，他这一掌绝对会把柳十岁打死，但这时候他受伤太重，威力要小了很多。

柳十岁喷血，却没有放手，双手如铁铸一般。

街对面的民居倒塌。

北辰钟的流光被那道从高空折回的清冷飞剑斩碎。

一个戴着笠帽的黑衣人踏空而至。

没有剑，她是怎么做到的？

看着在视野里高速靠近的黑衣人，洛淮南知道到了最关键的时刻。他动用了隐藏最深、还没有完全掌握的手段，脸色更加苍白。

他的瞳孔里出现一个小金人。他隔空一指点出，射出一道似金似玉的光柱。那道光柱里带着无上威压，绝非金丹期修道者的水准，直接笼罩了十余丈的范围。即使那名黑衣人的身法再快，也无法躲开。

接下来发生的事情再次出乎他的意料。

那名戴着笠帽的黑衣人忽然消失了。

下一刻她出现在洛淮南的身前，带着十余道剑光。

那些剑光来自她的身体。

即便天地遁法也不过如此。

无形剑体！

洛淮南想起过南山曾经对自己说过的某个画面，震惊异常。

他看着笠帽下那人的眼睛，猜到了她是谁。

赵腊月！

他厉啸一声，十指骤合。

夜空变形，狂风呼啸，仿佛有两座无形的大山向着赵腊月压过去。

赵腊月没有避开，硬受了一记。

洛淮南的手握住了她的颈。他的手上到处都是裂口，喷着血箭。只要他稍一用力，赵腊月便会死，但来不及了。

柳十岁的拳头带着黑色魔火，如苍龙般，落在他的小腹。

“轰”的一声巨响，夜云被狂风吹散，其间隐约有一道破裂的声音。

整座城市都被惊动。

先被初子剑贯穿，再受血魔功全力一击，洛淮南的金丹再也承受不住，就此碎裂！

他脸色苍白，手指微松。

赵腊月的手指如风般拂过。

他的颈间出现一道血痕，血痕以极快的速度蔓延开来。

"喀喇"一声，断开。

啪啪啪啪，四道撞击声几乎同时在小院废墟里响起。

烟尘里，可以看见洛淮南的头颅与身体。

柳十岁与赵腊月站了起来。

他又吐了一口血。

赵腊月没有，笠帽下的脸有些苍白，她伸手召回初子剑。

柳十岁伸手接过。

二人对视一眼，转身消失在黑夜里。

珍器阁顶楼。

顾清走到窗前，神情专注地开始解除窗外的阵法，双手带出道道残影，可以想见其速度之快——宝树居东家说得没有错，先前他解除阵法的时候，便已经确定了这个事实，而且不知道为什么，承天剑意似乎特别适合用来布阵。

窗户开了一道小缝。

赵腊月出现在房间里，衣袂与发丝里带着数道剑光，渐渐敛没。

顾清把窗外的阵法重新布置好，转身走到她的身边，取出一个匣子伸到她嘴前。

赵腊月一口鲜血吐进匣子里，然后她伸手扯下黑衣，也扔进匣子里。

剑火起，瞬息间，匣子里的血水与黑衣便烧成了灰烬。

顾清放心了些。稍后那株三清草便会种在这些灰里，屏蔽气息之后，想来再没有人能发现异样。

直到他们做完了这些事情，珍器阁里的修行者们才反应过来，破空声起，应该正在向那边赶去。

顾清看了赵腊月一眼。

赵腊月说道："还留了些问题，但那不是我们的问题。"

顾清问道："那个人是谁？"

赵腊月说道："柳十岁。"

顾清有些吃惊，感慨地说道："是啊，也就我们才会做这件事情。"

片刻后，他又问道："不过那个家伙到底是怎么算到的？"

赵腊月说道:“不是算到，而是他设计的这个局。”

废墟里，洛淮南尸首分离，已无气息。

一只元婴从他的断颈处悄无声息地飘了出来。

这个元婴很小，散发着淡淡的金光，看着很是脆弱，似乎夜风一吹便有可能湮灭。

元婴飘进那口水井里。

剑光与法宝光毫照亮小院废墟，很多修行者从珍器阁赶了过来。

元婴不敢露面，因为它太弱小，随时都可能散亡，而且它现在谁都不敢相信。今夜是他与过南山商量好的局，谁能想到竟然变成了真的陷阱，难道是青山宗想杀自己?

元婴沉到井水深处，逆流而去，出城入河，至无人处才飘起，向着北方云梦山而去。

十余座幽静的山峰出现在夜穹下，这里离云梦山中心还有很远的距离。

元婴飞到绝壁下方，钻进某个被藤蔓遮掩的洞府，用气息启动禁制。

洞府深处的石桌上搁着一只翠绿色的小瓶。小绿瓶不知是琉璃还是翡翠所制，散着幽幽的光泽。这是他极其幸运才谋到的法宝，能收集天地灵气，蕴养元婴。只要进入小绿瓶里，他便不用担心元婴涣散，就此死亡。

洛淮南的元婴飘到小绿瓶上方。

忽然，数十道极细的光线从桌面上浮起，变成一张网把元婴缚住。

那些光线很直，看着就像棋盘上的线。线条相交处，凝成露珠般的光点，看着很是结实，就像是棋子。

元婴脸上流露出惊恐的神情，想要挣扎出去。

嗤嗤！那些光线落在元婴身上，发出灼烧的声音。

元婴露出痛苦的神情，本源受损，变得更加暗淡。

童颜从洞府深处走了出来。

洛淮南的元婴停止了挣扎。那张像棋盘一样的光网也不再继续缩小。

元婴飘在小绿瓶上方的空中，看着走到桌前的童颜，脸上露出不解的情绪。这种情绪很淡，因为元婴刚刚新生，本来就很淡。

童颜坐到石凳上，双眼与元婴的位置刚好平齐。

元婴的容颜与洛淮南有些相像，但显得稚嫩很多，与童颜的脸隔着极近的距离相对，画面有些意思。

“原来你偷偷养成了元婴，难怪这三年里很少在云梦山里停留，想来这就是你为自己准备的最后退路?”

“都不知道你在说什么，还不赶紧放开我?”

“我说的意思是，你害死了师妹，所以良心不安，异常恐惧，就连养成元婴也不敢让二位师尊知道。”

元婴沉默了一会儿，说道:“师妹确实是为了救我而死，要说我害死了她，倒也不错。”

童颜摇了摇头，说道:“你明白我的意思，何必再说这些话。”

元婴恼怒地说道:“难道你想说我杀了师妹!”

童颜说道:“如果不是这样，你怕什么？为何养成元婴也要瞒着所有人?”

元婴盯着他的眼睛，说道:“你疯了？我为什么要杀死师妹?”

童颜说道:“当然是为了万里玺。”

元婴露出荒唐的神情，说道:“万里玺有两个!”

“师父都不知道掌门把他的万里玺悄悄交给了师妹，这当然是为你准备的，如果你也不知道这件事情，那么便有杀人夺宝的理由。另外一种可能性更大，虽然有两个万里玺，但是你们有三个人，如何分配?”童颜的声音没有情绪起伏，神情也很平静，就像在讲述一件很寻常的事情。

元婴冷笑着说道:“都是借口。你只不过是嫉妒我，因为师妹为了让我活下去宁愿去死!”

童颜面无表情地说道:“按照你说的故事内容，我嫉妒的对象应该是井九。”

元婴说道:“你什么意思?”

童颜说道:“掌门太疼你，师父太伤心，没有怀疑你，但我不一样，我不喜欢你，我这三年闭关便是在想这件事情，想你在里面扮演着怎样的角色，想明白之后，我便开始想，怎样才能悄无声息地杀死你。”

洞府里变得很安静，很长时间都没有声音响起。

翠绿色的小瓶，映着那些光线，把石壁涂抹得有如冥界一般。

洛淮南的元婴本就暗淡，此时被映上一抹绿色，看着更有些狰狞。

“这个局……果然是你设的。”

“是的，与过南山他们没有关系。这个局其实很简单，我只不过在两忘峰上说了几句话，像马华这种习惯剑走偏锋的聪明人，自然会想到这个方法。”童颜的语气很淡然，没有嘲弄的意味。

元婴沉默了一会儿，说道：“那头肥猪被你像提线木偶般玩着，居然还自鸣得意。”

童颜说道：“柳十岁可以杀过南山，同门相残也是很轰动的剧情，但马华肯定会提议你，因为他想讨好你。”

元婴说道：“这是冒险的事情，算什么讨好？”

童颜说道：“马华知道你好名，会接受这个提案，甚至会感谢他，我说过他真的很聪明。”

元婴问道：“我不明白你凭何断定柳十岁会借这个机会真的杀我？”

“柳十岁被逐出青山的时候，井九的表现已经证明他们之间的关系。”童颜说道，“我们都知道柳十岁是什么样的人，所以才会选他去不老林，这样的人怎会不为井九做些什么？”

元婴说道：“问题是他为何认为井九的死与我有关？还有赵腊月。我知道你去过神末峰，你又是如何说服她的？”

童颜说道：“我不需要说服她，因为她根本不相信你说的故事，柳十岁了解井九，自然也不会相信。”

元婴说道：“难道你也了解井九？”

童颜说道：“我与他下过棋，我从未见过这样无情的人。”

元婴微嘲说道：“不愧是下棋的，就喜欢琢磨这些，但我没有想到你会为了井九设局杀我。”

童颜说道：“我是为了师妹。”

元婴沉默了一会儿，忽然说道：“不要杀我。”

童颜说道：“我不认为你能找到理由说服我。”

元婴诚恳地说道：“如果善恶可以计算，我肯定是个好人，因为我做过无数好事，只做过一件坏事，就算为了让师妹的死更有价值，你也应该让我活着。我现在已经真心悔改，这三年难道我还没有证明自己？”

童颜说道：“这也是我想不明白的地方。你做出这般无耻的事情，如何还能抱守道心？这三年里你的表现太过诡异，包括你同意两忘峰的计划，愿意被柳十岁重伤，这样的你太过勇敢无畏，似乎是真想做刀圣这样的人，为什么？”

元婴神情专注地问道：“你现在想明白原因了吗？我也很想知道。”

童颜说道：“那是因为你渴望痛苦与被伤害，以此抵消曾经的罪孽，才能让道心平静。”

元婴沉默了很长时间，说道：“原来是这样。”

“为什么你现在能够无惧死亡，当时却做出如此无耻的选择？”童颜盯着元婴的眼睛问道。

洛淮南的元婴新生，非常脆弱，在这个局里早就应该死了，之所以能活到现在是因为他想要知道答案。

元婴叹息一声，道：“生死之前，慷慨易，从容难。”

童颜说道：“你在雪虫腹中待了很久？”

“准确来说只有半日不到，但我的感觉却像是半生。”洛淮南沉默了一会儿，继续道，“修行境界越高，情绪越少，但那种情绪我摆脱不了。”

那是对自我终结的恐惧。

壮美的殉道、勇敢的牺牲，同样是每个人自主的判断。

洛淮南不知道什么才是正确的，只是做出了自己的选择。

“其实直到你问我这个问题，我才想明白自己没有错，修道者本就应该贪生怕死。”他说道，“我唯一的错误是不该无知而无畏地直面生死考验，而应该躲得更远些。”

童颜说道：“也许你说的话有道理，但既然你选择了直面生死，却没有通过考验，那就要付出代价。”

洛淮南沉默了很长时间，说道：“如果有来世，希望还能再见。”

童颜眼帘微耷，说道：“还是算了。”

如棋盘的数十道光线向里陷落。

“嗤嗤”数声响。

一道青烟。

桂云城很普通，但一夜之后便成了整个朝天大陆最出名的地方。

从清晨开始，无数道关注的视线与那些飞辇、剑光一道落下。

城里的气氛异常压抑紧张，就连狗儿都不敢发出吠叫，夹着尾巴躲在洞里。

湿漉漉的青石板映出无数道身影，不知有多少人在街巷间穿行搜寻。

清天司开始查案，禁止任何民众离开，那座已经变成废墟的小院更是变成了禁地，不准任何人靠近。

废墟里不时亮起宝珠的光毫，偶尔能够听到闻迹犬的粗重喘息声。

中州派弟子们守在废墟四周，眼里满是怒火与悲痛，往更深处望去还能看到一丝茫然。

大师兄就这么死了？这怎么可能？

一位枯瘦老者在数十丈外另一处民宅废墟的上空，脸色难看到了极点，浑身散发着阴沉的气息。他是中州派长老任千竹，境界深不可测，早已到了化神期巅峰。

谁都能够想象到洛淮南之死对中州派带来的冲击，也能够想象到任千竹此时的心情。

人们不要说劝慰，便是连看都不敢看一眼。

任千竹忽然收敛气息，望向霞光起处，说道："来了。"

他身边那位官员闻言微怔，随之迎了过去。

官员是清天司指挥使张遗爱，乃是朝廷里的重要人物，闻知噩耗后连夜赶了过来。与前几任清天司指挥使一样，他也是中州派出身。

东方的朝霞里落下一顶青帘小轿。

张遗爱不知轿中人的身份，心想：出了这样的惊天大事，难道掌门夫妇都不来？

任千竹境界高深，地位也极高，对着那顶青帘小轿却是极为恭敬，说道："辛苦前辈。"

晨风拂动青帘，轿中传来一道温和的声音，请中州派道友节哀，然后表示她需要安静地查看。

任千竹亲自将青帘小轿带到小院的废墟里，然后带着门下弟子避到街外。

张遗爱低声问道："师兄，这位是？"

任千竹说道："水月庵的太上长老。"

张遗爱闻言微惊，心想：水月庵太上长老那是何等样的身份，居然这么快便赶到了桂云城，必然是掌门亲自出面请托。

他的视线越过半垮的院墙，落在那顶青帘小轿上，生出一些希望——凶徒的气息遮掩做得极好，清天司动用多种法器也没有找到什么痕迹，应该是杀人界的行家老手，但水月庵精研天人通，必然会有所发现。

“昨夜城里为何会有这么多修行者?”任千竹问道。

张遗爱已经得到下属回禀，把珍器阁拍卖大会的事情讲了一遍。

任千竹神情微冷，说道:“我要去看看那些人。”

张遗爱想着那件麻烦事情，压低声音说道:“别的都无妨，只是青山宗神末峰峰主在，师兄莫要冲动。”

任千竹闻言微怔，问道:“她为何会在这里?”

这时，那顶青帘小桥离开了小院废墟。

张遗爱来不及回话，与任千竹走到轿前。

“有妖火痕迹，还有血魔功的气息，应是邪派余孽，只是还有两桩不解。”青帘小轿里的温和声音渐低，似是这位水月庵的太上长老也觉得奇怪。

张遗爱与任千竹的神情变得更加认真，不敢漏过任何字眼。

“其中一道剑意很淡，但……是青山的。另一道剑意明明陌生，却又总觉得在哪里见过一般。”

听着这话，张遗爱忽然觉得落在脸上的晨风变得异常寒冷，甚至有些割人。

当年赵腊月在鸣翠谷被中州派元婴长老暗杀，便引发了一场大风波。

今日洛淮南可是死了!

他出身中州派，却是朝廷命官，自然不愿意事态向这个方向发展。

任千竹听着这句话，神情却变得更加淡然，也可以说是冷漠，他对青帘小轿躬身行礼，说道:“辛苦前辈。”

青帘小轿里传出一声叹息，逆晨风而起，渐渐消失于朝霞之中。

张遗爱没有犹豫，直接转身拦在了任千竹身前，盯着他的眼睛，说道:“师兄，请先冷静!”

任千竹冷哼一声，怒拂双袖。

张遗爱不好硬拦，无奈何避开。

任千竹身形骤虚，在原地消失。

数息后，十里外的珍器阁里起了一场风。

任千竹身影显露，望向楼上，厉声喝道:“赵腊月出来!”

这声暴喝如雷霆一般炸响，久久没有止歇。

楼里狂风大作，梁柱吱呀作响，匾牌落下，烟尘四起，竟似要塌了一般。

珍器阁东家凌晨时分刚赶过来，正因为这件事情头疼，发现有人闹事，更是愤怒至极，拂袖来到栏边，向着楼下望去，看到任千竹的身影，脸色骤变，便跪到了地上。

其余的修行者看着这画面，猜到那位老者的身份，面露惊惧之色，行礼避开，下意识里望向楼顶。

顶楼传来房门开启的声音。

赵腊月走了出来，顾清跟在她的身后。

她走到栏边，居高临下地看着这名中州派的长老，神情淡然。

“昨夜子初之时，你在哪里？”任千竹盯着楼上的赵腊月问道，眼神寒冷至极。

子初之时是守在小院外的北溪门弟子确认的时间，也是整座桂云城听到巨响的声音，更是洛淮南的死亡时间。

赵腊月没有说话。

“你是在请求帮助还是审犯人？”顾清向前走了一步来到栏边，说道，“如果是前者，我们或许可以配合，如果是后者，你凭何发问？”

任千竹也不理他，只是盯着赵腊月，沉声说道：“杀死我洛师侄的凶徒留下了一道青山剑意，你怎么解释？”

听着这话，楼里的修行者与珍器阁的管事震惊异常，心想：这是怎么回事？

“你与我中州派有旧怨，又刚好莫名其妙地出现在这座小城里，我当然要来问你一句。”任千竹盯着赵腊月，厉声说道，“你是答不出来还是不敢答？不要以为你是青山峰主，我便不敢对你如何！”

有参加拍卖会的修行者想解释一下赵腊月为何会在这里出现，但在化神期长老的威压之下，竟是无法开口说话。

风微作，清天司指挥使张遗爱终于赶了过来，直接走到任千竹身后，低声说了几句话。

任千竹微微眯眼，散发出来的威压稍微小了些。

中州派弟子与清天司的官员们也赶了过来，知晓了事情的缘由——昨夜珍器阁的拍卖会里有件物品是三清草。

整个修行界都知道，赵腊月需要三清草破境入游野，那么她出现在这里，自然是很理所当然的事情。

青山宗寻找三清草已经找了好些天。

“任何事情总要有个先来后到。”顾清平静地说道，“前辈应该问的是，昨夜洛淮南师兄为何会刚好出现在这座城里，而不是我们。”

这句话很有道理，又很不讲理。

因为洛淮南已经死了，没有办法回答问题。

“那道青山剑意如何解释？”任千竹收敛了些气息，但依然盯着赵腊月的眼睛，随时可能发出雷霆一击。他是化神期巅峰的强者，即使赵腊月天赋再高，也只有受死一途。

那些中州派弟子也望向顶楼，眼神警惕而愤怒。

赵腊月没有回答这个问题，回答中州派的……是无数声剑啸。

嗖嗖嗖嗖！十余道剑光照亮桂云城的天空。

青山宗弟子到了。

青山离豫郡有些远，到得有些晚。

为首的是上德峰长老迟宴，还有过南山、顾寒、马华、幺松杉等两忘峰弟子，身上带着霜尘。

看着珍器阁里的局面，迟宴神情微冷，说道：“贵派想围攻本门峰主？”

话音落处，十余道剑光再次照亮楼间，样式不一的飞剑静悬于空中，剑意凌厉，梁柱上出现深浅不一的裂痕。

那些参加拍卖会的修行者哪里还敢停留，纷纷避出楼去。

张遗爱走到迟宴身前，解释了几句。

幺松杉在旁听着，觉得好生荒唐，喝道：“赵师叔是什么人，怎么会做这样的事！”

雷一惊更是看着四周的中州派弟子，直接骂道：“血口喷人！你们想死啊！”

迟宴脸色阴沉地说道：“我能理解贵派上下现在的心情，但我希望你们脑子清醒一些。”

赵腊月在桂云城出现，是因为那株三清草，整个修行界都知道她在寻找这个东西。她又不是真正的神仙，如何能算到洛淮南也会在这里出现？

“那道青山剑意，是水月庵太上长老亲自判定，这件事情与你们青山宗脱不开干系。”任千竹的脸色比迟宴还要更加阴沉，寒声说道，“我很想知道你们准备怎么解释。”

过南山、顾寒、马华的神情一直很凝重，此时听到这句话，脸色更是变得无比难看。因为他们大概已经猜到那道青山剑意从何而来。

“我可能知道是谁，只是……有些难以相信。”过南山语气沉重地说道。

任千竹与张遗爱霍然转身，还有无数道视线也落在了他的身上。

“是谁？”迟宴沉声问道。

过南山沉默了一会儿，说道：“应该是柳十岁。”

“不错，这件事情与神末峰没有关系。”一道有些冷淡的声音响起。

童颜从楼外的晨光里走了进来，他抬头望向顶楼栏边的赵腊月与顾清，微微点头致意。

赵腊月点了点头，带着顾清转身进屋，幺松杉与雷一惊驭剑而上，站在门外守着。

童颜与过南山三人视线相接，神情都很凝重。

青山弟子们很震惊，中州派弟子与清天司官员们有些茫然。

柳十岁这个名字听着很耳熟。

童颜望向任千竹，说道：“师叔，可曾发现血魔邪功的痕迹？”

任千竹眯了眯眼睛，说道：“不错，你如何知道的？”

童颜沉默了一会儿，说道：“那就真的是他。”

忽然有人想了起来：“柳十岁？是不是就是那个青山弃徒？”

在场的青山两忘峰弟子们沉默不语，中州派弟子们则是面露震惊之色。

这句话带起了很多人的记忆。

天生道种柳十岁，与赵腊月、卓如岁一样，曾经是青山宗重点培养的未来，第一次参加承剑大会后便进入两忘峰学剑。结果在浊水除妖时没有控制住贪欲，偷偷服下妖丹，又开始偷练邪派功法，被废去修为、断掉经脉、逐出青山……

这是青山宗很丢脸的一件事情，修行界没有谁敢提起，但很多人都记得很清楚。

听童颜的话，难道杀死洛淮南的就是此人？

“看来他是真的投了邪派，不知用什么方法修复了经脉，甚至还加入了不老林。”过南山神情凝重地说道，“这真是令人震惊的事情。”

楼里变得异常安静，很长时间都没有人说话。

任千竹觉得有些不对。

小院废墟里有血魔邪功的痕迹和青山剑意残留，同时满足这两个条件，放眼朝天大陆确实只有柳十岁一人。但为何童颜与过南山这些年轻弟子，连现场都没有去便能想到这个人？

这时楼外风动辇落，和国公从朝歌城赶了过来。

出了这样的大事，朝廷必须表明自己的态度。

听完张遗爱的报告，和国公沉默片刻，觉得童颜与过南山的推论有理，但还有几个问题。

“还有一个人是谁？”

“当然也应该是不老林的刺客。”

“他用的什么剑？”和国公盯着张遗爱的眼睛追问道。

张遗爱答不出来。

忽然有白鹤传书破朝霞而落，水月庵来信。

太上长老想起来了第二道剑意来自何剑。

那把剑叫作“初子”。

场间的年轻修行者没有什么反应。

任千竹与迟宴还有和国公则是脸色骤变，没有再说什么。

站在变成废墟的小院外，过南山没有低头，垂在身侧的两只手紧握成拳，袖口微微颤抖，显得很是难过。顾寒与马华对视一眼，看到彼此眼里的震惊与不解，这到底是怎么回事，明明只是做个假局，洛淮南怎么就真的被杀死了呢？

“有没有可能是失手？”顾寒问道。

马华声音微颤地说道：“可能性太小，就算柳十岁控制出了问题，但洛道友何等样的境界实力，怎么会出事？我只能想到一种可能，那就是柳十岁早就真的投了不老林，借着我们的提议，暴起发难，这才有可能杀死洛道友。”

过南山没有说话，脸色更加苍白，如果真是如此，那么洛淮南的死便是他的罪过。

马华的脸色也很苍白，看着就像是放了一夜的大白馒头，双唇因为紧张而微微颤抖，连声音都变得有些不清楚。

“当日你在两忘峰上说到如何帮助柳十岁，我才想到这个方法，只是没想到，最后会变成这样的结局。”他看着童颜说道。

童颜挑了挑眉，没有说话。

过南山有些生气，心想：这是在推卸责任吗？这本就是两忘峰与洛道友商定的事情，与童颜又有什么关系？

顾寒看着废墟里正在采集妖火痕迹的清天司官员，忽然说道：“我还是不相信十岁会真的入魔，肯定有什么问题。”

马华不安地问道：“那些先不用管，接下来我们该怎么办？”

“我会把此事所有前因后果都禀报给师父供其判断，任何惩罚我都可以接受，只希望能尽快查到线索，抓住真凶，以慰洛道友在天之灵。看先前任长老似乎有些生疑，你先推到我们身上，事后我会解释。”过南山看着童颜说道。

童颜沉默了一会儿，说道：“如此也好。”

他从袖子里取出一个绿色的小琉璃瓶，手指微微用力，捏成粉末，洒在废墟前的地面上。

顾寒问道：“这是何物？”

童颜说道：“这是师兄生前最喜欢的玩意儿。”

顾寒没有再说什么。

四人站在废墟前，沉默不语。

远方忽然有数道烟花升起，那是宣布解禁的信号，桂云城里的修行者与居民可以自由出入。

在烟花的照耀下，塌成废墟的小院看着很像一座坟。

第十六章 不见天日

CHAPTER 16

云层在天光峰崖下，被太阳静静地照着，看着就像是雪原。

赵腊月站在崖边，看着下方的风景，忽然有些想去白城，但下一刻便把这个念头碾碎在心间。

一道叹息声响起。

她转过身去，看着那个高大的身影，行礼道："拜见掌门大人。"

青山掌门站在石碑前,负手看着那处,说道:"这是你第一次来天光峰顶吧?"

赵腊月的视线随之上移，落在那道剑鞘上，她强行压抑住心头的震惊，轻声说道:"是的。"

"当初想着你虽是小师叔的传人，终究年纪太小，有很多事情以后慢慢告诉你也不妨，现在看来，这种做法却有些不妥，因为你做事之前，似乎并不习惯询问别人的意见。"

掌门转过身来，走到她的身边，望向崖下的万里云海。

赵腊月说道:"承天剑只是一个剑鞘？这种事情就算我问了也没有意义。"

掌门说道:"这种所谓的秘密，确实没有什么意义，我今日请你过来，主要是想问问洛淮南之死。"

赵腊月说道:"与我无关。"

掌门说道:"井九不见得会死，你为何一定要他死?"

在这种时候，如果还说与我无关的话，未免有些太不恭敬。

赵腊月沉默了一会儿，说道:"他想井九死，我就想他死。"

掌门说道:"任何事情都不可能瞒过所有人。"

赵腊月说道:"就比如你们都已经猜到了,却什么都不做？我等了你们三年，既然你们不做，那我就自己做。"

掌门说道:"这三年洛淮南表现得太好，便是我都有些动摇，而且一直没有证据。"

赵腊月说道："中州派也没有证据。"

掌门说道："不错，这个局你们设计得很好，哪怕有人怀疑你也找不到任何证据，而你找的人也永远不会出卖你。"

无论是宝树居还是胡贵妃，都没有任何理由以及勇气出卖神末峰。

掌门接着说道："但你有没有想过，这会影响到我们与云梦山之间的关系？"

赵腊月说道："最后出手的是童颜，这是中州派弟子间的自相残杀。"

掌门说道："如果真的被人猜到了什么，便会出问题，生灵涂炭这四个字便可以用一用了。"

如果青山宗与中州派之间开战，井九当初在朝歌城里推测过的那段历史便会发生。

赵腊月说道："我没有想那么多。"

"还是说你根本懒得想？那个官员叫施丰臣？是这个名字吧，他对你的忌惮不见得完全没有道理。"掌门忽然问道，"你是不是已经猜到他是谁了？"

赵腊月沉默了很长时间，没有回答他的问题，问道："初子剑是谁的剑？"

掌门也没有回答她的问题。

没那么简单。

赵腊月站在崖畔，听着神末峰里那些猿猴欢快的叫声，在心里默默想着。

那夜与胡贵妃见面之后，神皇让金供奉把初子剑转交给她，便表示这件事情不简单。

初子剑很强大，在她的手里甚至不弱于弗思剑，所以那夜才能一剑重创洛淮南。

顾清来到崖畔，低声说道："查清楚了，是遁剑者的剑。"

赵腊月有些意外，挑眉问道："海上那位？"

玄阴宗三祖师深藏地底，而且不擅驭剑，那位帝王孙如今应该在大泽附近背着龟壳，那便只能是那位通天境剑仙。

顾清点了点头，神情很是凝重。

传闻里，那位被青山剑阵逼得自禁于雾岛里的通天境剑仙与如今的西海剑神有些关联。

神皇借剑杀人，究竟意欲何为？他的目标是西海剑派还是不老林？又或者他只是想与青山联手震慑中州派？

想着这些事情，赵腊月的脸色更加苍白，咳了两声。

杀洛淮南一役，她受了不轻的伤，在珍器阁里为了隐藏伤势又消耗了很多真元，这时候很是虚弱。

顾清看了她一眼，有些担心。

“传书九峰，我要闭关。”赵腊月看了眼北方，转身向洞府里走去。

顾清唤来元姓少年，交代了几句事情，说道：“我也要开始闭关，如果梅会开始，记得叫醒我。”

寒雾锁雪原，道战无法进行，梅会自然也不会举办。

梅会开始，便意味着寒雾将散。

元姓少年明白他的意思，也隐约猜到他们去做了些什么事情，有些不安地说道：“我不会和那边说。”

顾清笑着摸了摸他的头，没有说什么。

元姓少年想着这件事情，感慨道：“没想到居然是柳十岁，原来他没有忘记井师叔。”

“我说过，他才是我们神末峰的大师兄。”顾清对他说道，“另外，请那边帮着看好村子，我可不想师父回来后生气。”

元姓少年觉得很是头疼，说道：“你确定那边会帮我们？”

顾清没有说话，向崖下的树林里走去。

他闭关的地方不是洞府，而是树林里那间曾经住过很长时间的小屋。

树林里的猿猴们叫了起来，表示对他的欢迎。

顾清沉默不语。

当年柳十岁偷服妖丹，现出异象，被上德峰关进剑狱里，日夜遭受刑罚，眼看着便要出事。他记得井九离开之前的交代，写了张纸条交给猴子们，让它们去搬救兵。第二天，柳十岁便被放了出来。直到现在，两忘峰弟子还以为这是掌门大人的意思。

当时顾清也不知道是谁出手，但这些年他与猴子们交流更多，早就知道当时它们去了哪座峰。

赵腊月被暗杀的时候，中州掌门夫人曾经来过青山解释。

那一次赵腊月并没有死。

柳十岁是青山弃徒，但洛淮南终究是死了。

所以青山掌门亲自走了一遭云梦山，二百年来头一遭。

数日后，中州派与青山宗联合颁出谕令，确认了柳十岁便是洛淮南之死的真凶，要求天下同道帮助追缉，无论是哪家宗派的弟子，又或是无门派的散修，只要能够杀死或抓住柳十岁，又或者能够提供足够准确的信息，帮助中州派与青山宗杀死或抓住柳十岁，就能得到两派共同提供的奖赏。

作为正道修行界的领袖，又是这样的大事，中州派与青山宗提供的奖赏自然极为惊人——两样高级功法以及两件天阶法宝。

柳十岁的画像出现在城门上、街道上、酒楼里……朝天大陆的所有地方，甚至就连通往远海的宝船上都有他的画像。

他的容颜、性情、功法特点，举世皆知。

以他的境界实力自然没有资格被称为“遁剑者”，但事实上他与那三位遁剑者没有任何区别，他将终生被追杀，一刻不得喘息，再也无法看到天日。

青山外有座小山村，柳十岁的家就在这里。

普通百姓自然不知道修行界里发生的事情，小山村里的生活没有受到任何打扰。

柳父柳母依然每日劳作，像过往那些年一般生活，虽然已经渐老，身体依然康健，发黑齿坚，看着极为精神。

深山林梢站着两位散修。

一位散修微讽说道：“肯定是柳十岁偷了青山的丹药给他们用了，就凭这条也是死罪，不过看来确实很有孝心。”

另外那名散修脸色苍白，说道：“柳十岁杀了洛淮南，在不老林里的地位必然很高，我们这么做不老林会放过我们吗？”

“怕什么？这里离青山如此近，不老林哪里敢出现？”那位散修狞笑一声，说道，“我们绑了他的父母，逼他现身，到时候或者杀掉，或者送到青山，拿到中州与青山的功法、法宝，今后还有谁敢惹我们？”

说完这句话，他便准备掠离树梢，捉住柳父柳母，以残忍手段逼出柳十岁的下落。

至于万一柳父柳母真的不知道，他该如何让柳十岁知晓父母在自己的手里……他完全没有想过，最坏的结果也就是柳父柳母被他凌虐而死，没什么别的坏处。

忽然他觉得有些异样，向脚下望去，神情微变。

夏末时节，梢头的树叶忽然结上了一层冰霜。

然后，他的眉心间出现了一个洞。

片刻后，血从那个洞里溢了出来。

他的眉毛上凝结了一层冰霜，渐渐地身上也覆上一层冰霜，早已没了呼吸。

直到死亡来临，他也没能看到那道穿透自己头颅的剑光。

另外那名散修自然也没能看到剑光，他看着死去的同伴，身体不停颤抖，恐惧得无法言语。

林间落了一场雪。

那名散修猜到了些什么，在心里不停地狂喊：雪流！雪流！

他的身体被寒意冻僵，再也无法在树枝上站稳，直接摔落到地面。

他哪里敢跑，跪在风雪里对着天空不停地磕头，用尽力量，以此表示自己的诚意。

砰！砰！砰！

他的额头破得厉害，随着磕头的动作，血水飞溅。

他的神思有些恍惚，不明白为何青山宗的大人物会护着那名弃徒的家人。

还是说这代表着青山宗的威严不容侵犯？

雪流如瀑，寒意刺骨。

他感受到了那道意志，哪里还敢再作停留，连滚带爬地逃了出去，同时也把那道意志带了出去。

——山村是青山禁地，谁都不准靠近。

建安郡西面有座小镇。

柳十岁戴着笠帽，行走在镇子唯一的主街上。

被整个大陆通缉是很麻烦的事情，但算不上特别危险。他没有资格成为遁剑者，青山大阵不会时时刻刻搜寻他的下落。

修行者的数量太少，凡间的官府与衙役又很难发现他。只要他保持低调，不去朝歌城这种地方，不靠近可能有修行宗派的深山灵脉，便不用太过担心自己会被人发现。

不老林与那些邪派能存在这么多年，自然有其道理。

柳十岁想着这些事情，站到茶铺前，要了一碗凉茶。

街道前方忽然响起尖叫声，有烟尘起。

他向那边望去，发现是一匹马受了惊，拖着车厢四处横冲直撞，已经造成很多险情。

风掀车帘，里面好像是一家人，男子正在用力拉缰试图让惊马停下，妇人脸色苍白，怀里的孩子不停哭喊。

普通人无法拦住惊马，能拦住惊马的必然是修行者。

小镇里很少会出现修行者，一旦出现那便是很显眼的事情，所以自己不应该管这件事。

柳十岁想着这些事情，走到街上。

那辆马车眼看着便要撞到街边，车毁人亡。

风起，柳十岁出现在马旁，伸手抱住马颈。

势如野火般的惊马，居然被他看似普通的手臂一拦，便无法再进一步！

“啪啪”两声轻响，他的鞋底烟尘微作，左臂衣袖上裂开两道口子。

惊马发出一声痛苦的嘶鸣，前蹄一软，便跪了下去，被他揽在了左臂里。

马车骤然停止，车厢里的妇人与男子直接跌倒，妇人怀里的孩子飞了出来。

柳十岁伸手抓住那个孩子，抱在右臂里。

惊呼声骤然消失，街上无比安静，数百道视线落在他的身上。

柳十岁确认惊马已醒，把孩子交还给妇人，走回街边茶铺，喝完碗中凉茶，放下两个铜板，向着镇外走去。

看着那个离开的身影，街上的民众震惊无语，直至那个身影完全消失，议论声才轰然而起。

来到镇外的树林里，柳十岁觉得有些不对，望着树林深处说道：“出来吧。”

片刻后，两名年轻人还有一位稍显沧桑的中年人走了出来。

一名年轻修行者看着柳十岁，不解地问道：“难道你不知道整个朝天大陆都在追杀你？为何会因为这种事情暴露行踪？”

“我以为小镇偏远，很少会有修行者出现，就算被人发现痕迹，那时我早就已经走远了。”柳十岁解释得很认真。

那名年轻人苦笑着说道：“我们与这位道兄有些事情要谈，在山门里有些不便，于是约在镇上，恰好看到了那幕画面。”

柳十岁说道：“贵派是？”

那名年轻人指着另外一名年轻人说道：“我们都是三清派弟子。”

柳十岁有些耳熟，心想应该在哪里听过。

那名中年人说道：“吾乃一散修，无门无派。”

“到处都有修行者在找你，结果却被我们无意碰上，真不知道我们是运气好，还是运气差。”那名三清派弟子脸上露出悲壮的情绪。

另外那名三清派弟子自嘲一笑，说道：“我们知道不是你的对手，只想暗中跟着，很是谨慎，没想到还是被你发现了。”

能够找到柳十岁，便有可能拿到中州派与青山宗的奖赏，这当然是好事。问题在于，柳十岁连洛淮南都能杀死，此时发现他们行踪，又怎会让他们活下来呢？

那名散修忽然看着柳十岁说道：“或许我可以想办法帮你争取一些时间，当然你首先要承诺不杀我们。”

柳十岁想了想，说道：“好。”

那两名三清派弟子没明白意思，神情微怔。

那名散修忽然出手，法器如阴影一般自袖口里飞出，袭向两名三清派弟子的后背。

“轰轰”两声巨响，树林里烟尘大作。

两名三清派弟子没有死，因为一道飞剑静静地悬在空中。

那件阴毒的法器已经被斩成两截，落在地面，如被斩杀的毒蛇一般。

两名三清派弟子惊怒异常，看着那名散修喊道：“陈道兄，你想做什么！”

那位姓陈的散修脸色苍白，看着柳十岁，震惊不解地问道：“你为何阻我？”

柳十岁说道：“杀死两名同道灭口，事后再帮我遮掩，顺便把杀人之事栽赃到我身上？”

那名散修焦急地辩解道：“如此你才会相信我，不是吗？”

“从道理上来说，我确实应该接受。”柳十岁看着他说道，“但我不喜欢这样。”

说完这句话，他的眼瞳深处忽然燃起两抹妖火，红艳异常，散发的气息变得异常狂野。

那名散修惊呼一声，唤出法器，便想驭空逃走。

轰轰轰轰！十余道光拳从柳十岁身上生出，向那名散修轰了过去。

那些拳头并非真实，黑红两色混杂，正是用妖火之力摧动的血魔功！

满天都是妖火魔拳，那名散修哪里能逃。只听得一阵密集的、如击重革的声音响起，散修身体表面出现十余个陷坑，重重地摔到地面，顿时没有了生机。

柳十岁望向那两名三清派弟子。

三清派弟子脸色苍白，却没有逃走的意思，手掐剑诀说道："虽然不明白你刚才为何要救我们，但现在请动手吧！"

柳十岁问道："你们为何要杀我？"

三清派弟子说道："像你这样叛门入魔、杀害正道前辈的妖人，当然人人得而诛之！"

柳十岁说道："说得有道理，你们并非妖人，那我为何要杀你们？"

柳十岁回到了镇上，两手提着两名昏迷的三清派弟子，就像提着两只鸡。

通过那辆已经破损严重的马车，他找到了那家人住的客栈，让满脸惊恐的掌柜带着去了房间。

房门开启，那名男子揉了揉眼睛，发现是刚才救了自己全家性命的仙师，面露惊喜，直接跪到了地上。

那位妇人也赶紧跪了下来，按着孩子的后脑勺，不停地说着感谢的话。

"麻烦你们帮着照看一下，等他们醒来，告诉他们发生了什么事。"

柳十岁把两名昏迷的三清派弟子放到地板上，留下些散银子，转身离开。

不能驭剑，剑光太显眼，也不能走路，那样太慢。

不能走太热闹的地方，容易被人发现，也不能走太幽静险峻的山崖，那里容易遇到修行者。

所以柳十岁选择在离官道不远的山林里高速奔掠前行，但他没想到的是，在这种地方很容易遇到一种人：盗贼。

他停下脚步，看着那十几名正围着火堆喝酒吃肉的盗贼，神情微怔。

那些盗贼的身后有一辆车，没有看到尸体，但有很明显的血腥味。

十余名盗贼神情惊恐地看着他，没有说话，他们很清楚，在这样的深山老林里敢独自前行的，绝对不是凡俗之辈。

柳十岁问道："你们劫货杀人？"

一名盗贼反应奇快，连声喊道："没有！不敢！我们只是抢了这车绸布，商人受了伤，没死！"

另一名盗贼颤声说道："商人就在十里外的官道上，仙师尽可以去看！"

柳十岁的视线落在那些盗贼割羊肉的刀上，那些刀上也都有些血。

那两名盗贼急得青筋毕露，嘶声道："羊血！绝对是羊血！"

那两名三清派弟子与死了的散修还没有来得及通知别处，只要自己不再弄出什么动静，便应该是安全的，至少在明天那两名三清派弟子醒来之前。

柳十岁这般想着，准备离开，忽又想到小镇上的那家人如果在道路上遇到这群盗贼，只怕会有危险。

他问道："谁是带头大哥？"

盗贼们惴惴不安，没有人应声，但好几人悄悄望向了一个满脸横肉的汉子。

那名汉子恶狠狠地瞪了回去，从烤羊上取下铁刀，绝望地喊了一声，便向柳十岁砍了过去。

一声脆响，那名盗贼首领的头没了，直挺挺地摔落在地。

"以后不要当盗匪了，那样不好，而且危险。"柳十岁指着地上那具无头尸体，对盗匪们说道，"你们看，就像这样。"

他本来还准备说些什么。

盗匪们发出惊恐的尖叫，如鸟兽一般散开，逃往山林深处。

柳十岁想了想，没有去追杀。

他的行踪即将暴露，他不能再去不老林的联络点。

天高云淡，妖火从他脚下生出。

风起，山林间出现一道残影。

数息之后，他已经变成下一座山里的一个小黑点。

两日后。

某座无名野山下方有道溪谷，山势极陡，水势极汹。

河道里遍布或大或小的石头，水浪拍击在上面，发出轰隆如雷的声音。

如雷般的水声里忽然夹着一道沉闷的撞击声，就像装满米的麻袋从城头直接落在了街道上。

片刻后，柳十岁从湍流里浮了出来，有些困难地把身体藏在石缝里，确保不会被天空上的人或异禽发现。

他浑身湿透，脸色苍白，衣服上还残留血迹，胸口微陷，明显是受了极重的伤。他胸口的陷落不是被溪谷里的石头撞出来的，而是被一件法宝击中的。

昨夜他被几名散修强者追上，双方展开了激烈的战斗，最后他被逼入绝境。眼看着便要被围杀的时候，他咬着牙跳进了山里的一条暗河。

那些散修强者不敢在那般黑暗的环境里继续追杀，只好再作打算。

暗河穿过山脉腹部，分作无数条，其中一条从这座无名野山的崖壁里落了出来。

他相信那些散修强者应该无法确定自己的位置。

虽然侥幸活了下来，但并不代表安全，他能感觉到危险还在。

他的视线穿过石缝，落在天空里。远处隐隐可见剑光，不知道是青山宗还是无恩门，这里离海州应该不远，西海剑派高手出现的可能性也很大。

如果这时候他被这些宗派的高手发现，必死无疑。

一名老书生忽然出现在溪谷里，他看着石缝里的柳十岁，感慨地说道："真不明白像你这样的人是怎么活到现在的。"

柳十岁开心地笑了起来，牙很白。

这位老书生正是当年把柳十岁从村子带走的一茅斋前辈。

那句话是他的感慨，并不需要柳十岁回答。

柳十岁从石缝里爬了出来，看了眼天边的剑光。

老书生取出毛笔，蘸了些溪谷里的清水，在空中写了几个字。

一道清光闪过，他与柳十岁的身影从原地消失。

没有过多长时间，两道剑光先后落在溪谷畔。

两名中年修行者现出身形，一位是青山碧湖峰长老雷鸣，已然游野中境，另一人则是西海剑派的高手钱思材。

钱思材冷笑着说道："居然又跑了，看来在山里待的时间长了，确实擅长打洞。"

这句话明显是在讽刺青山宗，雷鸣看了他一眼，面无表情地说道："那在海边待久了的家伙，是不是应该擅长摸鱼？"

钱思材冷哼了一声，不再理他。

确认柳十岁的气息已经消失，二人收回剑识，各自复命。

洞府里很干燥，夜明珠散发着幽暗的光线。

柳十岁从冥想中醒来，打量四周，心想：不知是哪位前辈高人的洞府，禁制很是强大，竟落在了不老林的手里。

老书生递过来一颗赤色的丹药。

柳十岁接过丹药，借着桌上那盏清水服下，稍微调息便化散，看着老书生感激一笑。

当年这位一茅斋老书生与中州派的魏成子把他从小山村里带走。

如今魏成子也已经死了数年，老书生便成了他在不老林里唯一认识的人。

老书生叹息一声，说道："像你这般行事，迟早会被发现。"

柳十岁知道他指的是何事，挠了挠头，说道："知道不应该管，但身体不受控制。"

老书生说道："前几年把你拘着，看来很对，像你这样的人就不应该在世间行走。"

柳十岁好奇地问道："在您眼里，我是什么样的人？"

老书生说道："总之不应该是不老林的人。"

柳十岁说道："不老林里有您这样的前辈，那有任何人都不足为奇。"

一茅斋这样的地方，居然出了一位不老林的刺客，自然有故事可以说。

不过洞府里没有酒，老书生也没有讲故事的兴趣，交代了几句便离开。

十余日后，柳十岁的伤势将愈，打开禁制，走到洞府外，看着巍巍群山，满眼青色，心想：这里是何处？

有风从山野那边吹来，顺着崖壁而上，拂动洞府外的野花，落在他的脸上。

他闻到风里有些咸味，还有些很淡的腥味，才知道这里离海边应该不远了。

那片海应该是西海。

伴着海风，老书生再次出现，说道："走吧。"

柳十岁没有问去哪儿，简单收拾了些东西，又去洞外的野林里小解，然后随着老书生向山下走去。

青翠的群山下方自然会有幽暗的峡谷。

二人用数天时间穿过幽暗的峡谷，然后进入一条更加幽暗的地道。

又走了数天，他们终于从幽暗的地道走回地面。

浪花拍打礁石的声音仿佛就在耳边，眼前是无数堆雪。

柳十岁静静地看着夜色里如墨一般的西海，沉默了一会儿，转身走进那间很破烂的海神庙。

潮湿的墙上结着盐花，形成很诡异的图案。

木头门槛已经被海风腐蚀大半，看着有些恶心。

这些都是他未曾见过的画面。

老书生没有随他走进海神庙。

破旧的庙里只有他以及那尊海神像。

星光落在墨海上，反射出很淡的光辉，又落在海神的脸上。

柳十岁才发现，原来这尊海神像是个真人。

海神的容颜看着并无特异之处，身着黑衣，但散发着贵气与王气，有种俯视苍生的感觉。

“你就是不老林的……”柳十岁想了想应该怎么称呼对方，说道，“首领？”

“可以这样说。”黑衣人的声音有些缥缈，听着就像是从远处传来一般。

柳十岁问道：“你为何要见我？”

黑衣人说道：“我想知道，你是怎么杀死洛淮南的。”

柳十岁想也未想，说道：“秘密。”

这个回答明显超出了黑衣人事先的预算，他怔了怔后笑了起来，接着问道：“另一个出剑的人是谁？”

柳十岁认真地想了想，说道：“看不出来。”

黑衣人问道：“初子剑在你手里？”

柳十岁这才知道赵腊月给他的那把剑叫作初子。

他的神情与反应都很真实，因为这本来就是真实的。

他看着黑衣人说道：“那把剑现在是我的。”

黑衣人静静地看着他，过了很长时间，说道：“那就是你的。”

柳十岁说道：“谢谢。”

黑衣人说道："那你至少应该告诉我，既然你只杀恶人，为何会杀洛淮南？"

柳十岁说道："在我看来，他就是恶人。"

黑衣人身体微微前倾，有些意外，也对他的这个说法很感兴趣："为何这么说？"

柳十岁沉默了一会儿，说道："公子没能从雪原回来，我认为是他的问题。"

黑衣人若有所思，说道："虽然我不明白你为何坚信是他害了井九，但这个理由很充分。"

柳十岁说道："谢谢。"

前一声谢谢，是感谢对方没有凭着境界实力强行抢去那把初子剑。

这一声谢谢，是感谢对方认可自己的理由。

"你可知道为何前些年我一直不肯见你？因为你还不够强大，而且我不怎么信你。"

黑衣人看着柳十岁，想起多年前浊水里的鬼目鲮，心想：虽然你的人生是被我改变的。

柳十岁说道："我不明白你的意思。"

黑衣人说道："不说信任，便说你只肯杀自己愿意杀的人，对我有何用处？不老林可不是果成寺。"

柳十岁想了想，说道："你们想杀的人很多，其中总有一些适合我。"

适合他去杀。

黑衣人说道："真是有趣的年轻人，不过现在这些都不是问题，因为你证明了自己的强大，也证明了自己。"

柳十岁明白他的意思，沉默不语。

"就算离开那个山村的时候你还有别的想法，但现在你杀了洛淮南，此生便只能在黑夜里行走。"黑衣人看着他说道，"你可愿意？"

海神庙里一片安静。

海涛的声音要比松涛更为惊心动魄。

柳十岁想起了山村的池塘，两忘峰上的剑光，他说道："我要最好的功法、晶石与丹药，以及安全的洞府，任务由我自己决定接或不接。"

黑衣人说道："如果是别人敢提出这样的要求，我会直接让他魂飞神灭，但既然是你，再如何荒唐我也接受。"

柳十岁盯着他的眼睛问道:“你到底为何这般看重我?”

黑衣人说道:“因为你的天赋与出身,最重要的是性情,像你这般执拗的修行者整个朝天大陆已经没几个了。”

柳十岁依然不解,问道:“对于不老林来说,这样的性情很重要?”

黑衣人说道:“对不老林很不重要,但对剑道来说非常重要。”

柳十岁隐约明白了些什么,说道:“你要我继续修剑?”

黑衣人说道:“是的,我要你证明给整个世界看,哪怕离开青山剑宗,依然可以修成不世剑法。”

柳十岁沉默了一会儿,说道:“似乎有些意思。”

黑衣人说道:“还有什么问题?”

柳十岁说道:“你到底是谁?”

黑衣人静静地看着他,说道:“吾乃西王孙。”

海风骤疾,墙上的盐花簌簌落下。

海浪翻滚,涛声如雷。

第十七章 再临雪原

CHAPTER 17

三年后。

神末峰崖间的雾渐渐散了，猿猴们叫了几声。

元姓少年从峰顶下来，走到林间小屋前，喊道:“师兄，师兄，该醒了。”

片刻后，木门被推开，顾清走了出来。

只见他眼神深静，偶有亮光如剑闪起，然后隐而不见。

元姓少年很是吃惊，心想：师兄闭关才三年便再次破境，这真是太厉害了。他诚挚地说道:“恭喜师兄!”

顾清看了看他，发现这三年他的进步也很大，已经快要破境入无彰，笑着摸了摸他的头。

他看着林间渐渐散开的雾气，问道:“雾散了?”

元姓少年说道:“冬末时便有迹象，今年梅会将照常举行。”

既然梅会照常举行，就说明雪原寒雾将散。想到远在雪原、不知生死的师父，顾清的情绪有些复杂，明明应该欣喜，却又畏惧。

回到峰顶，走到洞府深处，看着那道厚重的石门，感受着上面禁制阵法的无上威压，顾清有些犹豫。他是神末峰弟子，自然有办法解除禁制，问题是自己应该这样做吗?

元姓少年说道:“掌门亲自下令，说师父正在关键时刻，任何人任何事都不得打扰她。”

顾清有些吃惊，问道:“破境入游野?”

元姓少年点了点头。

顾清很是喜悦，然后想着已经这么多年，师父只怕早已……他只是想过去看看，同时希望能把师父的骸骨迎回来，如果让赵腊月看到那画面，伤心过度，只怕会对破境带来极大的麻烦。

心意既定，他不再想此事，问道:“试剑大比几天后开始?”

元姓少年说道："七天。"

顾清说道："传书适越峰，我们参加。"

数百丈高的石林，穿破云雾，指向湛蓝的天空。

崖间到处都是人，只有神末峰所在的石台显得有些冷清，只有顾清与元姓少年两个人。

有些意外的是，两忘峰弟子所在的石台上没有看到过南山，也没有顾寒与马华。

元姓少年注意到顾清的视线，低声说道："据说是闭关修行，我猜还是三年前那件事情。"

顾清点了点头，没有说什么。

那个局是两忘峰与洛淮南商定好的，才会有柳十岁出手的机会。掌门大人亲赴云梦山，应该把这件事情向对方解释清楚了，但两忘峰总要为洛淮南之死付出些代价。

伴着上德峰迟宴长老没有任何情绪波动的声音，青山试剑正式开始。

顾清没有任何意外地连续战胜数名对手，获得了参加梅会道战的一个名额。

他当年便是两忘峰的剑童，时间过去这么多年，剑道修为更为高妙。

令诸峰师徒感到震惊的是，他用的并不是神末峰的九死剑诀，而是……承天剑诀！

承天剑诀乃是天光峰不传秘剑，他是如何学得的？

很多道视线下意识里望向峰顶，不知道稍后会不会有什么声音响起。

举办试剑大比的石林就在天光峰里，天光峰顶很安静。

迟宴忽然问道："你何时入的无彰上境？"

听到这话，崖间的诸峰师徒又是一片哗然。

赵腊月就罢了，那是天生道种。

井九也罢了，那是先天剑体。

可顾清看着这般寻常，为何修行速度也如此可怕？

顾清心想：如果是两位师长听到这个问题，大概会回答说刚才？上次试剑大比的时候，师父就这般说过。

"二十天前。"顾清的回答就像他的人一样平淡。

迟宴看着他沉默了很长时间，说道：“不错。”

接着是元姓少年。

现在他还是承意境的弟子，已经看到了无彰境的门槛，但离越过去还有一段距离。与别的同龄年轻弟子比较起来，这个境界已经算是相当不错，但他来自神末峰。

诸峰师长确认这个事实之后，都觉得轻松了些，看来那座孤峰并没有什么师叔祖的遗泽，修行还是要看个人。

按道理来说，以元姓少年现在的境界，他很难战胜那么多同门拿到参加梅会道战的资格，但今天他的运气实在太好。

他第一轮便遇到了玉山师妹。

第二轮他遇到了一位境界相仿的适越峰弟子，经过一番苦战险胜对方。

第三轮他遇到了雷一惊，对方直接弃权。

第四轮……

顾清站在台上神情平静地看着，心里却在苦笑。这种签运可以说是运气，但他知道某些秘密，自然能想到所谓运气不过是上德峰的安排。

天光峰外，玉山师妹为他们送行。

顾清与她说了两句话，驭剑离开。

片刻后他转身回望，只见她与元姓少年正在一棵大青树下相对无语。

下一刻，玉山师妹似乎哭了。

元姓少年有些慌，想要替她擦眼泪，却不知道该用衣袖还是手指，一时间有些手忙脚乱。

顾清笑了笑，看着暮色里越来越近的神末峰顶，笑容渐渐敛去。

飞剑落在峰顶，他走到洞府深处，看着紧闭的石壁，默默地想：请放心，只要师父的骸骨还在，我就一定会把他带回来。

今次前往朝歌城参加梅会的青山弟子与往年相比更少。

可能是因为今年带队的并非清容峰峰主南忘，所以没有太多的随行人员，也没有选择驭剑而行，而是乘坐剑舟。

剑舟破云而起，在晨光里向北而去，很快便变成了一个小黑点。

顾清望向后方的那片云海，见着青山诸峰已经变成云海里的孤舟，像某日的赵腊月一样想到了白城外的那片雪原。

元姓少年拍了拍他的肩膀，原来是带队的师长开始训话。

顾清看着剑舟前方那道高瘦身影，眼神微凝。

那就是今年带队参加梅会的师长——昔来峰峰主方景天。

井九和赵腊月没有说过与方景天相关的事情，顾清是自己生出的兴趣或者说警惕。

顾家是青山大族，底蕴很深，知晓很多九峰的秘密，现在顾清是家族重点培养的对象，自然也知道了很多东西。

方景天是太平真人的四徒，但他不管与掌门真人还是与剑律元骑鲸都不如何亲近，很少往来。这位昔来峰峰主给人的感觉可以说是低调，也可以说是庸常。

他的一身破海境修为放在世间当然是绝对的强者，在青山九峰里却不怎么显眼。但族里的老人曾经专门提醒过顾清，一定要对方景天有足够的重视。

顾清当时问原因，那位老人只说了一句话。

“青山九峰，都是上德峰。”

顾清明白这句话的意思。

剑律元骑鲸一身修为惊天动地，更是掌门真人的师兄，上德峰在青山九峰里的地位极为特殊。但这句话里的上德峰，指的并不是现在的上德峰，而是无数年前的那座上德峰。

当时的上德峰峰主是太平真人。

现在的青山本来就是太平真人一脉，掌门和元骑鲸都是他的弟子。就连顾清所在的神末峰也应该算在这一脉里，因为景阳真人是太平真人的师弟。更有一种说法，太平真人是代师授业，可以说是景阳真人的半个师父。

太平真人是何等样的人，继掌门真人与剑律元骑鲸之后收的第四个徒弟，又怎么可能是一个庸常之人？

更令人不解的是，既然方景天绝非庸常之辈，为何数百年来会表现得这般平淡？

顾清不像赵腊月那样知道很多事情，猜到很多事情，所以怎样想也想不明白，只好不再去想。

他甚至连看都不敢多看方景天两眼。似方景天这种层级的大人物，绝对能够轻易感知到针对自己的气机与眼光。若他动了什么想法，只需要随便挥挥衣袖，顾清便会死了。

青山剑舟落在群山之间。

群山间到处都有美轮美奂的建筑，正是朝廷专门为仙师们修建的西山居。

顾清正在收拾东西，忽然听到西山居通传，有人送东西来。

他有些不解，心想：自己在朝歌城并不认识人，顾家也一直只在天南经营，来者是谁？

他带着元姓少年来到前院，发现有些同门已经在了。

一名执事跪拜于地，双手呈上礼单，极其恭谨，身后则是数十个精美华贵的匣子。

顾清接过礼单看了看，发现大部分是些用具吃食，没有特别。

有青山弟子好奇地凑过来看了一眼，忍不住发出一声惊呼："真是豪奢，这是谁家送来的？"

那位执事跪在地上，见顾清没有说话，哪里敢回话。

元姓少年明白了，笑着说道："应该是师父家里送来的。"

围观的人群里响起两声冷哼，有人说道："修行者耽于外物，难道不怕乱了道心？"

说完这句话，两名弟子拂袖而去。

元姓少年有些不解，也有些生气，准备说些什么，被顾清止住。

顾清对那位执事温言道谢，带着元姓少年回了房间。他只拿了礼单，稍后自然会有西山居的人帮忙把那些礼物搬进来。

"那两位师兄是怎么回事？"元姓少年犹自愤愤不平。

顾清说道："他们是适越峰与碧湖峰的弟子，当然会看不顺眼。"

元姓少年不解地问道："为何？"

顾清说道："在他们眼里，赵家的东西只怕都是宝树居进献的。宝树居以前的靠山是碧湖峰，还由适越峰管理，那些好处都是他们得了，现在这些好处却到了我们手里，他们如何会舒服？"

元姓少年怔了怔，心想确实是这个道理，不禁有些担心地说道：“那该如何办才能化解对方的敌意？”

“为何要化解？”顾清笑了起来，说道，“几年前在峰顶我曾经听过一句话，我当时无法接受，现在想来却很有道理。”

元姓少年好奇地问道：“什么话？”

顾清指着窗外说道：“太阳就在那里，你怎么遮掩，也总会被人看到，如果你不喜欢被人看着，那么你要做的事情就是让自己更明亮，亮瞎他们的眼。”

元姓少年愣了半晌，喃喃道：“好嚣张。”

顾清说道：“亮瞎他们的眼这句话是我说的，但我觉得那就是二位师长的意思。”

第二天，请示方景天后，顾清与元姓少年离开西山居，去了朝歌城。

顾清给井家送了些丹药，当然是经过精心挑选的，可以帮助凡人健康身体，但药力很弱，不至于出事。

元姓少年去了赵家，至于他要送什么东西顾清没有理会，身为弟子，这是他自己应该做的事。

然后，梅会便开始了。

今年的梅会由中州派主持，优胜者的奖励据说是一颗高阶灵丹，与上次相比差距有些大。

上次梅会优胜者的奖励是禅子灌顶。有些遗憾的是，琴战第一的过冬消失，书战第一的白早以及道战第一的井九生死不知，只有雀娘与画战第一的叔狂接受了灌顶。

据说那位一茅斋的年轻书生在接受了禅子的灌顶之后，顿时开悟，连破两境，雀娘则是在镜宗玄地里闭关，颇受期待。

不管如何，梅会终究是修行界的一场盛会。

朝歌城的梅园里汇聚了很多年轻修行者，只是因为缺少了某些人而显得有些冷清。那些人便是前面提到的过冬、白早、井九，还有三年前死去的洛淮南，以及这次没有参加的童颜和连续两次都没有出现的青山宗两忘峰年轻强者们。

不知道是这种冷清还是别的原因，梅会的前面四项进行得有些平淡，波澜不惊地结束。

直到西山居的画师开始在雨廊下布置画布，参加梅会的人们才确定了那种感觉，原来所有人都在等道战。不是等道战的结果，而是因为道战要去雪原。

那片寒雾真的要散了。

壁画从廊顶落至地面，已经绘好寒枝，在近处细看，往往会让观者感觉自己变成了枝间的一只鸟。顾清带着元姓少年站在画前，想着传闻里六年前此间的热闹，心情有些异样。

西山居里的议论声越来越大，都在说着当年的那幅画，赞叹何霑的巧思，更惊叹于井九那一夜的逆天表现。

议论声忽然消失，脚步声响起，顾清与元姓少年转身，看到了一个人——西海剑派桐庐。与上次梅会的时候相比，他的气息更加强大，眼神更加沉稳，盯着顾清的时候，却隐有凶意。

顾清很平静，说道："道友何事？"

桐庐厉声说道："我会盯着你们，如果让我发现你们包庇那个杂碎，我一定不会善罢甘休。"

上次道战时，他被洛淮南所救，从那之后他便视洛淮南为一生挚友，极为尊敬。洛淮南被柳十岁杀死，桐庐悲痛至极，当然想要替洛淮南报仇，却无法找到柳十岁，一腔恨意只能落在青山之上。

顾清看着他，平静地说道："我也很想知道，如果真的有那一天，你会怎么选择。"

寒雾真的退了，雪原的边缘已经清晰可见。

白城里到处都挂着彩幡，以为庆祝。

雪原边缘那些曾经存活的耐寒细树，现在挂满了冰晶，看着很是奇特。

城外的原野上散落着各修行宗派的庭院，六年时间似乎没有发生任何变化。和国公、方景天、任千竹、风刀教教主、昆仑派掌门等修行界的大人物都来到了这里。

参加道战的年轻修行者们已经进了雪原，顾清和元姓少年就在其间。

寒雾太过诡异，要保证年轻修行者的安全，更重要的是这些大人物想第一时间知道雪原里的具体情形。他们无法离寒雾太近，谁知道那会不会让北方那道意志再次变得狂暴起来。

参加道战的年轻修行者境界低微，应该不会被那位视为威胁，反而要安全很多。

今年道战的真实用意，就是要这些年轻修行者去查看雪原里的情形。

一百多名年轻修行者出现在雪原上，就像是黑点，然后渐渐聚拢，分成了二十个小组。

年轻的修行者们谨慎地控制着速度，与寒雾的边缘始终保持着数里距离，随着寒雾退去而缓慢向北进发。

这次道战，除了杀死雪国怪物，只要能够拾回前次参赛者的遗骸或是重要法器，也可以在西山居的画上添上一朵红梅。

没有人指望还能遇到幸存者，因为这片寒雾实在太冷，即便隔着数里的距离，依然能够清晰地感受到其间的恐怖，在这般寒冷的雾气里怎么可能熬过六年时间？

向北走了好些天，参加道战的修行者们没能找到任何活着的雪国怪物，只是看到了很多尸骸，偶尔能够发现人类修行者的遗物。

顾清是青山弟子，性情也极沉稳可亲，很快便得到了同伴的认可与尊敬。在他的带领下，小队偏离了原先设计的路线，向西北方向插了过去，速度渐渐加快，很快便来到了最前方两个小队的身后。

那两个小队里有中州派的弟子向晚书，还有西海剑派的桐庐。

同伴们有些不解，心想：这是要做什么？

有知道西山居冲突的年轻弟子更是有些不安，心想：难道顾清道友准备与桐庐在这里战上一场？

那两个小队明显也觉得有些怪异，入暮之前便减慢了速度，等顾清等人赶了过来。

“你想做什么？”桐庐盯着顾清的眼睛说道。

顾清说道：“与你无关。”

桐庐冷冷地看了他一眼，没有再说话。他今年来雪原参加道战，没有别的什么目的，只是想要重温一下当初的记忆，祭奠与洛淮南之间的友情。

既然与桐庐所在的小队无关，那自然与中州派的向晚书有关。

人们的视线在二人之间来回，气氛有些紧张。

因为洛淮南的那个故事，因为井九与白早没有回来，青山宗与中州派的关系迎来了历史上最好的一段时期。

然而这种状态在三年前戛然而止。因为洛淮南死了，杀死他的是一名青山弃徒，这件事情与青山宗本质上没有什么关系，影响却无法消除。

“请问顾道友，你为何要跟着我们？”向晚书有些警惕地看着顾清。

顾清说道：“天地这般大，我就想到处走走。”

向晚书有些无奈，心想：两忘峰的道友都说顾清性情沉稳可亲，没想到最终还是染上了神末峰的习性。这般不讲理的话也能说得如此平静？

顾清也很无奈，心想：要不是师父没有什么随身的定位法器，我跟着你做什么？

向晚书用眼神示意他跟自己去了稍远些的地方，压低声音说道：“你到底想做什么？”

顾清说道：“你想做什么，我就想做什么。”

向晚书说道：“他们的遗骸不见得在一起，难道你忘了洛师兄说的最后那场雪崩？那可都是雪虫！”

顾清说道：“你的意思是说他们都已经被雪虫吃了，然后现在连根头发都无法找到？”

向晚书有些郁闷，说道：“这是你说的。”

顾清说道：“既然贵派的定位法器还能用，那就说明雪虫并不能消化掉所有东西。”

向晚书说道：“不错，万里玺可能就与定位法器在一起。”

顾清拍了拍他的肩膀，说道：“那你有没有想过，我家的弗思剑也可能在一起？”

向晚书怔了怔，说道：“有道理。”

顾清看了眼天色，说道：“先休息，明天一起走？”

向晚书说道：“如此也好。”

以青山宗与中州派的名望，自然不用担心参加道战的年轻修行者敢抢夺万里玺与弗思剑，只是万事皆须小心。

一夜无话。

晨光降临，人们醒了过来，忽然觉得今天的晨光比前些天要明亮了些。

忽然有人发出了一声叫喊，指着北方跳了起来。

人们向着北方望去，都震惊得说不出话来。

四周的黑山如此清楚，朝霞染着天空，雪原的寒雾竟在一夜之间散尽！

顾清走到向晚书身侧，笑着说道："终于可以快些了。"

向晚书笑了笑，正想说什么，忽然感觉到腰间传来震动。他低头望去，只见那只青竹小牌正在发光。

向晚书脸色顿变，根本来不及说什么，直接唤出一片青色琉璃，轻掠而上，破空而去，瞬间变成一道流光。

顾清神情微变，毫不犹豫地驭剑而去，瞬间化作一道剑光。

看着这幕画面，雪原上的同伴们很是吃惊，而且奇怪，心想：发生了什么事，居然如此着急？

桐庐看着远方，微微挑眉，心想：向晚书动用了天地遁法，顾清的剑光居然还能追上，难道他已经到了无彰上境？

第十八章 抽丝剥茧

CHAPTER 18

白城外的原野上。

方景天看着北方，脸上的皱纹被晨光照亮，眼神还是那般深静，如无波的古井。

数里外的另一处，任千竹也在看着北方，神情有些凝重。

这两位青山宗与中州派的大人物在看什么?

忽然，方景天眯了眯眼睛。

“传讯掌门……”他沉默了一会儿，对身后的弟子说道，“找到了，无事。”

片刻后，任千竹也对身后弟子说了句相同的话。

青色琉璃带出的流光与剑光隔着数十丈，向黑色群山外面飞去。

“还有多远?”顾清问道。

向晚书的神识落在青竹小牌上，片刻后说道:“还有很远。”

顾清性情再如何沉稳，也有些恼了，心想：中州派的这些法宝真是虚有其表，难用至极。

向晚书看了他一眼，心想：对方拜入神末峰下不到十年时间，居然便已经超过了自己，不由得有些羡慕。景阳真人的洞府故居，果然自带仙气。

不知道是寒雾的缘故还是别的原因，罡风要显得安静很多。

二人冒险飞行，很快便出了黑色群山，来到那片死寂的雪原，诡异的环境也没能让他们把速度降低半分。

烈阳当空，却没有任何暖意，因为前面寒意骤盛。

顾清与向晚书落在了雪原上，发现前方是一道崖壁，极为陡峭，深不见底，最恐怖的是里面全部都是寒雾。

“具体位置在哪里?”顾清问道。

向晚书握紧青竹小牌感受片刻，指着寒雾里的崖壁某处说道:“就在那里。”

顾清的声音微微颤抖:"还活着吗?"

向晚书的脸上满是喜悦,喊道:"师姐还活着!"

"啊!"顾清快活地叫了一声。

向晚书这时候心神被惊喜所占据,还是觉得有些奇怪,心想:我自己只能判定师姐还活着,不知道井九的情形,你为何却比我还要高兴?

顾清自然不知道向晚书在想什么,他的逻辑非常清楚,既然你师姐白早都还活着,我师父又怎么可能会死?

"还犹豫什么!"他喝道,"赶紧救人。"

向晚书说道:"寒雾封着洞口,怎么救?"

顾清说道:"直接破山,大概多深?"

向晚书观察山崖,说道:"十余丈的距离,如果从这里直接破,可能会崩塌,太危险。"

顾清不想再与这个书呆子商量,驭剑退回百余丈外,盘膝坐在雪中,双手剑指疾出!

飞剑向着雪原地表斩去!

"哗"的一声响!不知多少冰雪与坚硬的土壤被飞剑斩开,地面上出现一道深约数尺的沟壑。

向晚书怔了怔才明白他的意思,赶紧飞了过去,盘膝坐在他身旁,调起神识,唤出法宝便向雪原地表轰去!

参加道战的年轻修行者收到消息,陆续赶了过来,便看到了一幕很奇怪的画面。

向晚书与顾清盘膝坐在雪地里,闭着眼睛。剑光与流光不停地向地面轰击,雪原地表已经被挖出了一道深坑,宽约丈许,通向地底深处。

这是在做什么?

元姓少年最先反应过来,怪叫一声,唤出飞剑便向地面斩了过去。紧接着,青山弟子也明白了,中州派弟子也明白了,各自唤出飞剑与法器向地面轰击,就连有的别家宗派弟子也猜到了什么,开始帮忙。

桐庐没有出手,站在远处,看着越来越深、越来越长的坑道,神情有些复杂,不知道在想什么。

因为担心崖壁垮塌，顾清与向晚书选择的角度很浅，等于要挖出一个很长的斜道，而且雪原地底常年被寒雾侵蚀，冻得无比坚硬，尤其是那些岩石简直如钢铁一般，即便是锋利的飞剑与威力极大的法宝，斩削轰击的效果也不是太明显，幸亏到场的年轻修行者越来越多，用了数个时辰，终于渐渐靠近了崖边。

顾清与向晚书坚持的时间最长，真元消耗太大，脸色苍白。

深坑尽头的石壁上出现了一道裂缝。

顾清喝道："小心些！"

话音刚落，那道裂缝以肉眼可见的速度自行扩展，沉重的石块落下，发出沉闷的撞击声。

年轻修行者们纷纷向后避开。

顾清与向晚书还有元姓少年，走到了人群的最前方。

那道裂缝越来越大，直至上半截石壁全部塌了下来！

"轰"的一声巨响，雪原震动，地面的石头到处乱滚，烟尘大作，遮蔽天空！

不知道隔了多长时间，烟尘终于渐散。

无数道视线盯着那边，那里出现了一个洞口。

一把铁剑插在那里，正在不停燃烧，看着就像黑夜里永远不会熄灭的火把。

燃烧的铁剑里头，是一张竹躺椅。

看着那张竹躺椅，顾清的眼睛有些湿润。

井九躺在竹椅上，望向人群，他的视线移动，最后落在顾清处。

"你们这动静也太大了些。"

顾清怔了怔，然后忍不住笑了起来。

元姓少年抬起衣袖擦了擦眼睛。

其余的青山弟子笑着喊道："给师叔请安！"

别家宗派弟子也笑了起来。

哈哈哈哈！

快活的笑声回荡在雪原里，便是崖壁那边的寒雾似乎都退后了些。

中州派弟子们也很开心，只是，为何没有看到师姐的身影？

向晚书向洞里疾掠而去，经过井九身边的时候，抱拳为揖。

顾清走进洞里，对着井九跪下磕了一个头。

井九说道："起。"

顾清起身望向他的脸，发现他比以前清瘦了些，心生惊意。

如果是普通修行者，就算不被酷寒冻死，也会因为与世隔绝六年而出问题。修道辟谷并不能解决所有问题，但顾清知道自家师父从来不需要这些。

他的视线落在井九的衣服上，再吃一惊。

这件来自神末峰顶的白衣可以抵御水火相侵，普通飞剑都很难斩破，这时候已经破损严重，边缘到处都是豁口！难道寒雾如此可怕？那这六年他是怎么熬过去的？

顾清再也顾不得那么多，明知是冒犯也释出剑识落在井九身上，顿时更加震惊。

井九的剑元已经近乎枯竭，身体虚弱到了极点！

顾清赶紧上前，握住他的手。

他本来想问，既然听到我们的声音，你为何不用弗思剑斩开石壁，还非得忍受那般嘈杂震耳的声音，就因为觉得躺在竹椅上出场的画面很好看？

现在他才知道，原来井九是真的已经无法动了。

“百草丹！”顾清低声喝道。

元姓少年早已进洞，听着这话，赶紧取出丹药。

井九接过丹药服下，见二人惶急的神情，有些感动，准备解释几句自己没有大事。

忽然洞里传来一声惊呼。

顾清与元姓少年转身望去，也被看到的画面惊着了。

洞里靠着石壁的地方，有一层半透明的皮革，面积极大，从纹路来看，竟是干枯的雪虫尸体。干枯后都有这般大,那活着的时候,这只雪虫该是何等恐怖。

但引发中州派弟子惊呼的并不是这只雪虫，而是崖洞角落里的一个物事。

那是一个类似茧般的物事，由无数道极细的丝线缠绕而成，那些丝线如金似玉，即便用神识查看也看不出是何材质。透过那些细密的丝线，隐约看到茧里有道身影，正盘膝坐着，似是在调息运功。

还能是谁？

那道身影当然便是中州派弟子苦苦寻找的白早。

这时候白早的情形明显有异，仿佛在修行某种特殊的功法。向晚书等中州派弟子当然不敢妄动，更不敢用法宝，先让一名弟子用断金梭试了一下能否割断一根丝线。没想到，那根如金似玉的丝线没有断，断金梭的表面却出现了一道裂痕，惊呼声便是此时发出来的。

中州派弟子们望向井九，他是唯一知道这是怎么回事的人。

井九说道："没事，两天后就能出来。"

听到这话，向晚书等人放心了些，但还是有些不安，赶紧传讯回白城外，同时在洞外开始布置阵法，加强防守。

中州派弟子向别家宗派的年轻修行者解释了一下当前情形，再三表示感谢，请求理解，当然具体情况没有说。

那些年轻修行者自然理解，表示无事，还主动担负起在更外围巡逻的任务。

桐庐依然站在远处，看着坑道深处那个忙成一片的崖洞，情绪越来越复杂。

崖洞里，顾清忽然发现铁剑还在燃烧，赶紧提醒井九。

井九动念，铁剑上的火焰就此熄灭。

他看着铁剑，有些不适应。燃烧了六年时间，他已习惯铁剑是火把的样子，甚至感觉铁剑就应该是那样的。这时候他才想起来，铁剑本身是没有火焰的。

崖洞外有风进来，他才想起来，原来不是所有风都那般寒冷。

想着这些事情，他沉沉睡去。

顾清与元姓少年一直守在他的身边，寸步不离。

不知道是那颗百草丹的效用，还是因为寒雾远离，井九的脸色渐渐红润。

夜色最深时，他醒了过来，发现四周不再像过去六年里那般安静死寂，多出了很多窃窃私语的声音。

他自观身体，确认无事，从竹椅上起身，向洞外走去。

顾清与元姓少年也疲惫至极，靠着竹椅正在打盹，听到动静立刻醒了过来，赶紧起身。

"你们就在这里，不要远离，我出去活动下身体。"井九说道。

顾清哪里肯依，扶着他的手臂，看了眼洞里的中州派弟子，压低声音说道："师父，你的剑元都快没了。"

井九说道："一直如此，无碍。"

他说的是真话。那道寒雾让天地间的一切事物运转都变得缓慢了很多，就连天地灵气都仿佛被凝成了实体，很难被感知吸收。他算得非常清楚，寒雾最浓时，在崖洞里吸收天地灵气的速度大概只有以往的百分之三不到。

他要用剑火维持崖洞里的温度，真元消耗本就极大，这样的速度无法保持真元的随时恢复，所以只能恢复多少便用多少。换句话说，这六年时间里，他的真元就从来没有饱满过，甚至可以说始终在最低限度里艰难运转。

他的身体会变得虚弱也与寒雾有关，因为一切都会变慢，不过这些真的不要紧，只需要活动一阵便能好转。

顾清依然不放心，怎样都不肯让他一个人去夜色里行走。

井九只好让他跟着自己。

顾清用眼神示意元姓少年在洞里守着，扶着井九向洞外走去。

数名中州派弟子正在洞外主持阵法，看到井九的身影，赶紧起身行礼。

顾清扶着井九走出斜道，来到雪原上。

那些参加道战的年轻修行者看到他们的身影，也纷纷起身。

这是对井九的敬意。且不论洛淮南说的那个故事，只说他能够在如此恐怖的寒雾里存活了六年时间，便值得所有人尊敬。

更令这些年轻修行者震动的是，井九被救后表现得如此平静，似乎对一切苦厄都满不在乎，这等心志谁不佩服?

他们不知道的是，对于这种与世隔绝的日子，井九实在是太习惯不过，今夜的热闹反而让他有些不适应。

来到雪原里某处，近处再无闲人，阴云奇异地散开，洒下一地星光，地面白得有些耀眼。

井九看了顾清一眼。

顾清知道各宗派的师长很快便会抵达，要抓紧把事情说完，避免师父因不知道这六年里发生的事情而产生误判。

首先他用最简短而准确的语言把洛淮南曾经讲过的那个故事复述了一遍。

井九说道:“假的。”

顾清说道:“知道，所以三年前他就死了。”

井九看了他一眼，说道:“老家伙们不会动手，他怎么死的?”

顾清微惊，心想：师父你为何能判断出这一点?

他解释道:“腊月师姑决意做这件事情，所以他就死了。”

井九有些意外，心想：腊月要超过洛淮南至少还需要四年时间，为何三年前便能杀死对方?

顾清把三年前发生的事情说了一遍，没有任何隐瞒。

知道这件事情里还有柳十岁以及棋盘对面的童颜，井九沉默了一会儿，然后示意他继续。

顾清说道："十岁销声匿迹，谁也不知道他去了哪里。腊月师姑在闭关，准备破境入游野。"

井九说了声不错，也不知道是针对哪一句做出的评价。

顾清没有忘记那个重要的细节，说道："杀洛淮南的初子剑是神皇给的。"

井九有些意外，说道："南海那个老家伙的剑？"

顾清说道："是的，事后掌门真人去了云梦山。"

井九说道："中州掌门夫妇应该很清楚这件事情，皇帝给你们剑也应该没有什么深意，只是顺水推舟。"

顾清再次吃惊，心想：师父你的判断为何如此肯定？

他又想起一事，说道："这次带队过来的是昔来峰峰主方景天。"

听到这个名字，井九想起六年前景阳真人假洞府开启那夜发生的事情，沉默片刻后说道："无事。"

故事说完了，二人回到崖洞。

很明显，崖洞里的白早是在修行某种功法，已经到了关键时刻。

中州派弟子在洞外结阵，禁止任何人靠近，但当然不会拦着井九。如果井九想对白早不利，过去在雪原地底的六年里随时都能出手害死她。

走进崖洞，示意顾清与元姓少年去休息，井九走到角落里，抬头望向那个雪茧。

那些细密茧丝似金如玉，茧体看着也并非完全雪白，但他还是习惯称之为雪茧。因为那些茧丝都是由雪虫尸体里的汁液提取的，能够隔绝严寒，白早能够在这般极端严寒里存活六年，与之有很大关系。

崖洞里已经安置了很多夜明珠，柔和的光线落在雪茧上，把里面那道纤细的身影照耀得更加清楚。井九双眼如剑，更是能够透过茧丝，看到少女紧闭的眼睛与苍白的双唇。

六年前，他一指落下，传授白早这种道法，只是想试试看能不能帮助她修复破裂的金丹。他没有想到，自幼修行云梦山玄功的白早，居然与水月庵的道法如此相合。

在没有丹药晶石的帮助、吸收天地灵气也极为困难的情形下，她一朝入定便过了六年，所得远远超过了他的想象。

当然，这种道法有禅子贡献的智慧，以心证念，对外界的索求确实要比别的功法少很多。

渐有胭脂色涂上少女的双唇，井九确认无碍，走向崖洞的另一边。

崖洞那头临着绝壁悬崖，夜色里的寒雾依然未散，扑面而来，犹如无数根钢针。

井九早已习惯这种寒冷，神情如常地向下方望去。

寒雾深处，隐有风雪起，只是距离洞口只怕有数千丈的距离，根本影响不到这里。

崖壁里的雪虫早就已经钻出洞穴，顺着岩壁爬到了雾深处，岩壁上残留着它们留下的汁液，闪闪发光。

数万只雪足兽在寒雾深处高速向着北方进发，他还看到了很多以前没见过的妖兽，甚至看到了几只蹦蹦跳跳、像兔子般的白毛雪怪。

井九把手伸向崖外的寒风里，意念微动，一只雪甲虫出现在他的掌心里。

与六年前相比，这只雪甲虫的体形没有变大，只是不再透明，浑身散发着寒意。它的甲壳仿佛是万年冰玉做成，给人一种坚不可摧的感觉。

就在他翻手的那瞬间，一直装死的雪甲虫忽然醒了过来，伸出六只像细竹般的白色肢足，紧紧地抱住他的手掌，发出急促的叫声，听着就像是冰雪撞击在崖壁上。

感受到它的意思，井九心情微异，心想：跟着自己做什么，青山虽然不热但更不寒冷，绝对不适合雪国生物存活。

不过既然雪甲虫想跟他回去，他也无所谓，重新把它收了进去。

然后，他抬头望向北方，视线穿越夜色与寒雾以及更远处的狂暴风雪，落在数万里之外的那座孤峰上。

从三年前开始,那道意志便已经变得平静了很多,不再狂躁,不再那般敏感。

他的感觉反而更加不好。因为只要对方吞噬一切的生命本能不被解除，越平静便会越可怕。

他早就明白了师兄想让自己看什么。

"我要走了。"他对着远方那座孤峰说道。

孤峰没有回应。

井九转身回到崖洞里。

夜色渐深，顾清醒来，又取出一颗百草丹服侍井九服了。

然后他走出洞外，在向晚书身边坐下，问道："那边怎么说？"

向晚书说道："让我们小心行事，尽快把他们带回去。"

顾清有些吃惊，说道："没有人过来？"

"是的。"向晚书转头看了眼崖洞，感慨地说道，"也不知道这么多年他们是怎么熬过来的。"

顾清想着师父虚弱的身体与身上那件破烂的白衣，叹道："是啊。"

向晚书凑近了些，低声问道："井九……前辈有没有说，我师姐这到底是什么情况？"

顾清说道："师父说了没事，那便没事，不用担心。"

第二天，崖洞里的雪茧发生了很微妙的变化，有风拂过的时候，茧体表面如水面一般轻荡，仿佛正在变软。

中州派弟子们注意到这种变化，更加紧张。

顾清确认两派的师长前辈都没有过来的意思，有些出乎意料。

傍晚时分，暮光照耀在悬崖绝壁之间，井九站起身来，收起竹椅，向崖洞外走去。

洞外结阵的中州派弟子有些吃惊，心想：你要去哪里？

向晚书最快反应过来，神情紧张地望向洞里。

雪茧表面飘起一根线头，被风拂动，轻轻飘着，在暮光里就像美丽的蛾子，想要断开身后的丝线。那根茧丝被拉得越来越长，在空气里飘浮着，雪茧受到力量的牵引，缓慢地转动起来，然后速度越来越快。

如金似玉的茧丝被抽离得越来越多，弥散在整个崖洞里，夕阳光辉下，就像正在燃烧的雪。最后，雪茧的茧丝全部被抽完，露出了里面的画面。

漫天茧丝里，白早盘膝坐在空中，缓缓落下，双眼依然闭着。就在落下的途中，她缓缓睁开眼睛，然后醒来，双脚自然地站在了地上。

一道清新的气息从她身上生出，向着四周散开，带起微风，让那些茧丝飞舞得越来越急，直至寸寸断裂，如蛾子一般向四周飞去，然后消失于虚无之中。

她向洞外走去，白裙微飘，仿佛仙子。

看着这幕画面，洞外的人们震惊无语。

感受着那道气息，向晚书喜难自禁，行礼说道：“恭喜师姐！”

中州派弟子们躬身行礼。

远处的人群里此起彼伏地响起恭贺的声音。

白早到了金丹期巅峰！

在这般严寒残酷的环境里，能活下来就已经近乎神话，更不要说还在继续修行破境。

这时候，白早才真正醒了过来，大概明白了当前情况。但她没有与向晚书等同门说话，而是望向了人群，最后她的视线落在人群之外。

人群自然分开一条道路，道路的尽头是井九。

洛淮南已经死了三年，他讲述的那个故事还被很多人记得。

在那个故事里有不需言语的同生共死，有坚逾金石的感情，有一对还没有来得及结为道侣的年轻修道者。

白早向着井九走了过去。

向晚书等中州派弟子有些担心，跟在她的身后。

人群分开了一条更宽的通道。

白早走到井九身前，款款拜倒，没有说话。

这是大礼。

确实不需要言语，人们便大概明白是怎么回事。

向晚书等中州派弟子对着井九长揖及地，表示感谢。

寒雾没有继续再退，在悬崖绝壁前盘而不散，再加上遇到了这样的大事，这次梅会道战便就此结束。

参加道战的年轻弟子没有任何人表示不满，当天便乘坐中州派的云舟离开了雪原。

修行界的大人物都在原野上等着，就连和国公都连夜从朝歌城赶了过来。

在无数道视线的注视下，云舟缓缓落在原野上。

井九与白早走在人群的最前面，白色的雪原，后方是白城，二人一身素白。

看着这幕画面，和国公脸上露出欣慰的笑容，与身边的方景天、任千竹低声说了几句，惹来左右一阵笑声。

在原野上等待的人们发出一阵欢呼。

如此严寒的世界，整个朝天大陆都以为死了的人居然活了下来，这就是传奇。更不用说洛淮南的那个故事早就让井九与白早一对璧人的形象深入人心。

顾清看了元姓少年一眼，心想：那可是你师父。

元姓少年很是无辜，心想：那可是你师父。

原野上的庭院与六年前没有区别，被法术清理过后，如崭新的一般。

安静的庭院里没有任何闲杂人等，就连青山弟子与中州派弟子也被拦在了外面。这里只有和国公、方景天等修行界的大人物，他们需要问清楚，井九与白早的身上到底发生了什么事。

一切的开始自然还是洛淮南的那个故事。

白早看了井九一眼。

井九说道："这个不重要。"

和国公若有所思，不再追问。

其余的各宗派掌门、长老能修到现今的境界，自然都不是蠢货，虽然不知道白早的沉默与井九的这句话究竟何意，但此事极有可能涉及中州派，哪里还会继续发问。

渡海僧关切地问道："你们是怎么活下来的？"

这句话换作任何人来问，都很容易被误会成挑衅，或者是别的，但没有人会怀疑果成寺律堂首席的意思。

井九没有说话。

白早看了井九一眼，说道："被困崖洞后，我受了重伤，金丹将碎，眼看便要不行，井九师兄用剑火升温，又传我功法。我冥思入定，直至今日才醒来。"

任千竹这才知道掌门爱女竟然遇到了这样的问题，担心地问道："现在情形如何？"

白早轻声说道："已经无事。"

各宗派师长震惊无语，金丹碎裂是何等样的灾难，在那般寒冷的环境里也能自行修复成功？

和国公很是好奇，问道："什么功法这般神奇？"一出口他便知道自己失言了，功法乃是修行者最大的秘密，怎能随便说出来，赶紧摆手示意白早不用理会。

被寒雾困了六年，白早用如此简单的一句话说完，但如果仔细想去，自然能明白其中的艰难危险。

很多人望向井九。

寒雾那般厉害，如果要用剑火帮助崖洞升温，岂不是片刻不能停歇？真元消耗如此之快，他居然撑了六年时间？

他的剑元到底有多么充沛？他的毅力究竟有多强大？

这真是难以想象的事情。

和国公赞美道："井道友不愧是青山宗的剑道奇才！"

其余诸人也纷纷出声赞叹，只是又觉得有些遗憾。这六年时间里，井九要保证剑火不熄，自然没办法修行，想来境界应该会停滞不前。

"你现在什么境界？"问话的是方景天。

井九看了他一眼，说道："无彰中。"

大人物们心想果然如此，越发觉得遗憾。

"快些去休息，修行一途，漫漫无止境，耽搁六年算不得什么。"和国公拍了拍井九的肩膀以表安慰。

井九看了眼肩膀上的手，有些不适应，但没说什么。

白城外的原野上，庭院里。

井九坐在竹椅里，看着身前的顾清与元姓少年，问道："路上方景天的表现有没有什么异样？"

元姓少年有些不安，心想：就算师叔你是景阳师叔祖的亲传弟子，与对方平辈，但直呼昔来峰峰主的姓名总是不妥，若让前院的同门听去怎么办？

顾清没有这些顾虑，直接说道："我对方师伯的感觉也不对，但是确实没有异样。"

井九想着先前的事情。

方景天是青山昔来峰峰主，当然应该关心他，但当着那么多人的面直接问穿自己的境界，这是什么意思？

世间很多事情，看似难解，其实都可以推演计算出来，至少是大概，只不过这样很累。井九不觉得这是大事，不愿意花精神去推算，正准备不再想此事，忽然看着顾清的脸，想起当年与赵腊月说的话。

他让元姓少年进屋等着，然后把这件事情从头到尾对顾清说了一遍。

顾清第一次知道方景天曾经两次试图杀死井九，震惊得脸色苍白，说道："您有没有禀报掌门？"

方景天是昔来峰峰主，在青山宗里的地位很高，只有掌门与剑律有资格施以惩处。

井九说道："没有证据，他连洛淮南都不会杀，更何况是自己的师弟。"

顾清心想：那您对我说这些事情，是想让我做些什么？

井九说道："整理这些事情，然后算清楚他可能会做什么，我们应该怎么做。"

说完这句话，他起身走进房间，元姓少年还在里面等着。

顾清知道他要与元姓少年说些什么，没有在意，只是想着师父给自己的任务，不禁觉得好生苦恼。

元姓少年离开了。

井九走到窗前，向院外看了两眼。

一眼是白城，他看的是那座庙。

一眼是南方，他也不知道师兄在哪里。

居叶城。

北方寒雾渐散，这座本来就很热闹的城市恢复了更多生气，各家食肆酒居早已满客，到处都是涮肉锅冒出的蒸汽。

某座酒楼包厢里，桌上搁着火锅，锅里有红白两色汤，正在不停翻滚，把里面的食材冲得七零八落。

矮瘦老者揉了揉自己的鼻头，觉得好生腻味，说道："这玩意儿就吃不厌吗？"

年轻人说道："放不同食材便是不同味道，世间食材万千，味道便有万千，怎会生厌？"

矮瘦老者从白汤里夹了一筷子菠菜，配着碟子里的麻酱与豆腐乳囫囵吞了，发现味道还不错。

不知道是被食物烫着了，还是刚才揉得太用力，他的鼻子变得更红，含糊不清地问道:“接下来准备做什么?”

年轻人说道:“我打算去看看那个叫小明的孩子。”

矮瘦老者神情微冷，说道:“你真准备让他抢走我的祖传基业?”

年轻人说道:“玄阴宗现在那个孩子叫苏子叶？我很喜欢这个名字，不会偏帮，谁赢就做你的传人，多合适?”

矮瘦老者冷笑一声，说道:“你是不是觉得自己的阴谋耍得太好，所以才会给自己取了个名字叫阴三?”

年轻人也不生气，笑着说道:“你是玄阴宗的三祖，用这个名字其实也挺合适，要不要我送给你?”

矮瘦老者很是郁闷，嘲讽道:“那个叫井九的小家伙居然还活着，你很失望吧?”

年轻人没有理他，从红汤里小心翼翼地夹起一整块脑花，放到自己满是葱花、香油、蒜泥的碗里。

矮瘦老者好生无趣，说道:“猪脑又没有人脑好吃。”

年轻人心想：自己确实是个猪脑子，当初怎么就没看出井九并不是他呢?

第十九章

一曲寒蝉

CHAPTER 19

第二天，参加道战的各宗派师徒便要各自归山。

清晨时分，白早便来到了青山宗的庭院。

不管是打扫庭院的执事、杂役，还是晨起练剑的青山弟子，都很懂事、很有默契地没有拦路。元姓少年有些犹豫，要不要做些什么。

顾清把他拉走，心想：长辈的事情哪里轮得着我们操心。当然你要私下做些手脚也无所谓，但此时晨光这般亮没看见吗？

院墙那边隐约有声音传来。元姓少年侧耳听着，只听到称呼便急了，说道：“她应该喊井师叔，偏要喊井师兄，这是什么居心？”

“我本来应该很开心的。”白早轻声说道，“我活了下来，而且就像睡了一觉便修复了破碎的金丹，甚至可能过不了几年便能养成元婴，可是我为什么有些不开心呢？”

井九真的不懂，问道：“为何？”

“我没想到一朝入定，再醒过来时，雾便退了。”白早说道，“如果我早醒过来一年，不，哪怕只是数十日，那该多好。”

井九还是没明白，问道：“什么意思？”

白早轻声说道：“一切仿佛还停留在六年前，如果我能提前醒来一天，便能多了解你一点，这样多好。”不着一字，尽显情意。

井九懂了，心想这事儿有些棘手，说道：“大道朝天，遥遥无期，若有机缘，总会再见。”这是拒绝，或者说躲避，而且对于他们这种聪明人来说，并不委婉。

白早怔怔地看着他。

寒雾已退，白城外的原野不像前些年那般寒冷，但风其实还是有些凉。

她耳畔发丝轻飘，就像在风里瑟瑟发抖的小白花，显得极其柔弱。

就在井九准备再说些什么的时候，她伸手把发丝拢到耳后，轻声说道：“是的，我们很快就会再见面。”

井九心想：这又是什么意思？

“洛师兄死了，但这件事情的真相我肯定要告诉父母。”

白早很自然地转了话题。

井九说道：“当然。”

白早想到某件事情，微笑着说道：“柳十岁与你的关系看来真的很好，完全不像传闻里那般。”

井九心想：童颜与你的关系也很好，只是你不知道这件事情的全部真相，不便告诉你。

院门被敲响，顾清的声音在外响了起来：“师父，西海剑派桐庐求见。”

桐庐盯着井九的眼睛说道：“我要与你决斗，待你回青山休息好，传剑书于我。”

井九说道：“为何？”

桐庐说道：“因为柳十岁杀了洛淮南。”说完这句话，他看了白早一眼，眼神里满是失望，没有再说什么，拂袖离开庭院。

井九说道：“他知道了。”

“是的，不然他应该感谢我们让大师兄多活了三年。”白早冰雪聪明，自然知道他说的是何事，说道：“我只是不明白，既然他知道大师兄说的故事是假的，为何还如此愤怒。”

井九说道：“因为在真实的故事里，洛淮南对不起我们，却与他无关，他的命始终是洛淮南救的。”

白早说道：“大师兄为何会把真相告诉他？”

井九说道：“诚实？”

“如果是以前我会这样认为，但现在我都不知道大师兄究竟是个什么样的人。”说完这句话，白早沉默了，晨风再次吹乱她耳畔的发丝。

井九说道：“我也不知道。”他只见过洛淮南一面，隔着百丈风雪。

“师叔回来了！”

“哪个师叔？”

“小师叔！”

“井九师叔?”

“是啊!”

正午的阳光下，洗剑溪亮得发白，不似金鞭，更像一条玉带。

溪畔的楼阁里响起无数声惊呼。

十余名洗剑弟子再也无法安坐，挤到窗边，望向天空里缓缓落下的剑舟。

“小师叔长什么模样?”

“最好看的模样。”

“小师叔当年也像我们一样在这里上课吗?”

“上课？看见对面那个崖洞没有？他当时就在那里成天躺着，同门都嘲笑他懒，哪里知道他是在以意养剑!”

“难道他不上课，师长们就不责罚他吗?”

说到这里，洗剑弟子们忽然醒过神来，自己并不是在崖洞里聊天，而是在上课。他们赶紧离开窗边，坐回自己位置，惴惴不安，生怕授课仙师责罚。

这堂课讲的是剑之初论，授课仙师姓吕。出乎洗剑弟子们的意料，吕仙师并未动怒，微笑着说道:“想看就去溪边看吧，这里怎么看得清楚?”

弟子们有些不相信自己的耳朵，相视数眼，确认仙师是真这么说，发出一阵欢呼，匆匆行礼便跑了出去。

吕仙师走到窗边，看着天空里的剑舟，轻捋胡须，脸上露出欣慰的笑容。

曾经修道前景暗淡的他，因为南松亭的经历被召回九峰再次修行。

四年前，他终于破境成功，如今在洗剑阁授课。

见到曾经的学生，如今成为青山的骄傲，他如何能不欣慰?

类似的画面在洗剑阁别的地方不停出现。

林无知夹着教案走出课堂，便看见了清容峰的梅里师叔，拱手行礼。

溪畔忽然传来欢呼声，二人对视一眼，不由得笑了起来，很是感慨，加快了脚步。

十二年前的那个懒散少年，如今归来竟已经有了这般阵势。

洗剑溪畔曾有片山崖，后来上德峰的三尺剑镇压碧湖峰前任峰主时，把那片山崖碾成了平地。其后在适越峰的要求下，经过诸峰商议同意，这片山崖被改造成了剑舟坞。

剑舟缓缓落下，巨大的阴影投在洗剑溪上，溪水顿时瑟瑟。

溪畔到处都是人。林无知、幺松杉、雷一惊等数十名三代青山弟子，还有很多洗剑弟子，齐声行礼道："恭迎小师叔归山！"

这道声音仿佛雷霆一般在溪谷里回荡，引来无数猿猴回应。

顾清站在井九身后，微笑着想：师父你会不会还嫌弃动静太大？

元姓少年小脸通红，觉得与有荣焉，对着人群里的玉山师妹用力挥手。

"好了，"方景天微笑着说道，"掌门真人还在天光峰等着井师弟。"

井九不想去天光峰，正想着用什么理由拒绝，忽然感应到了些什么，转身望向云海深处某座极孤冷的山峰。

"嗖"的一声！剑镯离开他的手腕，变回弗思剑本体，化作一道艳红的光芒，向着那处而去。

看着这幕画面，方景天的笑意渐渐敛去。

溪畔的青山弟子们很是吃惊。

林无知与梅里对视一眼，看出彼此眼里的惊色与喜意。

数百年来，青山宗最年轻的游野境终于出现了！

井九没有再与方景天说话，驭剑而起，顾清与元姓少年赶紧跟上。

这种时候他们自然不会再去天光峰。

与这件事情相比，掌门召见又算得了什么？

神末峰里到处都是风。

树林被吹得呼呼作响，青叶不停落下，却掩盖不住猿猴的尖啸。

猿猴的尖啸声很凄厉，但并不是示警，也不是畏惧，而是喜悦到了极点。

树林里的小屋的门没有关紧，被大风吹动，不停关上又开启，发出"啪啪"的声音。

峰顶的殿楼有禁制，没有出现这样的情形，但也是树叶乱舞，到处都是沙尘。

洞府深处忽然传来一声闷响，禁制解除。

一道烟尘从里面喷了出来，看着就像一条黄龙。

片刻后，赵腊月从洞府里走了出来。只见她蓬头垢面，衣服上到处都是灰土，看着很是狼狈，眼神却是一片湛然。她的眼睛更加黑白分明，直视之时仿佛昏晓交割，自然生出一抹凛然剑意，然后渐寂。

她走到崖畔，看到那道破空而至的红光，很自然地伸手接过。

看着手里的弗思剑，她微怔，心想：这是怎么回事？

“怎么又弄得这么乱七八糟了？”一道声音响了起来。

井九驭剑落下。

赵腊月静静地看着他，忽然问道：“剑峰？”

井九不知道她问这个做什么，说道：“左易。”

赵腊月确定这是个真的，便笑了，梨涡再现。

顾清与元姓少年落在峰顶。

看着眼前的画面，元姓少年呆了，问道：“师父……有酒窝？”

顾清说道：“有啊，当年梅会上师父给她插花的时候，至少几百人看到过。”

元姓少年震惊地说道：“我可一次都没见过……咦，师父怎么回去了？师叔刚回来，难道她就又要闭关？”

井九也不知道为何赵腊月忽然转身回到洞府里。

想不明白的事情就不要想，他看着峰顶熟悉的景致，感受着温暖的春风，觉得这里果然比苦寒雪洞更适合犯困，至少竹椅不会被冻得太硬。

意动。那张竹椅出现在崖畔它最经常停留的地方。

那里的地面甚至已经有了六处凹陷。

井九躺了上去，“嗯”了一声。

顾清知道，这是师父舒服到极致才会发出的声音，就像寻常人的长叹。

元姓少年忽然喊道：“师父，你又回来了？”

赵腊月从洞府里走了出来，头发湿漉漉的，末端滴着水，身上也换了件干净衣裳。

顾清很是佩服，又有些担心，洗澡洗得如此之快，实在不像姑娘家。

赵腊月走到竹椅前，示意井九挪开腿，然后坐下。

井九取出阴木梳，开始替她梳头。

看着这幕画面，顾清和元姓少年对视一眼，心想：自己的担心真是多余。

井九不知道他们在想什么，说道：“给她说说。”

顾清明白他的意思，赶紧把雪原里的事情讲了一遍，包括井九被洛淮南暗算、在雪洞里煎熬，以及脱困后井九是怎么对人说的，还有方景天的问题，就连桐庐那段都没漏过。

只是没有提前天清晨白早来青山宗庭院的事。

赵腊月没有回头，说道:“为什么不告诉他们洛淮南说的都是假的？就算我们无所谓，但柳十岁应该会好过些。”

“我和白早还活着，洛淮南就不是死罪，你们杀他这件事情便有问题，尤其是十岁。”井九说道,“还有一点就是，十岁现在做的事情可能需要自己的罪更大些。”

赵腊月没有再说什么，顾清也很平静，只有元姓少年有些不安。他一时看看天上的云，一时看看崖下的林，最后只好专心听林里的猿猴叫声。

峰顶的日常生活是修行，像今天这样的闲聊其实很少，久别重逢的气氛很是轻松，只是不擅长聊天的几个人确实不知道接下来应该说些什么，一时竟有些冷场。

井九想到了一件事情，取出那只雪甲虫，说道:“这是我从雪原带回来的。”

那只雪甲虫通体雪白，肢足如竹，丑陋却又干净，若让寻常人看到，肯定会非常害怕。

赵腊月与顾清只是有些好奇，元姓少年更是兴奋地喊了起来。

“这次在雪原我就看见了些尸骸，这还是第一次看到活的!”

“它是雪足虫的幼虫，但后来不知受了什么影响，有些变异，现在与别的雪国怪物都不同。”

井九翻动手掌，那只雪甲虫落在地面上。

它感觉到环境的陌生，很是紧张，本能地翻过身体，露出腹部表示臣服，六只雪竹般的细肢高速颤动，发出摩擦的声音，就像是蝉一般。

“有趣。”元姓少年伸手把它拿到眼前，认真观察。

顾清提醒了一句:“小心些，可能有寒毒。”

元姓少年心想：别的毒自己可能还有些怕，寒毒真无所谓。

他望向井九，问道:“师叔，那我们叫它什么?”

井九从来没有想过这种问题，在他看来这就是一个虫子，并不需要专门的称呼。

赵腊月说道:“寒蝉。”

顾清心想：虽然不是很像，名字倒是不错。

元姓少年也觉得这名字不错，想到另外一件事情便有些沮丧，对赵腊月说道："师父，您给我的赐名还没有想好吗？"

顾清笑着说道："你原来的名字就不错，为何坚持要改？"

元姓少年说道："我总觉得那个名字有些不妥。"

井九心想，擒虎对骑鲸，确实太过冒犯，说道："换个也好。"

赵腊月坐在竹椅上，看着崖外云海，感受着阴木梳的移动，心情正好，好到想要哼个曲子，随口说道："元曲。"

元姓少年心想：这也太随便了吧？

井九说道："曲中求直，不错。"

元姓少年闻言微凛，心想师叔这句话似乎隐有深意，起身认真行礼，谢过师长赐名。从今天开始，他便有了一个新的名字——元曲。

"咦，怎么红了？"顾清有些吃惊地说道。

元曲望向手里那只名叫"寒蝉"的雪甲虫，发现它的甲壳边缘真的泛出了青红色，就像被扔进沸水里的虾蟹，也很是吃惊。

井九说道："这里太热。"

峰顶清风徐徐，怎样也算不上热，就算比雪原热些，也不至于被煮熟吧？

元曲心想这可怎么办，问道："这该怎么养？"

"洞里有张冰玉榻，在那里做个窝。"赵腊月头也未回，交代道，"顾清给猴子们交代一声，如果见到了避远点，免得被毒死。"

井九接着说道："去适越峰要些冰髓过来，一瓶应该能管一个月。"

元曲算了算，心想：按照这个养法，这只"寒蝉"真是金贵。

顾清与元曲去处理这些事情，崖畔便只剩下井九与赵腊月两个人。

"当初为何没能离开？"赵腊月问道。

顾清转述的故事对她来说还有很多难解之处。

井九说道："雪国女王感应到了我的存在，盯得很紧。"

赵腊月心想原来如此，说道："但你可以用万里玺离开，洛淮南不就走了吗？"

井九说道："我总不能抢小姑娘的东西。"这个答案很好。

赵腊月看着崖外流云，问道："最开始的时候，你为何会随白早一起去救洛淮南？"不是吃醋，只是好奇与探讨，因为她知道井九不是这样的人，最重要的是，这不是他所持的道。

“人是群居动物，有精神方面的需要以及被需要。”井九说道，“修行者是非人，所以要超脱这种需要。”

赵腊月明白，这才是他的道。

井九说道：“洛淮南与你，还有过南山他们思考的拯救苍生，都是精神方面的需要。这不是坏事，当你们的道心还无法自我稳定的时候，可以提供很好的帮助，就像行于风暴之中的宝船，需要舵，也需要压舱石。”

赵腊月说道：“你不需要，那为何会留下？”回到了最初的问题。

井九说道：“她有心救我，我当有所回应，是为无缺。”

赵腊月说道：“便是果成寺所言之因果？”

井九说道：“要求大道，便要断个干净。”这话很浅白。

赵腊月想了一会儿，说道：“那我们呢？”

井九说道：“不知道，以前未曾有过。”

赵腊月明白他的意思。

修行界的前辈师长们一般很晚才会收徒，便是双修道侣也会到很晚才留下后代。这里面的说法很玄妙，但其实都源自于此。

飞升成仙，当断一切尘缘。

井九收起梳子，看着乌黑的辫子，露出满意的笑容。

赵腊月转过身来，看着他的眼睛问道：“此番经历，可让你的想法有所改变？”

“没有。”井九说道。

赵腊月沉默了一会儿，说道：“当初我不该劝你去。”

井九摸了摸她的头，说道：“是我自己想去。”

赵腊月说道：“你找到那个人了吗？”

井九摸了摸自己的耳朵，说道：“没有，但他应该被我骗到了。”

赵腊月的视线落在他的耳朵上。

井九有一对招风耳，但人们看到他的时候，往往只能看到他的脸，很少能注意到他的耳朵。

赵腊月问道：“为什么他会被骗？”

井九说道：“因为他太多疑。”

想着师兄会被自己骗到，他唇角微翘，露出笑容，有些得意。

赵腊月有些意外，因为他很少会有这种情绪。当年溪畔承剑、青山试剑，乃至后来的梅会，不管如何风光，他都是那样的淡然不在意。

赵腊月不知道他想骗那人什么，井九也不知道这件事情有什么意义，只是数百年来的习惯，留些底牌。这也是他向师兄学的。

就像他知道青山有鬼，却没想到对方会是方景天——这么多年过去，小四还没有忘记自己的师父。

赵腊月问道："方景天两次想杀你，是怀疑你查到了什么？"

井九说道："当初在剑峰左易要杀你，是因为他通过卷帘人知道你在查碧湖峰。方景天不知道我查到了什么，但他知道我在查，这个理由便够了。"

听到这句话，赵腊月墨眉微挑，没有说话。

此事牵涉极大，如果她与井九把对方逼急了，对方雷霆一击，如何应对？

神末峰现在看似风光，实则在青山九峰里最为弱小，境界最高的她也不过刚刚踏入游野境，如何是那些人的对手？

井九知道她在担心什么，就像当年他与她看到阴三尸体之后，他担心的那样。雪原里的岁月没有改变他的想法，他还是觉得留在青山里最为安全。

在这里没有人能做什么。

问题在于，数年后那两个家伙应该会离开青山一段时间，如果那些隐藏在诸峰里的鬼趁机出手，怎么办？

生死之前，再如何谨慎也不为过，更何况这里是他的青山，如果在这里出事，未免太荒唐了些。

他不想给对方留下任何机会，站起身来说道："随我去个地方。"

赵腊月问道："哪里？"

井九说道："碧湖峰。"

赵腊月神情微凛。

景阳飞升之前，碧湖峰有两段雷魂木离奇失踪，她前些年想查这件事情，被井九阻止。今日他要带着自己上碧湖峰，难道是准备直接揭开此事的真相？

青山九峰，峰峰不同。

神末峰最孤，与剑峰有些相似，如指向天穹的石剑。

碧湖峰则是无比青翠，看着如园林里的假山，茂密的山林像是覆在上面的苔藓，遮住所有山道。只有行走其间，才会知道碧湖峰是多么巨大，想要在这里遇到人是很难的事情。

微寒的云雾飘在青林里，前方山道时隐时现，真的很像通往仙境的道路，仿佛随时可能消失。

来到某处崖畔，井九望向远方那座山峰，沉默片刻后说道："我越来越不喜寒冷。"

当年在那座峰里的时候，他就不喜欢从井底透出来的幽寒意味，就算沸腾的火锅汤也带不来太多安慰。

现在经过数年雪原生活，这种感觉越来越强烈。

那座山峰有很多断崖，崖间残着冰雪，高处却是青松连绵，在天地间散发着寒意，哪怕隔得这么远也能感觉到。

那里是上德峰，赵腊月的视线落在那处。

井九接着说道："那人以前被关在上德峰峰底的剑狱里。"

赵腊月这才知道他为何会停下，想着接下来会听到的故事，便是她也不禁有些肃然。

"剑狱是青山剑阵的杀门，禁制太强，他用尽各种方法也无法离开。"井九的声音没有任何情绪波动，"直到某年他想办法弄到一段雷魂木，决然舍弃道身，把神魂转移到一个冥部弟子身上，终于成功地逃了出去。"

那个时候，青山九峰乃至整个朝天大陆的视线都集中在神末峰顶，确实是最好的时机。

赵腊月想起云集镇外的那具尸体，沉默不语。

井九继续说道："这样当然还是不够稳妥，所以他借着孟师的剑假死而走，斩断了所有线索。"

赵腊月说道："看来卷帘人没有说错，孟师果然参与了此事。"

井九说道："他可能不知道全部内情，但必然有关，这样上德峰才会查到碧湖峰。"

赵腊月不解地问道："可是孟师一直在上德峰里冲击游野境。"

井九说道："闭关就是被囚。"

赵腊月懂了，沉默片刻后说道："前任碧湖峰峰主雷破云因此被囚，为何后来又逃了出来？"

井九说道："自然是被人放出来的。"

赵腊月说道："同伙想救他？"

井九说道："也可能是灭口，因为上德峰不会杀死他。"

赵腊月看着远处那座寒冷的山峰，说道："你查雷魂木是要查逃走的那个人，并不是查景阳师叔祖飞升的事？"

井九说道："飞升阵法不需要雷魂木。"

赵腊月收回视线，望向他问道："那还有一段雷魂木去了哪里？"

井九说道："自有用处。"

赵腊月再次沉默了一会儿，说道："那我们今天来碧湖峰做什么？"

井九说道："这是你想要查的东西，总要让你亲眼看看，顺便带你见个家伙。"

说完这句话，他抬步继续行走，赵腊月跟在身后。

山道渐陡，不知过了多长时间，薄雾骤破，湿意扑面而至，远远能够看到崖前那片道殿。赵腊月知道崖后便是那方碧湖。

"是谁？"伴着清冽的剑意，两名弟子显出身形，警惕地望向他们。

神末峰只有一条通往峰顶的山道，没有弟子看守，只有阵法禁制。

碧湖峰则不同，至少有十余条山道通往峰顶，禁阵也布置在峰顶崖前，终日有弟子守着。

井九与赵腊月没来得及说什么，那两名碧湖峰弟子看到了他们的脸，神情微变，赶紧行礼："参见峰主，参见井师叔。"

两名碧湖峰弟子很是吃惊，心想：这二位师长为何来了，而且没有驭剑直落峰顶？

他们恭敬相迎，同时准备通传师长。

"我很久没回来，想到处逛逛，不用通传，也不用理我。"

井九带着赵腊月继续向前走去。

不多时，二人来到峰顶，眼前碧湖如海，白鸥飞翔。

远处有座小岛，隐约可见一座宫殿。

崖前道殿。

碧湖峰峰主成由天与两位长老正在议事，忽然听到弟子通传，不禁怔住了。

"随便逛逛？"一位长老声音微哑地说道，"把我们碧湖峰当成神末峰的后花园，想来就来？这也太不尊敬了吧？"

青山修道极为刻苦，除非有事，很少有弟子会去别的峰里闲逛观景，除了清容峰的那些女孩子。

当然如果真想逛也可以，没有人会拦你，问题在于赵腊月与井九并不是普通弟子，尤其赵腊月是神末峰峰主，未经通传，连招呼都没打一个便去别家峰里，实在是有些犯忌讳的事情。

成由天看了那位长老一眼，微讽说道："师兄到底想说什么？因为宝树居被神末峰拿了过去，心情还是不好？"

他前年才从游野境入破海，可以说是青山九峰峰主里除赵腊月外最弱的一人。两位长老多年前便已经是破海境，境界要比他更高，面对他的嘲讽却没有什么反应。

另外那位长老苦笑着说道："失了宝树居的进献，弟子们修行确实受到不小影响，峰主莫怪师弟恼火。"

"现在青山九峰里，就数我们碧湖峰最惨，但这能怪谁呢？谁叫他犯了不能犯的错？"成由天自嘲一笑，说道，"当初我还是游野境便被任命为峰主，这么荒唐的事情都能发生，表明掌门真人与剑律就是要我们闭嘴，要我们老实些。你们若不同意，那就去隐峰里请位长辈出来与他们打官司。"

那位长老苦笑着说道："那些师长早就已经变成枯骨，请出来供着吗？"

成由天说道："那还想什么呢？且熬着吧，熬过百年再说，莫说只是来逛逛，做什么我都只当看不见。"

先前那位长老恼火地说道："这要熬到什么时候去？越熬越弱，如果遇着事情，我们怎么撑得住？"

成由天叹息着说道："把老祖服侍好比什么都重要，只要它在，掌门真人总要给碧湖峰些颜面。"

第二十章 四大镇守

CHAPTER 20

碧湖峰顶有座极强大的禁阵，湖水看着清美，却不知隐藏着多少凶险。

赵腊月猜到井九要带自己去哪里，但是湖心岛上那座宫殿乃是青山禁地，即便她是青山峰主，未经允许也无法进入。

她忽然感觉到井九走了，转身望去却发现他还在原处，只是已经没有任何气息。这里说的气息不仅是呼吸，还包括毛孔的舒张，血液的流动。

井九就像变成了一块没有生命的石头。

赵腊月知道他有这种能力，不以为意。

当初在剑锋上，左易想要杀她的时候，他便是这样悄无声息地出现。但她没有这种能力，如何才能通过这座禁阵，还不惊动碧湖峰里的人？

井九递给她一个东西。

那是个翠绿色的小竹牌，约莫麻将牌大小，看着很寻常，没有散发任何气息。

神奇的是，当赵腊月接过这张绿竹牌，碧湖四周的禁阵忽然消失了，或者说在她的面前开了一条通道。

赵腊月想到某种可能，吃惊地问道："难道这是掌门令牌？"

除了掌门令牌还有什么可以让青山里的禁阵失效？

井九说道："不是。"

赵腊月翻过那块翠绿色的小竹牌，发现画着一只锦鸡。

她好奇地问道："这是什么？"

井九说道："妖鸡。"

赵腊月觉得有些耳熟，这名字好像在哪里听过。

烈日当空，平湖无风。

清澈的湖水忽然微微拱起，漫上银色的沙滩，然后退回。

井九与赵腊月从湖水里走了出来，身上出现蒸汽，走了数步，衣服便干了。

碧湖峰顶正对着青山大阵的某处灵眼，云雨常集，雷电不断，像此时这样的天气极少。野猫们都从树林里、宫殿里钻了出来，趴在湖边的沙滩上晒太阳，画面看着很是壮观。

井九与赵腊月向殿宇走去，那些野猫眯着眼睛，也不理会。

赵腊月感受到前方传来的威压，想着传闻，心情有些紧张。

离殿宇越近，那道威压便越清楚。只是，这道威压究竟来自何处？

井九走到殿前的石阶上坐下。

一只白猫趴在那里，凌乱的长毛上面到处都是灰。

赵腊月心想：难道就是这位？

看着白猫的脏毛，她想起以前自己的头发，紧张的情绪消解了些，走了过去，看了井九一眼。

井九示意她不用害怕，对那只白猫说道："她是现在的神末峰峰主，叫作赵腊月。"

白猫没有睁开眼睛，依然懒洋洋地趴着。

井九对赵腊月说道："青山镇守白鬼，你也可以叫它刘阿大。"

赵腊月心想果然如此，敛神静气，认真行礼。

青山镇守的辈分要比掌门真人高很多，可以说是青山万年不乱的根基。

她只是觉得镇守的名字实在是太过农家。

白鬼睁开眼睛，看了赵腊月一眼，眼神很是漠然而且懒散。

忽然，它的眼睛亮了亮，斜了井九一眼——你挑的继承者居然是个姑娘，难道终于想明白了飞升没意思，还是人间好玩？

井九不知道它在心里想什么，说道："今后多照顾。"

白鬼把头搁回软绵绵的前爪上，懒得理他，心想：一次又一次，我又不是看孩子的。

井九说道："我来有事。"

白鬼心想：都是废话，不然你来做什么。

井九说道："反正你每天就是睡觉，要不要去我那边睡？"

白鬼又斜了他一眼——不说雷魂木，只说碧湖峰顶可以聚雷，可以落星，我去你那个什么都没有的神末峰上，吃啥？喝啥？

"不用太久，快则三年，慢则五年，如果你愿意，宝树居还碧湖峰一半。"

井九说道，“碧湖峰一代一代服侍了你这么多年，想来你也不忍看着他们吃苦。”

白鬼眼睛微眯，不知道在想什么。

井九的手落在它的身上。

白鬼瞳缩如针，毛发也如针般竖了起来。

感受到它散发出来的恐怖威压，赵腊月很紧张。

井九神情不变，摸了摸它。

白鬼闭上眼睛，再次认命。

井九的手落在它的颈间，忽然抓紧，把它拎了起来。

白鬼霍然睁开眼睛，再也无法忍受，“喵”了一声，便准备出手。

忽然，它发现自己落在了一个温暖所在——赵腊月的怀里。

白鬼犹豫了一会儿，用脸蹭了蹭，又用前爪踩了踩，感觉不错，很软。

它心软了，觉得井九的说法有些道理。

赵腊月抱着白鬼，跟着井九走进殿里。

殿里很空旷，地面由青玉砌成，不知用什么手段雕出极繁复的花纹图案，流光溢彩，散发着淡淡的阵法气息。青石阵外围有一排半人高的平台，也是由青玉一体制成，表面光滑至极，上面搁着各式各样的玉瓶。

赵腊月猜到，这些玉瓶里应该都是需要雷威蕴养的材料，隔段时间，便会送到适越峰，被做成各种丹药。

如果是平时，她应该会像井九一样去看看那些玉瓶上的标签，但现在她的精神全部放在自己怀里。

用她对井九曾经说过的那句话来讲，她很凶，而且谁都知道她的胆子很大，但这时候她很不安。

被她抱在怀里的白猫没有动，她却感觉像是抱着一座大山，又像是抱着一团轻烟，更准确的形容应该是——她就像抱着青山祖师的牌位。

她的双臂早已僵硬，脚步很是沉重，看着井九问道：“我们来这里做什么？”

白鬼睁开眼睛看了她一眼，心想：青山真是一代不如一代，看着挺好，怎么蠢成了这样？

“既然要把它抱走，当然要把雷魂木也带过去。”井九说完这句话，向青石地面中间走去。

青石阵生出感应，自行开始转动起来，地面微微隆起，升起一方石台。

石台上搁着几个瓷盘，瓷盘里是几段焦黑的物事，从隐约可以看到的纹理可以判断出应该是木头，这便是青山重宝雷魂木。

雷魂木是沉在大漩涡深处的古树心，被海水浸泡无数年，又被大漩涡的威压冲洗无数年，然后被青山宗的通天境强者取回，在碧湖峰顶承受雷电之威，五百年才能真正成熟，变成传说中的雷魂木。

青山宗开派万年，雷魂木的数量也极有限，流散了一些，前些年又被取走了两根，现在只剩下六段，其中一段还未成熟，需要继续留在这里承受雷击。

井九把五段雷魂木收好，回头望向赵腊月，发现她抱猫的姿势很是僵硬，一副如临大敌的模样，不由得笑了起来，说道："放松些，你可以摸摸它，它喜欢这样。"

赵腊月有些紧张地说道："我没养过猫，不会摸。"

井九说道："就像我摸你的头那样。"

赵腊月怔了怔，回想着平日里的感觉，小心翼翼地把手放到白鬼身上，然后开始抚摸。

随着她的动作，白鬼眼睛渐渐眯起，发出低沉的呼噜声。

赵腊月有些不安，用眼神询问井九：这是不是动怒的前兆？

井九说道："它很舒服。"

成由天收到弟子的回报，知道井九与赵腊月已经驭剑离开，问道："他们做了些什么？"

弟子羞愧地说道："没有跟住，不知道他们后来去了何处。"

成由天皱眉，说道："峰间可有什么变动？"

弟子摇头说道："并无。"

成由天很是奇怪，心想：一个刚从雪原归来，一个刚刚破境入游野，这种时候却来到碧湖峰，这是要做什么？就算是觉得此间湖光山色，风景极佳，又何必如此着急？

他想不明白，又感怅然，觉得好像错过了些什么。

弗思剑落在峰顶，淡了暮色。

顾清与元曲看着赵腊月怀里那只白猫，有些吃惊，心想：两位师长这是从哪里抱了只宠物过来？

青山群峰里有无数珍禽异兽，却很少能够看到猫狗这种凡间常见的宠物。

元曲好奇地凑了过去，看着那白猫闭着眼睛，很乖顺的样子，伸手想要摸摸。

井九看了他一眼。

元曲觉得手背仿佛被针扎了下，赶紧收了回来，却会错了意。

顾清发现了问题，因为赵腊月抱猫的姿势很僵硬，神情有些紧张，如临大敌一般。若是普通家猫，怎么会让她流露出如此神态？

赵腊月抱着猫走进洞府。

顾清不安问道："师父，这是？"

井九说道："不要说出去。"

元曲这才知道这只白猫的来历有问题，赶紧认真应下。

井九这才说出白猫的真实身份。

顾清震惊得完全说不出话来，元曲更是用手紧紧捂住自己的嘴，才没有发出惊呼。

两位师长居然把镇守大人给抱回来了！

要让青山诸峰的师长知晓此事，不知要惹出多大的乱子。

顾清忽然想到一件事情，神情微变，赶紧向洞府里跑了过去。

元曲也想了起来，叫了声也冲了过去。

洞府深处没有出现他们担心的血腥画面，但现在的画面也有些诡异。

赵腊月站在榻旁，眼睛睁得很大。白猫趴在榻上，闭着眼睛，睡得很香。

那只叫作"寒蝉"的雪甲虫不知为何趴在它的头顶，瑟瑟发抖，惊恐得快要死过去。

寒蝉根本不敢抓住猫毛，僵硬至极，片刻后像块石头般滑了下去。

白猫伸出毛茸茸的爪子把它捞住，放回脑袋上，连眼睛都没有睁开。

这是什么意思？它准备把这只雪国小怪物当作蝴蝶结？

"镇守大人睡寒玉榻会不会嫌冷？"

"冷应该无事，关键是有些硬。"

“是啊，我们是不是应该去做个窝？”

“关键是镇守大人吃什么？”

元曲依然处于震惊里，声音有些颤抖，就连顾清都有些神思恍惚。

他们当然听说过青山镇守，但从来没有想过能亲眼看到传说中的镇山神兽，而且今后似乎……会一起生活？

更不要说，传闻里最神秘最可怕的白鬼，居然是一只猫。这完全超出了他们的想象。

顾清不确信地问道：“师父，没弄错吧？”

井九说道：“没错，你们可以叫他刘阿大。”

顾清与元曲对视一眼，心想：我们可不敢如此称呼镇守大人。另外，刘阿大这个乡村气息十足的名字又是从哪里来的？

“白鬼大人不是鬼，居然是只猫，那阴凤大人难道也不是凤凰？”元曲下意识里问道。

井九说道：“是鸡。”

听着这名字，赵腊月想起那块翠绿色的小竹牌，神情微变，心想：难道你叫它妖鸡？

元曲难以置信，很长时间说不出话来。

顾清问道：“元龟大人难道也有别的本体？”

井九说道：“喔，它倒确实是只老乌龟。”

朝天大陆上历史悠久、底蕴深厚的修行宗派一般都有镇山神兽，比如大泽的白蛇、昆仑派的寒号鸟都非常著名，便是底蕴稍差些的西海剑派也有海影如山的飞鲸震慑四方。

中州派的镇山神兽麒麟更是早已成为众多神话故事的主角，只是另外那位主角苍龙已经消失了很多年。

青山宗当然也拥有自己的镇山神兽，便是传说里的四大镇守。

只是青山镇守比较神秘，修行者们只知道它们的封号分别是元龟、白鬼、阴凤与夜哮，却不知道真面目为何。

直到今天，元曲才知道本派镇守白鬼是只猫，阴凤是只鸡，元龟确实就是一只老乌龟。

不要说和麒麟相比，就算是和别派的镇山神兽比起来，也太寒酸了些。

元曲很想把这些事情忘掉，只记住那些霸道无双的封号就好。

“还有一位呢？”顾清好奇地问道。

“夜哮大人……夜哮大人……虽然不是普通的……好吧……是一只狗。”

元曲想了半天应该怎么描述，最后发现事实终究无法改变，只好无奈放弃，瞪了他一眼。

顾清很无辜，心想：我又不知道。

井九说道：“阿大不喜欢尸狗，你们以后不要在它面前提起这个名字。”

元龟、白鬼、阴凤、夜哮这些封号很美，但他还是习惯像当年那样称呼它们，比如阿大，比如尸狗。

说完这句话，他转身走到崖边，躺到竹椅上，赵腊月跟了过去。

顾清心想：尸狗这个名字真的是很诡异，而且师父提到这位镇守大人，情绪为何有些低落？

他问元曲：“夜哮大人原来在上德峰？”

元曲有些吃惊，说道：“你是怎么知道的？”

顾清心想：青山四大镇守，你偏只知道夜哮大人的来历，难道这还不明显？

一天的时间很短，今天很长。

剑舟落在溪畔，峰顶起了一场风，他们去了碧湖峰，看了两座峰的风景，抱回一只猫，太阳还没有完全落下。

井九躺到竹椅上，瓷盘出现在他手的下方，盘里的沙粒好像还是那么多。

看着这幕画面，赵腊月心想：雪原六年，真是辛苦了。

天光峰最高，自然还能看到落日，随着夕阳渐低，那块石碑上承天剑鞘的影子越来越长，直至融入暮色里。

碑下的石龟闭着眼睛，不知何时才会再次睁开眼睛。

昔来峰与适越峰是九峰里相隔最近的两座山峰，不算太高，山间已经变得阴暗。

谁也不知道，在那片浓雾笼罩的山崖间，有道陡峭的石梁把两座山峰连了起来。

那道石梁常年隐藏在浓雾里，霜雪终年不散，偶有风拂过，隐约可以看到上面散落着竹叶般的爪印。

上德峰的位置很奇特，明明在灵脉汇聚的青山群峰里，却远离任何一道灵脉。或许正因为如此，那口深入地底的寒井无法得到任何灵气，越往下方去越是寒冷。

那口井的最深处便是青山大阵的杀门，更是寒意刺骨，堪比雪原。

这里终年见不到阳光，仿佛永夜的世界。

石道很潮湿，囚室里散发出来污秽至极、邪恶至极的气息，仿佛实质。纵使隔着厚重的石门，也能听到里面的那些冥部妖人与魔物愤怒的啸叫、怨毒的咒骂。

这里没有青山弟子看守，哪怕是破海境的长老在这里停留的时间太长，也会被秽气与魔念沾染，轻则影响修行，重则走火入魔。上德峰看守剑狱的主要手段是飞剑巡察，但平时若有事情怎么处理?

漆黑的通道里响起一道很轻的声音，就像是雪花落在地面。

淡淡的光线不知从何处降临，一只黑色的爪子落在湿漉漉的石板上。

这是一只黑狗，四肢细长，通体纯黑，皮毛光滑。

光线落在它的身上，仿佛被瞬间吞噬。

最恐怖的是，它的身形非常巨大，如一座黑山。剑狱里数丈高的通道，对它来说就像是最普通的狗洞。

它的动作非常轻柔，给人一种感觉，先前雪花飘落的声音是刻意发出，不然绝对悄无声息。

隔断剑狱的禁制与石门在它的身前不停开启。它在通道里缓缓行走，眼神幽冷，就像是在巡视自己的领地。

剑狱里的啸叫声、怨毒的咒骂声忽然消失，就连那些邪恶而污秽的气息也消失了。

整座剑狱变得异常安静，异常干净。

无论是那些囚室里关着的破海境的叛徒，还是冥部堪比魔神的强者，都表现出来了极大的恐惧。

黑狗继续往前行走，直到走出剑狱。

洞外是一片浓雾，雾里有无穷杀机，雾外是一片云海。

在最后一抹暮光的照耀下，云海仿佛在燃烧。

燃烧的云里隐藏着无数座山峰。

这里便是青山隐峰。

黑狗开始奔跑，速度快得难以想象，就连飞剑都比不上。

云海被搅乱，雾气如絮，挂着它的身上，画面看着很神妙。

来到一座山峰前，它踏云而上，一纵便是数百丈，悄然无声。

峰间有座洞府，外面尽是积叶与灰尘，石壁上镶着一颗宝石，泛着红光。

黑狗看着紧闭的石门，沉默不语。

它记得很清楚，洞里的弟子来自碧湖峰。三百年前，这名弟子便已经修至破海中境，想要突破到通天，却看不到任何希望，于是来了隐峰。

禁制开启，它走进洞府，看到了那名弟子的尸体。那名弟子满脸皱纹，很是苍老，白发披散，皮肤干枯，没有任何水分。

这样的画面它看得太多，眼神依然幽冷，没有任何伤感。

它低头咬起那具尸体，转身离开洞府。

石壁上的宝石变成了绿色。

黑狗纵身一跃，落在了云海上，踏云而去。

夕阳落下，世界归于黑暗。

黑狗来到一座石山前，山崖间有很多洞，每个洞里都有一座石像。

它低头把嘴里那具尸体放到一个洞里，又多了一座石像。

黑狗回到剑狱，它走过幽暗的通道，来到一处地方，四周的墙壁围成一个圈，看着就像一口井，但地面很干。

黑狗静静地坐下，一道光从天空里落下，照在它的身上。

修行界的主旋律并不是争权夺势，也不是争强斗狠，而是修行，这在青山宗里体现得更明显。

神末峰更是如此，连闲聊都不怎么擅长的师徒四人，每天绝大多数时间都是用在修行上。

最开始的时候，顾清与元曲因为镇守白鬼大人的存在还有些心神不宁，但随着时间流逝，渐渐适应了它的存在，也开始专心修行——反正白鬼绝大部分时间都在睡觉，适应起来并不是太困难的事情。

从清晨到日暮，峰顶都很安静。

赵腊月、顾清、元曲在各自习惯的地方冥想，练剑。

偶尔有飞剑破空的声音，偶尔传来猿啼。

井九被困雪原六年，境界停滞不前，但重新开始修行之后，也不显得如何着急。

他吸收天地灵气的速度快到难以想象，以至于天地灵气更像是在往他的身体里灌注。每当他冥想的时候，神末峰顶汇聚的天地灵气甚至会更多、更加精纯。

数日后，白鬼发现了他修行时的异样，从洞里走了出来。

只要在神末峰顶便能享受那些天地灵气的好处，但当然是离井九越近越好，白鬼如此想着。

从那天开始，只要井九开始冥想，吸收天地灵气，白鬼便会跳到他的头顶趴着，寒蝉则是在它的头顶趴着。

这个画面真的很滑稽，好在没有人看到。

一只猫加一只虫子也没多重，井九没有在意。

白鬼反而有些不满，总觉得井九太懒，每天冥想的时间太短。

好在除此之外，它还发现了另外一样好处。

神末峰的太阳要比碧湖峰的太阳更圆更大，这里的阳光更暖和，味道更好，晒起来更舒服。

噢，还有一样好处。

某日结束修行，白鬼跳进赵腊月怀里，要她抱着自己睡觉。

元曲看着这幕画面，有些不解地问道："虽然听说过猫儿喜欢睡觉，但一般夜里也会出去玩耍，为何镇守大人却没有这样的想法？来到神末峰后哪里也没去过。"

井九心想：青山再大，风景再好，看上几千年也总会看完，哪还有什么地方能让它生出兴趣？想当年它甚至无聊到跑去隐峰那边挖墓，想看看有什么宝贝，搞得乱七八糟，惹得师兄很是生气，与尸狗一道把它好好收拾了一通。

它不喜欢尸狗，应该便是从那时候开始的。

那尸狗呢？它与师兄之间的感情那时候就很好，有一直延续到后来吗？师兄被关进剑狱后，它行走在那条幽暗的通道里时，会是怎样的心情？

有很多事情是想不清楚的，哪怕想到花儿都谢了。

盛夏到来，青山经常落雨，到了夜间，雨势往往更大。

某夜，碧湖峰顶暴雨如注，阴云翻滚，无数道雷电不停地落下，轰向湖心那座小岛。

确认几段雷魂木没有问题，井九转身走出洞府，来到檐下，站到赵腊月的身边。

碧湖峰上的夜空被电光撕裂成无数碎片。

数十道剑光忽然出现在其间，冒着极大的风险高速穿行。

那是无彰境与游野境的青山弟子在那里借助雷暴洗剑。

神末峰顶的微雨忽然散开，在崖畔盘膝坐了五天五夜的元曲睁开眼睛，踏剑而起。

就在前一刻，他正式破境，进入无彰境界。

顾清驭剑而起，跟在他的身后。

很快，两道剑光进入数十道剑光里，再也无法分清。

崖边没有空，白鬼盯着碧湖峰的方向，无论闪电如何耀眼，它的眼瞳没有任何变化，还是那般幽深，仿佛星空。

守护雷魂木是它的工作，青山供养着它，它便要把这件事情做好，就像尸狗在幽暗的地底做事一样。

不是所有的青山老祖宗都像井九那样懒，而且没良心。

暴雨里，它静静地看着远方，寒蝉在旁趴着。

未完待续

图书在版编目（CIP）数据

大道朝天. 三, 摸鱼儿 / 猫腻著. — 广州 : 羊城晚报出版社, 2020.3
ISBN 978-7-5543-0811-0

Ⅰ. ①大… Ⅱ. ①猫… Ⅲ. ①长篇小说－中国－当代 Ⅳ. ①I247.5

中国版本图书馆CIP数据核字(2020)第004008号

大道朝天 三 摸鱼儿
DADAOCHAOTIAN SAN MOYUER

责任编辑 黄初镇　张灵舒
特约编辑 曹　杰　吴凯诗　张泱心
责任技编 张广生
装帧设计 罗智超　黄学敏
责任校对 杨　群
出版发行 羊城晚报出版社
（广州市天河区黄埔大道中309号羊城创意产业园3-13B　邮编：510665）
发行部电话：（020）87133824
出 版 人 吴　江
经　　销 广东新华发行集团股份有限公司
印　　刷 恒美印务（广州）有限公司
规　　格 889毫米×1240毫米　1/32　印张 8.5　字数 283千
版　　次 2020年3月第1版　2020年3月第1次印刷
书　　号 ISBN 978-7-5543-0811-0
定　　价 49.00元
